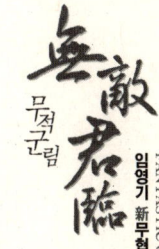

무적군림 2
임영기 新무협 판타지 소설

초판 1쇄 찍은 날 § 2011년 6월 27일
초판 1쇄 펴낸 날 § 2011년 7월 2일

지은이 § 임영기
펴낸이 § 서경석

총괄팀장 § 유경화
편집 § 박우진

펴낸곳 § 도서출판 청어람
등록번호 § 제1081-1-89호
등록일자 § 1999. 5. 31
어람번호 § 제2-2118호

주소 § 경기도 부천시 원미구 심곡2동 163-2 서경B/D 3F (우) 420-822
전화 § 032-656-4452 팩스 § 032-656-4453
http://www.chungeoram.com
E-mail § chungeoram@chungeoram.com

ⓒ 임영기, 2011

ISBN 978-89-251-2558-9 04810
ISBN 978-89-251-2556-5 (세트)

※ 파본은 구입하신 서점에서 교환하여 드립니다.
※ 저자와 협의하여 인지를 붙이지 않습니다.
※ 이 책은 도서출판 청어람과 저작자의 계약에 의해 출판된 것이므로,
  무단 전재 및 유포·공유를 금합니다.

임영기 新무협 판타지 소설

FANTASTIC ORIENTAL HEROES

無敵君臨

무적군림

② 무적신룡(無敵神龍)

청어람

제13장	기화연당(妓花練堂)	7
제14장	염마도(閻魔刀)	29
제15장	무적신룡(無敵神龍)	55
제16장	쌍천자(雙天子)	79
제17장	흑풍장기병 동료	105
제18장	여자친구	127
제19장	오행지기(五行之氣)	149
제20장	그녀의 회음혈(會陰穴)	173
제21장	남행(南行)	201
제22장	염마도법(閻魔刀法)	223
제23장	지옥에서의 유일한 가족	249
제24장	나의 전쟁(戰爭)	277

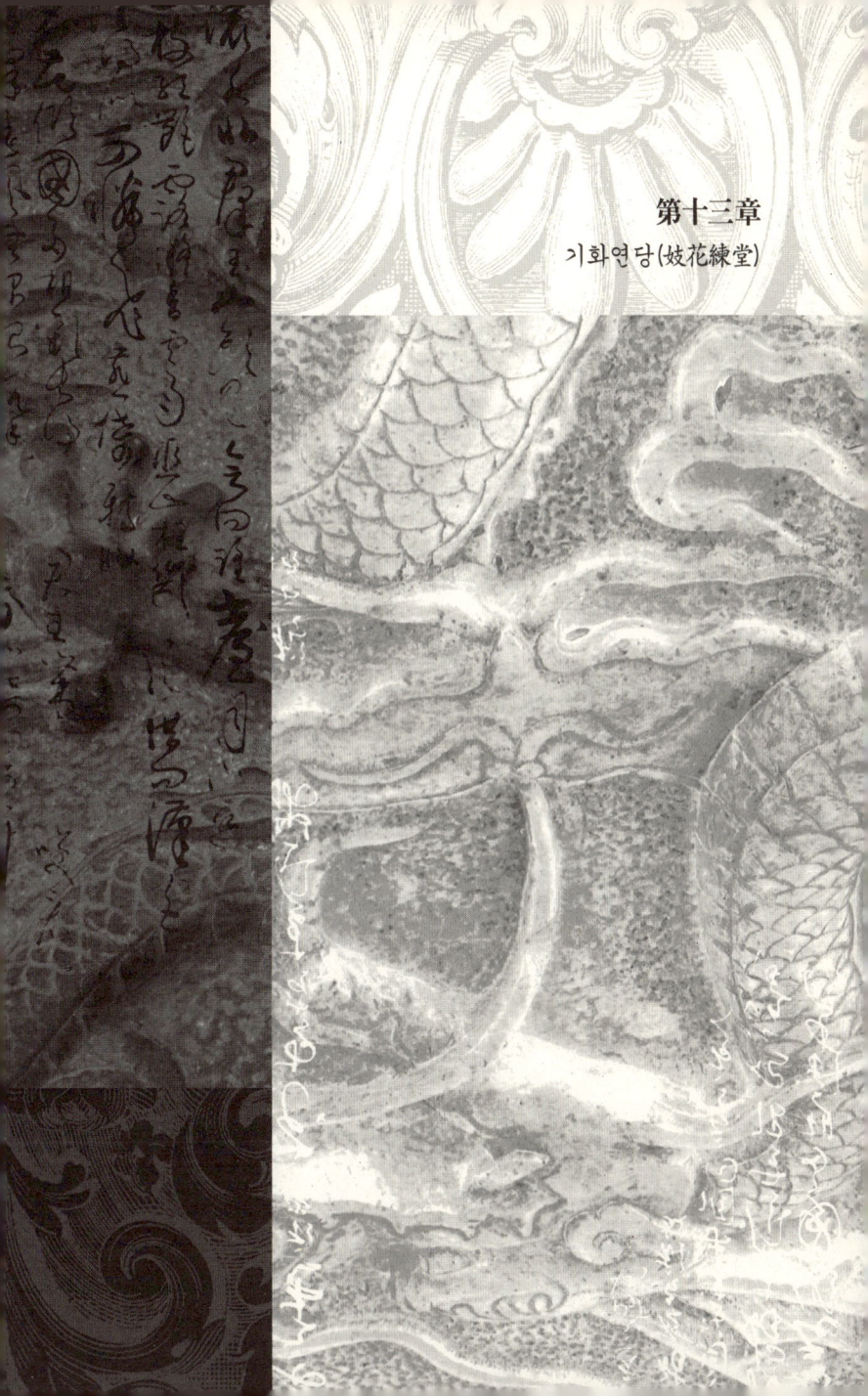

第十三章
기화연당(妓花練堂)

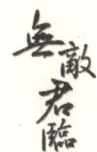

 태무랑은 기화연당의 지하 석실에 감금됐다.
 지옥의 지하 석실에서 살아 나온 이후 석 달 보름여 만에 또다시 갇히는 신세가 됐다.
 그는 만신창이가 되도록 뭇매를 맞은 후에 이곳 지하 석실에 내던져졌다. 물론 그의 기형무기도 뺏겼다.
 보통 사람 같으면 그 정도 뭇매에 사경을 헤매겠지만 태무랑은 아무렇지도 않았다.
 지옥에서 단유천과 옥령, 단금맹우들에게 두들겨 맞은 것에 비하면 그야말로 새 발의 피다.
 석실의 철문은 굳게 닫혀 있으며 태무랑을 묶거나 다른 제재 조치를 취해놓지는 않았다.

마혈을 제압해 놨기 때문에 그가 움직이지 못할 것이라고 여긴 것이다.

태무랑은 차가운 석실 바닥에 뺨을 대고 엎드린 자세로 가만히 있었다.

기화연당의 무사들은 태무랑이 혼절을 하자 더 이상 때리지 않고 이곳에 내던졌다. 하지만 그 정도 매질에 혼절할 태무랑이 아니다. 다만 맞는 것이 지겨워져서 혼절한 시늉을 했을 뿐이다.

그때 그가 천천히 몸을 일으키더니 그 자리에 앉았다. 마혈이 제압된 그가 움직인 것이다.

하지만 그는 마혈을 해혈한 적이 없다. 혈도를 점하는 것도 제대로 못하는 그가 해혈을 한다는 것은 어불성설이다.

그저 제 스스로 해혈이 된 것이다. 사실 그 자신은 모르고 있었지만, 그의 몸에 상처가 생기면 수차운공이 치료는 물론이고 상처까지 말끔하게 없애주는 것처럼, 혈도가 제압되면 그 역시 수차운공이 해혈을 해주는 것이다. 그 사실을 조금 전에 처음 알게 되었다.

그 외에도 외부에서 그의 몸에 위해가 가해질 경우 수차운공이 방어나 치유를 해주는 능력이 여러 개 더 있으나 지금의 태무랑으로서는 짐작조차도 하지 못한다.

그는 아까 쇠 그물에 갇혔을 때 자신이 마혈을 제압당했던 것을 기억하고 있다.

그래서 매를 맞으면서도 반항을 하려고 하자 몸이 말을 듣지 않았었다.

그런데 지금은 몸이 움직여진다. 마혈이 풀렸다는 것이다.

그렇다면 상처를 입었을 때 저절로 치료가 되는 것처럼 혈도를 제압당해도 저절로 해혈이 된다는 뜻이다. 아직 확실한 것은 아니지만 그럴 가능성이 매우 높다.

'상시운공(常時運功) 때문일 것이다.'

그는 그 원인이 상시운공 때문일 것이라고 생각했다. 그는 자신의 몸에서 일어나고 있는 수차운공을 '상시운공'이라고 편한 대로 이름을 붙였다.

몸이 잠시도 쉬지 않고 제 스스로 알아서 상시 운공조식을 행하고 있어서 그런 것이다.

제압된 혈도가 저절로 풀리는 것을 확인해 보고 싶었으나 지금은 적당한 때가 아니라서 그만두었다.

그보다는 이곳에서 앞으로 벌어질 일에 대해 생각을 정리해 두는 것이 우선이다.

기화연당의 무사들이 태무랑을 죽이지 않은 것으로 미루어 그를 문초하여 뭔가를 알아내려는 것이 분명하다.

만약 그가 쇠 그물에 갇혀서 꼼짝 못하게 되었을 때 그들이 살수를 전개했다면 죽을 수밖에 없는 처지였다.

쇠 그물에 갇힌 것은 그의 실수였다. 아니, 방심을 했으며 상대를 얕잡아보는 우를 범했다.

더구나 지붕에서 쇠 그물을 던져서 씌울 것이라고는 전혀 예상하지 못했었다.

그 모든 것이 그의 잘못이고 실수다. 그들이 마혈을 제압하고 두들겨 팬 것으로 끝났기에 망정이지 불문곡직 죽이기라도 했으면 어쩔 뻔했는가.

목숨은 하나뿐이다. 그가 죽어버리면 누이동생을 찾는 일도, 단유천 등에게 복수를 하는 것도 물거품이 돼버리고 만다. 또한 그 자신의 생도 허무하게 끝나고 만다.

그가 죽지 않은 것은 천만다행한 일이고, 이번 일로 큰 교훈을 얻었다. 이후로는 절대 그런 일이 벌어지지 않도록 만전에 만전을 기할 터이다.

하지만 지금은 이 기회를 최대한 이용해야 한다. 당분간 마혈이 제압된 것처럼 행동하면서 이놈들이 어떻게 나오는지 지켜볼 생각이다.

거기까지 생각한 그는 다시 원래대로 엎드려서 혼절한 것처럼 꼼짝도 하지 않았다.

그는 온몸이 피투성이 몰골에 옷이 갈가리 찢어졌으며 머리는 봉두난발이다.

겉으로 보기에는 죽지 않은 것이 다행일 정도로 참담한 모습이지만 실상 두들겨 맞아서 다친 상처는 이미 말끔하게 아문 상태다.

그가 이곳 기화연당에 들어온 지 한 시진 반 정도가 지났으며, 석실에 갇힌 지는 반 시진쯤 지났을 무렵.

철컹!

석실의 철문이 열리며 다섯 명이 줄지어 들어섰다.

그중 한 명이 태무랑 쪽을 향해서 의자에 앉고, 세 명이 좌우에 늘어섰으며, 한 명이 찬물이 가득 담긴 물통을 태무랑에게 쏟아부었다.

촤악!

이어서 흠뻑 젖은 태무랑의 뒷덜미를 잡더니 거칠게 일으켜서 앉혔다.

태무랑은 정신이 든 것처럼 감고 있던 눈을 천천히 뜨고 맞은편을 쳐다보았다. 두리번거리지도 않고 겁먹은 표정도 아닌 침착한 모습이다.

의자에 앉은 자는 중년인이며 단삼 차림인데 무리의 우두머리 같았다.

중년인과 좌우에 서 있는 세 명은 모두 어깨에 검을 메고 있었다. 방금 태무랑에게 물을 끼얹은 자는 바로 옆에 서 있기 때문에 보이지 않지만 그자도 검을 메고 있을 것이다.

중년인은 짧은 수염을 쓰다듬으면서 필요 이상으로 거들먹거리며 입을 열었다.

"네놈은 누구냐?"

퍽!

"윽!"

태무랑이 대답을 하지 않자 옆에 서 있는 자가 가차없이 발끝으로 명치를 걷어찼다.

태무랑은 별다른 아픔을 느끼지 않았으나 일부러 신음 소리를 내며 뒤로 벌렁 자빠졌다.

옆에 서 있는 자가 그를 다시 일으켜서 앉히자 중년인이 다시 물었다.

"네놈은 누구냐?"

"으음… 태무랑이다."

태무랑은 거짓말을 하고 싶지 않았고 할 필요를 느끼지도 않아서 사실대로 말했다.

그러자 중년인과 좌우에 서 있는 무사들이 흠칫 놀라는 표정을 지었다.

"네놈이 적안혈귀란 말이냐?"

"그렇다."

중년인이 억눌린 듯한 목소리로 묻자 태무랑은 그를 뚫어지게 주시하며 대답했다.

홍작루에 찾아왔었던 은지화가 태무랑에게 그가 적안혈귀라는 별호를 얻게 된 이유에 대해서 말해주었었다.

중년인은 슬쩍 인상을 썼다.

"대명제국의 서북군 소속 흑풍창기병이었던 놈이 어째

서 장안의 제월장을 몰살시키고 계집아이들을 구한 것이냐?"

은지화가 알고 있는 것만큼 중년인도 알고 있었다. 그는 태무랑의 대답을 기다리지 않고 내처 물었다.

"네놈이 군탈이라는 죄명으로 처형당할 처지에 놓였다가 서북군중녕위소를 쑥밭으로 만든 것에 대해서는 이해가 된다. 하지만 무엇 때문에 제월장을 몰살시킨 것이냐? 서북군중녕위소와 제월장이 무슨 연관이 있는 게냐?"

이들은 뜻밖에도 태무랑에 대해서 꽤 많은 것을 알고 있었다. 아마도 서북군중녕위소에까지 사람을 보내서 조사를 한 것이 분명했다.

인신매매 따위나 하는 허접한 무리인 줄 알았는데 이제 보니까 정보망이나 세력이 제법이다.

문득 태무랑은 은지화가 말한 어떤 내용이 생각났다.

그녀는 무극신련의 사십팔 개 지파 중 하나인 무영검문이 인신매매에 연루되었다는 증거를 찾고 있으며, 어쩌면 무영검문이 비밀리에 운영하고 있는 인신매매 소굴이 장안의 제월장일지도 모른다고 말했었다.

"서북군중녕위소와 화뢰원은 아무런 연관이 없다."

중년인은 제월장이라고 말했으나 태무랑은 대놓고 화뢰원이라고 말했다.

그러나 중년인은 그것을 문제 삼지 않았다.

"그렇다면 제월장을 무엇 때문에 몰살시킨 것이냐?"

태무랑은 갑자기 이들의 배후가 궁금해졌다. 그래서 만약 기회가 닿는다면 배후마저도 깡그리 몰살시키고 싶다는 생각을 했다.

"네놈들 무영검문이 추잡한 인신매매를 한 것에 대한 벌을 내린 것이다."

"……."

태무랑은 은지화에게서 주워들은 얘기를 슬쩍 내비쳤다. 반응을 보려는 것이다.

그런데 뜻밖에도 중년인은 물론 좌우에 서 있는 무사들까지도 크게 놀라는 표정을 짓는 것이 아닌가.

그때 중년인의 머리가 바쁘게 돌아가기 시작했다.

'제월장 수하들은 하나같이 총본련(總本聯)의 독문무공에 당했다. 그 무공은 무극신련 사십팔지파의 수장(首長)들만이 익힐 수 있다. 더구나 수장이라고 해도 한 가지만을 익힐 수 있는데…….'

그런데 제월장 무사들은 십자섬광검과 산화칠검, 무극칠절검, 세 가지 수법에 죽었다.

그것은 제월장을 몰살시킨 태무랑이 총본련의 독문무공을 세 가지씩이나 터득했다는 뜻이다.

중년인이 알고 있는 총본련에 대한 얕은 지식으로는, 그런

자격을 갖춘 사람은 무극신련 총본련에서도 최고위급 몇 명 정도에 국한된다.

그것은 태무랑이 바로 총본련 최고위급 인물이라는 뜻이 아니고 무엇이겠는가.

중년인, 즉 기화연당의 총관(總管)은 바짝 긴장한 표정으로 태무랑을 주시했다.

태무랑은 그가 무슨 생각을 하는지 모른 채 무표정한 얼굴로 마주 쳐다보았다.

그러나 그는 눈빛만으로 총관의 속을 꿰뚫어 보는 듯한 분위기를 풍기고 있었다.

총관은 너무 놀라고 긴장한 나머지 자신의 표정을 감추어야 한다는 사실마저도 잊고 있었다.

'이자는 우리가 무영검문이라는 사실까지 알고 있다. 더구나 제월장을 몰살시킨 것이 인신매매를 한 벌을 내린 것이라니……. 그렇다면 이자는 총본련에서 인신매매를 조사하기 위해서 파견된 인물이란 말인가?'

거기까지 생각이 미친 총관은 순간 오금이 저리고 등골이 오싹했다.

태무랑이 무극신련 총본련의 최고위급이고 또 무영검문의 인신매매를 조사하는 과정에서 징벌 차원에서 제월장을 몰살시킨 것이라면, 무영검문으로서는 그야말로 된서리를 맞은 것이다.

아니, 필경 제월장 하나 몰살한 정도로는 끝나지 않을 것이다. 무극신련은 정파의 기둥임을 자처하고 있으며, 무림인들로부터 존경을 받고 있다.

또한 휘하의 사십팔지파에게도 정의와 협의에 어긋나는 짓을 할 시에는 지위 고하를 막론하고 엄벌에 처한다는 규정이 명확하게 정해져 있었다.

만약 무영검문이 인신매매를 한 사실이 총본련에 알려진다면 무영검문은 문주 이하 줄줄이 처형을 면하지 못할 것이 분명하다.

아니, 무영검문의 불법은 인신매매 한 가지만이 아니다. 까딱 잘못해서 은밀하게 행하고 있는 다른 불법행위들까지도 모조리 파헤쳐진다면 무영검문 전체가 풍비박산되는 것은 시간문제다.

그뿐 아니라 총본련 모르게 불법을 행하고 있는 곳은 무영검문만이 아니었다.

자칫 이 일이 빌미가 되어 다른 지파들의 불법행위까지 감나무에 연 걸리듯이 줄줄이 탄로가 난다면, 이것은 절대로 무영검문 하나가 풍비박산되는 것으로 끝나지 않을 것이다. 무극신련 휘하, 아니, 정파에 엄청난 지각 변동이 파생될 것이 분명하다.

꿀꺽.

극도로 긴장한 총관의 마른침 삼키는 소리가 조용한 실내를 흔들었다.

 태무랑은 자신이 가볍게 던진 한마디에 총관 이하 모두들 대경실색하고, 또 총관의 표정이 수시로 변하는 것을 보면서 몇 가지 사실을 짐작해 냈다.

 첫째, 이들은 무극신련 휘하 무영검문 수하들이 틀림없다.

 둘째, 이들은 태무랑을 무극신련이 파견한 인물일지도 모른다고 생각하고 있다. 제월장에 벌을 내렸다고 말했기 때문일 것이다.

 셋째, 첫째와 둘째 추측이 맞을 경우, 이들이 다음에 취할 행동은 두 가지다.

 태무랑 앞에 폭삭 엎드려서 무조건 잘못했다고 용서를 빌던가, 아니면 태무랑을 죽여서 살인멸구(殺人滅口)를 하려 들 것이다.

 과연 태무랑의 짐작은 거의 정확했다. 그즈음 총관은 태무랑을 죽일 것인지 무릎을 꿇고 용서를 빌 것인지에 대해서 갈등하고 있었다.

 어차피 태무랑을 살려둘 경우에 무영검문이 초토화되는 것은 정해진 결과다.

 그러나 태무랑을 죽였다가 일이 잘못되면 평지풍파가 일어날 것이다.

 하지만 전자에 비해서 후자 쪽이 훨씬 총관의 구미를 당겼다. 태무랑을 죽였다가 잘못되더라도 인신매매가 총본련에 보고되는 것보다는 여파가 널할 것이기 때문이다.

또한 태무랑을 죽일 경우 기화연당의 수하들만 입을 꾹 다물고 있으면 된다.

인신매매가 발각되면 모조리 죽을 판국이므로 수하들은 죽기 살기로 침묵을 지킬 것이다.

결국 총관은 결정을 내렸다. 하지만 태무랑을 죽이기 전에 두 가지 확인할 것이 있었다.

그가 진짜 총본련의 인물인지, 그리고 그가 조사한 바를 총본련에 보고를 했는지 알아내는 것이다.

태무랑이 총본련의 인물이 분명하다면 무조건 죽여야 한다.

그러나 이미 총본련에 보고를 했다면 그를 죽인다고 해도 아무 소용이 없다.

총본련에서 파견한 최고위급 인물을 죽였다는 죄가 하나 더 붙을 뿐이다.

"너는… 십자섬광검과 산화칠검, 무극칠절검을 어디에서 배웠느냐?"

그렇게 묻는 총관의 목소리가 가늘게 떨리고 또 쩍쩍 갈라져서 나왔다. 하지만 그 자신은 그런 것까지 신경 쓸 겨를이 없었다.

순간 태무랑은 흠칫 놀랐다. 설마 총관이 그 검법들을 알고 있을 줄은 전혀 예상하지 못했기 때문이다.

이것은 매우 뜻밖이다. 아니, 완전히 새로운 상황이다. 예상하지도 못했던 큰 수확을 건졌다.

하지만 그의 표정은 추호도 변함이 없다. 무표정이 너무 오랫동안 얼굴에 배어 있었기 때문에 그것 말고는 다른 표정을 짓는 것을 잃어버렸다.

이번에는 태무랑의 머리가 빠르게 회전했다. 눈을 두 번 깜빡거릴 짧은 시간이 지난 후에 태무랑은 모험을 걸어보기로 마음먹었다.

"그 검법들을 배울 곳이 무극신련밖에 더 있느냐?"

"……"

이들이 무영검문 수하들이고 태무랑을 무극신련에서 파견한 인물이라고 추측한다면, 그의 말이 먹힐 것이다.

총관을 비롯한 다섯 명 못지않게 이번에는 태무랑도 적잖이 긴장하여 총관을 쏘아보았다.

태무랑은 총관의 얼굴이 극도의 긴장으로 팽팽해지는 것을 놓치지 않았다.

"누… 구에게 배웠느냐?"

내친김에 총관은 분명한 확인을 위해 물었다. 그런데 더듬거렸으며 목소리가 어눌했다.

태무랑은 마음속이 적잖이 격탕되었다. 총관의 태도로 미루어 십자섬광검이나 산화칠검, 무극칠절검이 무극신련의 무공이라는 것이 거의 확실했기 때문이다.

그러나 추호도 긴장하는 것 같지 않은 태무랑의 소용한 중얼거림이 흘러나왔다.

"단유천 대공, 그리고 옥령 소저와 함께 배웠다."

"……!"

그 순간 총관의 얼굴이 새하얗게 질리는 것을 태무랑은 보았다. 그와 동시에 '틀림없다'는 확신이 섰다.

'이 개새끼, 개년! 드디어 알아냈다!'

그와 함께 가슴 저 밑바닥에서 꾹꾹 눌러두었던 분노가 활화산처럼 솟구치려는 것을 그는 억지로 눌렀다.

이것은 실로 뜻밖의 큰 수확이다. 누이동생의 행방을 알아내려고 잠입한 기화연당에서 원수들의 신분을 알게 되다니, 전혀 예상하지 못했던 소득에 태무랑은 적잖이 흥분했으나 얼굴은 무표정하기만 했다.

'맙소사……. 대공과 소저와 함께 무공을 배울 정도라니……. 이자는 너무 거물이다…….'

총관은 아연실색하여 온몸이 후들후들 떨렸다. 단유천과 옥령은 무극신련 총련주의 두 제자다.

말하자면 일인지하만인지상(一人之下萬人之上)의 절대적인 신분인 것이다.

그런데 태무랑이 그들과 함께 무공을 배웠다니, 그렇다면 그의 신분이 두 제자만큼은 아니더라도 그와 비슷한 수준이라는 것이 아닌가.

태무랑은 잠시 생각했다. 단유천과 옥령에 대한 정보는 확보됐다. 더 자세히 알고 싶지만 잘못하면 의심을 사게 된다.

그 연놈들이 무극신련이라는 곳에 있다는 사실을 알았으니 추후에 그곳으로 찾아가면 될 일이다.

이제 남은 것은 누이동생 태화연의 행방을 알아내는 것이다. 그 일에 총력을 기울이자고 태무랑은 마음먹었다.

그때 총관이 어정쩡한 자세와 표정으로 물었다.

"혹시… 제월장 일을 총본련에 보고하셨습니까?"

잠깐 동안에 말투가 확 바뀌었다. 태무랑을 무극신련의 높은 인물이라고 생각하는 것이 분명하다.

태무랑은 이 대답이 매우 중요하다고 순간적으로 판단했다.

총본련에 이미 보고했다고 하면 이들은 자포자기하고 태무랑을 죽이지 않을 확률이 크다.

반대의 경우라면 죽여서 살인멸구하려고 들 것이다. 태무랑은 언제나 제일감에 충실하다.

"보고했다."

그러자 총관 이하 모두의 얼굴에 절망하는 표정이 역력하게 떠올랐다.

슥―

그때 갑자기 태무랑이 느릿한 동작으로 천천히 몸을 일으키더니 우뚝 섰다.

총관과 네 명의 무사는 기겁했으나 아무도 태무랑을 제지하지 못했다.

오죽하면 태무랑 옆에 서 있던 무사조차도 화들짝 놀라서 급급히 뒤로 물러나겠는가.

총관은 황급히 벌떡 일어나더니 극도로 당황해서 어쩔 줄을 몰라 했다.

분명히 태무랑의 마혈을 제압했는데 제 스스로 해혈을 하고 움직이고 있었다.

절정고수 수준이 돼야만 그런 경지에 이른다는 것은 무림의 상식이다.

네 명의 무사는 총관의 눈치를 살폈다. 총관이 어떻게 하느냐에 따라서 자신들의 운명이 결정되기 때문이다.

태무랑은 우뚝 선 채 꼼짝도 하지 않았다. 하지만 마치 태산이 그 자리에 있는 듯한 느낌이다.

일어선 총관은 주춤주춤 뒤로 물러서면서 안색이 짧은 순간에 여러 차례 변했다.

그러더니 한순간 그 자리에 풀썩 엎어지면서 무릎을 꿇고 이마를 바닥에 조아렸다.

"주, 죽을죄를 졌습니다… 용서하십시오……!"

모두 실토하고 태무랑의 선처를 바라는 쪽으로 결정을 내린 것이다.

그러자 기다렸다는 듯이 다른 네 명도 우르르 무릎을 꿇고 부복했다.

태무랑은 부복한 그들을 차가운 눈빛으로 굽어보았다. 마음 같아서는 지금 당장 쳐 죽이고 싶었지만 태화연의 행방을 알아낼 때까지는 참아야 한다.

"개인적으로 한 가지 알아볼 것이 있다."

무극신련 총본련의 최고위급 인물을 쇠 그물로 뒤집어씌우고 죽어라고 뭇매를 가한 책임을 통감하고 있는 총관은 몸을 더욱 납작하게 하며 읊조렸다.

"무엇이든 하문하십시오. 속하가 할 수 있는 일이라면 목숨을 바치겠습니다."

"올해 사월 이십오일에 이곳에 들어온 태화연이라는 아이가 있다. 어디로 갔는지 알아낼 수 있느냐?"

"네?"

총관은 고개를 들고 난데없이 무슨 말이냐는 듯 의아한 표정으로 태무랑을 올려다보았다.

그러나 태무랑의 무표정한 얼굴과 싸늘한 눈빛을 접하고는 뱀에 물린 것처럼 놀라서 급히 바닥에 얼굴을 처박았다.

직후 다시 고개를 들어 수하들을 둘러보면서 발작하듯이 소리 질렀다.

"뭣들 하느냐? 당장 알아봐라!"

장소가 지하 석실에서 기화연당의 화려한 내전으로 옮겨

졌다.

태무랑은 내전 단상의 커다란 호피의에 앉았다.

총관이 갖다 준 비단 황의경장을 입었으며, 그가 품속에 지니고 있던 물건들도 되찾았다.

"태화연은 금년 추구월(秋九月) 열이틀 날에 절강매객(浙江賣客)에게 인도되었습니다."

총관은 태무랑 앞 단하에 무릎을 꿇고 한 권의 장부를 펼쳐보면서 공손히 보고했다.

"절강매객이 누구냐?"

"천하에서 최상급의 화뢰를 구매하여 자신들이 더욱 갈고 다듬은 후에 최고의 가격을 받고 파는 인신매매상으로 그들을 매객이라고 부릅니다. 절강매객은 절강성에서 온 자고, 강소에서 오면 강소매객, 산동에서 왔으면 산동매객이라고……."

"절강매객이 있는 곳이 어디냐?"

태무랑은 총관의 긴 설명을 잘랐다.

"그는 철화빙선(鐵花氷仙)의 수하입니다. 그뿐만 아니라 대부분의 매객들이 철화빙선의 수하입니다."

"철화빙선이 누구냐?"

총관은 의아한 표정으로 조심스럽게 태무랑을 쳐다보았다.

"설마 천하 상권의 절반 이상을 장악하고 있는 철화빙선을 모르십니까?"

철화빙선은 천하에서 황제보다 더 유명한 인물이다.

"그가 어디에 있느냐?"

철화빙선이 천하 상권의 절반을 장악하고 있든 전부를 장악했든 태무랑의 관심사는 태화연의 행방뿐이었다.

"그가 아니라 그녀입니다. 그녀는……."

"죽고 싶으냐?"

태무랑이 나직이 중얼거리자 총관은 화들짝 놀라더니 급히 고개를 조아렸다.

"철화빙선은 절강성 항주(杭州) 서호(西湖) 변 철화궁(鐵花宮)에 있습니다."

"음……."

태무랑은 자신도 모르게 낮은 신음을 흘렸다. 그는 항주가 정확하게 어디에 있는지 모른다. 하지만 낙양에서 무척 멀다는 것은 어렴풋이 알고 있었다.

우여곡절 끝에 기화연당에서 누이동생의 행적을 알게 되었는데, 어이없게도 그녀가 대륙의 동남쪽 끝 항주로 갔다니 온몸에서 맥이 빠졌다.

더구나 그녀는 올해 추구월 열이틀 날에 기화연당을 나갔다고 한다.

태무랑이 장강에서 장 노인 부자의 그물에 걸린 날이 추구월 열하루 날이니까 바로 그 다음날 태화연이 절강매객에게 이끌려 갔다는 얘기나.

"이곳의 화뢰들은 매객들이 사가느냐?"

"아닙니다. 화뢰들은 거의 대부분 천하 곳곳의 기루로 팔려가고 극소수 최상급의 화뢰들만 매객에게 선택됩니다."

태무랑이 착 가라앉은 목소리로 묻자 총관은 그의 눈치를 살피면서 성심껏 대답했다.

총관은 태무랑이 찾고 있는 화뢰의 이름이 태화연으로 같은 태씨인 것으로 미루어 어쩌면 태화연이 태무랑의 여동생일지도 모른다고 추측했다.

하지만 무영검문 인신매매 조직이 무극신련 총본련의 최고위급 인물의 여동생을 사들여서 팔았다는 엄청난 사실 때문에 총관은 거의 제정신이 아니었다.

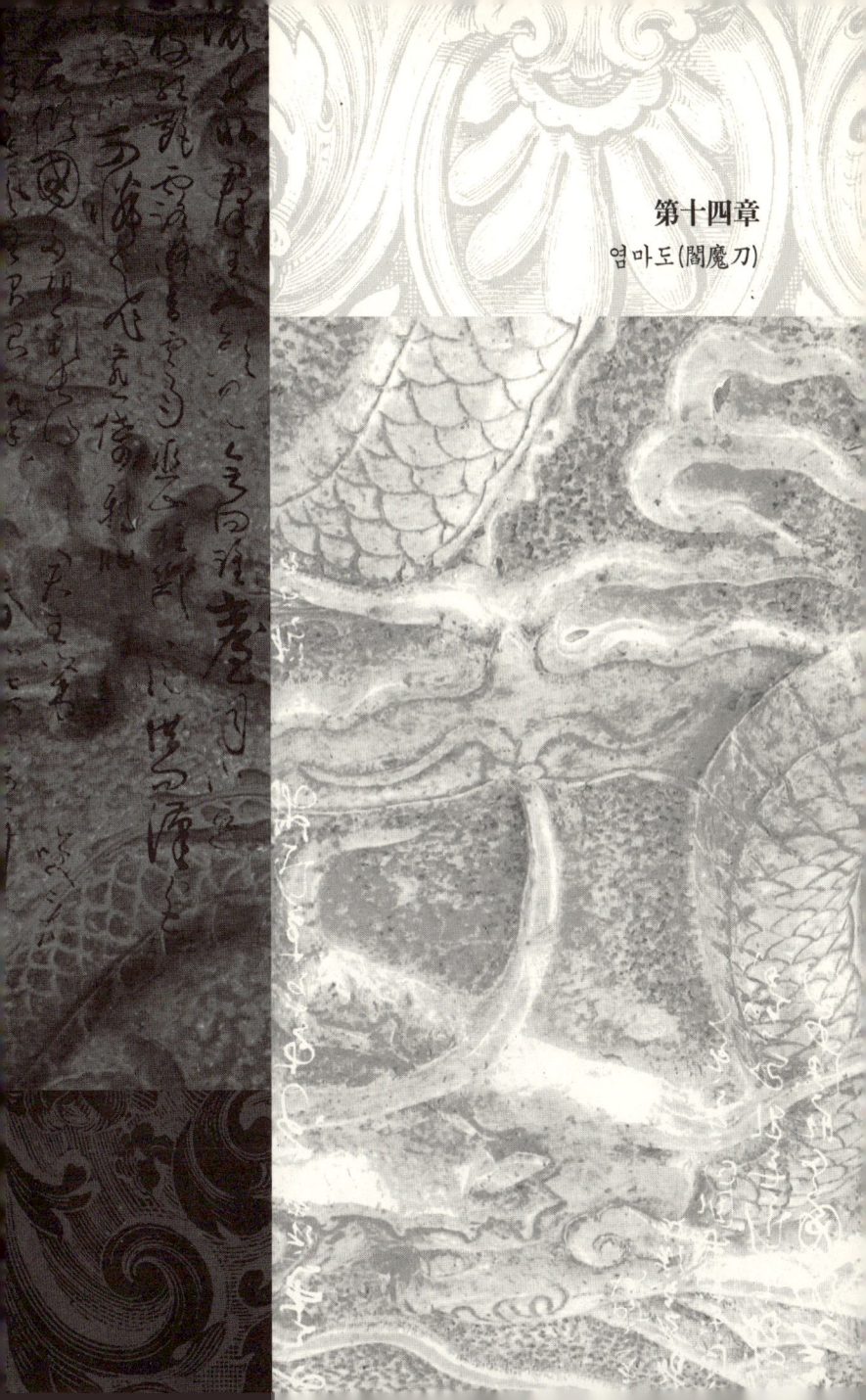

第十四章

염마도(閻魔刀)

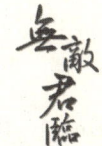

 기화연당 어느 전각 지붕에 납작하게 엎드린 은지화는 귀식대법(龜息大法)을 전개하여 호흡을 정지한 채 지붕 아래에서의 대화에 귀를 기울이고 있었다.

 그녀와 함께 있던 차도익은 기화연당 밖에서 망을 보고 있는 중이다.

 그녀는 기화연당의 우두머리로 보이는 자가 태무랑에게 너무도 깍듯한 것에 놀라움을 금치 못했다.

 지붕 아래 내전에 우두머리를 비롯하여 십여 명이 자유롭게 여기저기에 서 있는 것으로 미루어 그들이 태무랑에게 제압된 상태는 아닌 듯했다.

그런데 도대체 어떻게 기화연당 인물들이 마치 태무랑을 상전처럼 대하는 것인지 짐작조차 할 수가 없었다.

어쨌든 은지화는 도청(盜聽)으로 몇 가지 사실들을 알게 되었다.

아직 무영검문이 인신매매에 연루된 정확한 증거는 잡지 못했으나, 태무랑의 누이동생으로 여겨지는 태화연이라는 화뢰가 절강매객에게 팔려갔다는 사실을 알았다.

그로 미루어 태무랑이 장안의 제월장을 몰살시킨 것은 누이동생을 찾는 과정에서 벌어진 일이라는 것을 짐작할 수가 있었다.

그 사실은 은지화로서는 전혀 뜻밖이었다. 태무랑을 살인귀라고만 알고 있었는데, 그것이 순전히 화뢰로 끌려온 누이동생을 찾기 위해서였다니, 그렇다면 그는 살인귀가 아니라 오히려 불행에 빠진 누이동생을 구하려고 절치부심(切齒腐心)하고 있는 훌륭한 오빠였던 것이다.

문득 은지화는 낙성유문에 있을 자신의 오빠를 떠올렸다가 이내 씁쓸한 표정으로 고개를 가로저었다.

태무랑은 총관에게 물었다.

"태화연을 되찾아올 수 있느냐?"

총관은 얼굴 가득 난색을 지었다.

"일단 철화빙선 수중에 들어가면 사람이든 물건이든 되찾는 것은 불가능합니다."

그 대답으로 총관 이하 기화연당에 있는 무영검문의 떨거지들은 죽음이 결정됐다.

태무랑은 천천히 일어나서 단하로 걸어 내려갔다. 그의 어깨에는 총관이 공손히 갖다 바친 기형무기가 메어져 있었다.

저벅저벅.

그는 걸어가서 총관 다섯 걸음 앞에 멈춰 섰다.

"무영검문에서 누가 인신매매를 담당하고 있느냐?"

총관은 고개를 들고 태무랑을 우러러보았다가 그의 날카로운 눈빛을 접하고는 황급히 이마를 바닥에 묻었다.

"운영당주(雲影堂主)입니다."

"너는 운영당 소속이냐?"

"그렇습니다. 속하는 운영당 소속 제삼향주(第三香主)이며 기화연당의 총관을 맡고 있습니다."

총관은 아예 자신의 운명을 태무랑에게 맡겼는지 묻지 않은 것까지도 술술 토해냈다.

"이곳에 네 수하들이 몇 명 있느냐?"

"제삼향 소속 삼십 명입니다. 제월당에 있었던 자들은 제삼향 휘하 분조원(分組員)들이었습니다."

태무랑은 마지막 명령을 내렸다.

"네 수하들을 한 명도 빠짐없이 이곳에 불러라."

총관은 아무런 의심도 없이 즉시 주위에 있는 수하들에게 전 수하들을 집합시키라고 명령했다.

은지화는 뭔가 심상치 않음을 느꼈다. 태무랑이 총관, 즉 삼향주 휘하의 모든 수하들을 한곳에 모으라고 명령했기 때문이다.

그녀는 태무랑에 대해서는 방금 알게 된 태화연에 대한 것밖에 모르지만, 그가 삼향주와 수하들을 죽일 것 같다는 강한 예감을 받았다.

누이동생을 위하는 훌륭한 오빠에서 다시 살인귀 적안혈귀로 변하려는 것이다.

무영검문 운영당 소속 삼향주가 태화연을 절강매객에게 팔아넘겼으니 태무랑이 용서할 리가 없을 터이다.

은지화는 삼향주만은 생포해서 무영검문이 인신매매를 했다는 증거를 확보하고 싶은 마음이 굴뚝같았다.

하지만 태무랑 앞에 나설 용기가 나지 않았다. 지금도 그가 무서워서 죽을 것 같은, 아니, 오줌이 나올 지경인데 겨우 참고 있는 중이었다.

아까 태무랑이 전각 안으로 들어가는 것을 보고 지붕에 올라온 직후부터 은지화는 갑자기 오줌이 마렵기 시작했다.

홍작루를 나서기 전에 볼일을 봤기 때문에 오줌이 마려울 리가 없는데 이상한 일이었다.

아마도 태무랑에게 죽음 직전까지 갈 정도로 호되게 당하면서 바지에 오줌을 쌌던 일 때문에 그러는 것이 아닌가 하고 그녀는 추측했다.

그것만 봐도 그녀가 그 당시에 얼마나 공포에 질렸었는지 짐작할 수가 있다.

아무리 그렇더라도 태무랑 얼굴을 본 것도 아니고 단지 그가 보이지 않는 지붕에 엎드려 있을 뿐인데 오줌이 마려운 것은 과민반응이다.

그래서 그녀는 무림인들이 하는 방식대로 공력으로 방광의 소변을 증발시키는 방법을 시도했으나 어떻게 된 일인지 그조차도 되지 않았다.

아니, 소변은 제대로 증발됐는데도 불구하고 계속 오줌이 마려웠다. 그것은 몸하고는 상관없이 정신이 그렇게 느끼고 있는 것이다.

지금 그녀는 지붕에 엎드린 상태에서 태무랑에게 들키지 않으려고 애쓰면서, 또 한편으로는 허벅지를 최대한 오므려서 오줌을 참으려는 이중고(二重苦)에 시달리고 있었다.

은지화의 느낌은 적중했다.

태무랑은 자신의 앞에 질서정연하게 늘어서 있는 삼향주와 삼십 명의 수하를 묵묵히 주시하다가 어느 한순간 느닷없이 기형무기를 뽑으면서 돌진했다.

키이잉!

"어……."

다섯 걸음 앞에 서 있는 삼향주는 놀라서 무슨 말을 하려고 입을 벌렸으나 '어…' 하는 소리가 이승에서의 마지막 말이 되었다.

팍!

기형무기가 뽑혔다 싶은 순간 삼향주의 목이 뎅겅 잘라져서 허공으로 둥실 떠올랐다. 그의 얼굴에는 놀라는 표정이 떠올라 있었다.

삼향주 뒤에 늘어서 있던 무사들은 태무랑의 돌연한 공격에 크게 놀랐다.

그 순간 기형무기를 비껴 든 태무랑이 목이 위로 떠오르고 있는 삼향주 곁을 바람처럼 스쳐 지나며 무사들 한복판으로 파고들었다.

파파아아—

그는 전후좌우로 내달리면서 기형무기를 휘둘렀다. 그가 너무 빠르게 움직이기 때문에 흐릿한 모습으로만 보였고, 단지 그가 지나가는 곳에서 기형무기의 칼날만 번뜩였다.

무사들은 그때까지도 극도로 놀라서 우왕좌왕하며 어쩔 줄을 모르다가 마구 목이 잘려 나갔다.

이 싸움, 아니, 이 도륙에서 태무랑은 한결같이 무사들의 목만 잘랐다.

분노가 그만큼 크기 때문이다. 이런 놈들이 아니었으면 누이동생이 그런 혹독한 고초를 겪지 않았을 것이다.

태무랑이 세 호흡 만에 십여 명의 목을 잘랐을 때에야 머리를 잃은 몸뚱이들이 앞다투어 쓰러지기 시작했다.

또한 그제야 화드득 정신을 차린 무사들은 일제히 검을 뽑아 태무랑을 에워싸고 공격을 퍼부었다.

차차차창!

태무랑의 예기치 않은 급습에 삼향주와 열 명이 죽었으나 남은 이십 명이 전열을 가다듬고 합공을 개시하자 그 위력은 대단했다.

태무랑으로서는 지옥에서 나온 이후 처음으로 상대하는 강적이다.

이들에 비하면 제월장의 무사들은 한 수 아래고, 서북군중녕위소의 군사들은 어린아이 수준이었다.

한 마리 피에 굶주린 야수처럼 휘몰아치던 태무랑의 공격이 일순 주춤했다.

쏴아아ㅡ!

이십 자루의 검들이 거센 파공음을 내며 태무랑을 향해 사방에서 날아들었다.

한 명씩 상대하면 태무랑의 일 초식도 당해내지 못할 자들이지만, 이십 명이 한꺼번에 합공을 펼치니까 그 위력은 태무랑이 상상했던 것 이상이었다.

아차 하는 순간에 그는 포위망 속에 갇혀 버렸다. 그 순간 그는 삼향주와 삼십 명의 수하를 한꺼번에 상대하려고 했던 것이 무리수였다는 후회가 들었다.

사실 그는 자신의 진정한 실력이 어느 정도인지 정확하게 모르고 있었다.

서북군중녕위소와 제월장을 풍비박산 내버렸기 때문에 이곳 기화연당도 그래야겠다는 막연한 생각을 갖고 있었던 것이 실수였다.

그랬다가 지금 제대로 현실의 벽에 부딪치게 된 것이다.

하지만 일은 이미 벌어졌으므로 이제 와서 후회를 해도 소용없다. 지금은 전력을 다해서 싸우는 것만이 최선이다.

제일 먼저 반응을 한 것은 그의 눈과 귀다. 그의 눈이 빠르게 구르면서 전면과 좌우에서 찌르고 베어오는 열네 자루 검의 방향과 각도를 정확하게 포착했다.

그리고 육안으로 보이지 않는 뒤쪽과 뒤쪽으로 처진 좌우에서 공격해 오는 일곱 자루 검은 귀가 파공음으로 위치와 방향을 간파해 냈다.

그의 머리가 눈으로 보고 귀로 들어서 검들의 방향 따위를 간파하라고 명령한 것이 아니다. 그는 그저 본능적으로 행동하고 있는 것이다.

단유천과 옥령, 단금맹우의 무차별적인 공격을 마음만 먹으면 능히 피할 수 있었던 그다. 그러나 피하면 더 얻어터지기 때문에 피하지 않았을 뿐이다.

그런데 이런 급박한 상황에 처하게 되자 지옥에서 고도로 단련된 그의 이목(耳目)이 최대한의 기능을 발휘했다.

이들 이십 명의 합공은 단유천 한 사람이 공격하는 것보다 빠르지도, 강하지도 않았다.

순간 태무랑의 두 발이 육안으로 보이지 않을 정도로 빠르게 움직였다.

무슨 보법 따위가 아니다. 그는 보법을 모른다. 단지 눈으로 보고 귀로 들은 이십 자루의 검이 쏘아오는 방향에 따라서 몸과 두 발이 저절로 반응해서 피하고 있는 것이다.

쉬쉬쉭! 쐐액!

검들이 그의 머리와 귓가, 목, 옆구리로 아슬아슬하게 스쳐서 지나갔다.

피하다 보니까 그는 어느덧 적의 공격을 보지도 않고 파공음만으로 피하고 있었다.

그러더니 잠시 후에는 파공음이 아닌 기척만으로 공격해오는 검의 방향을 정확하게 간파하고 피하게 되었다.

이리저리 적들의 공격을 간발의 차이로 피하던 태무랑은 어느 순간 가장 취약하게 보이는 좌측 포위망 두 명을 향해 부딪쳐 가면서 기형무기를 그어댔다.

키우웅!

파곽!

"끅!"

"캑!"

오른쪽에서 왼쪽으로 비스듬히, 그러나 너무도 빠르게 그어간 기형무기에 오른쪽의 한 명은 목이 잘라지고 왼쪽의 또 한 명은 목에서 반대쪽 겨드랑이까지 통째로 잘렸다. 일격이살(一擊二殺)이다.

그 일격으로써 포위망이 단번에 뚫렸다.

키이잉!

태무랑은 포위망을 뚫고 나가면서 허리를 비틀어 다시 왼쪽으로 기형무기를 휘둘러 한 명을 더 죽였다.

그가 순식간에 포위망을 빠져나왔을 때, 열일곱 명 무사의 열일곱 자루 검은 표적을 잃고 막 허공을 베고 있는 중이었다. 그만큼 그의 동작이 빨랐기 때문이다.

일단 포위망을 빠져나온 태무랑은 도망치지 않고 오히려 포위망의 바깥쪽을 공격해 갔다.

이십 자루 검의 합공에서 빠져나오고 또 세 명을 죽인 그는 세 가지 사실을 깨닫고 확인했다.

자신의 눈과 귀가 매우 발달되었다는 사실과 본능적으로 움직이는 빠른 두 발이 적의 합공을 능히 피한다는 사실, 그리고 자신의 공격이 적들하고는 비교할 수조차 없을 정도로 빠르다는 사실이다.

그로써 그는 자신감이 충만해졌다. 또한 적들의 합공 따윈 추호도 두렵지 않았다.

태무랑이 포위망을 뚫고 나간 사실을 한발 늦게 깨달은 십칠 명의 무사는 움찔 놀라 급급히 태무랑이 있는 방향으로 돌아서기 시작했다.

 같은 순간에 태무랑은 포위망 바깥쪽에서 무사 두 명의 목을 자르고 있었다.

 파곽!

 남은 열다섯 명의 무사가 공격할 태세를 갖추었다.

 위이잉!

 파곽!

 그 순간 수평으로 그어대는 기형무기에 또다시 무사 두 명의 허리가 절단됐다.

 태무랑은 목을 자르는 것을 고집하지 않기로 했다. 그것은 또 하나의 깨달음이다.

 꼭 목만을 자르려다 보면 다른 부위를 찌르거나 베어서 죽일 수 있는 기회가 생겼는데도 무시해 버리게 된다. 그것은 쉬운 길을 놔두고 어려운 길을 가는 것이다.

 싸움에서 그렇게 행동하는 것은 낭비고 사치다. 사람에게 가장 무서운 형벌은 죽음이다. 그러므로 어떤 방법으로든 죽이기만 하면 되는 것이다.

 쏴아아—!

 열세 명의 무사가 전면과 좌우에서 부챗살처럼 펼쳐지며 공격해 왔다.

삼향주를 비롯한 십팔 명이 무참하게 죽는 것을 봤으면 겁을 집어먹을 만도 한데 이들은 겁먹기는커녕 더욱 악바리같이 공격해 왔다.

그 점 역시 서북군중녕위소의 군사들과 제월장 무사들하고는 크게 다른 점이었다.

츄욱!

태무량은 두 손으로 짧게 움켜잡았던 기형무기에서 왼손을 떼면서 앞으로 쑥 밀어내며 도파의 가장 끝 부분을 잡았다. 기형무기를 길게 사용하려는 것이다.

단지 그것만으로 넉 자 반 길이의 기형무기가 공격해 오는 무사들의 선두에 닿았다.

그는 팔꿈치 아래와 손목만을 움직여서 쾌속하게 십자섬광검을 전개했다.

파파아아―

흑풍창기병 시절에 그가 사용했던 장창의 길이는 무려 여덟 자고 무게는 열 근이었다.

그것을 자유자재로 사용했던 그이기에 넉 자 반 길이의 기형무기를 다루는 것은 전혀 문제가 없었다.

기형무기의 무게가 이십 근으로 장창보다 두 배 무겁지만, 지금의 그에게는 과거에 없던 신비한 기운이 활화산처럼 넘치기에 오히려 장창을 다루는 것보다 훨씬 수월했다.

"크악!"

"흐아악!"

기형무기가 펼쳐 내는 십자섬광검에 무사 세 명이 피를 뿌리며 처절한 비명과 함께 거꾸러졌다.

그러나 나머지 열 명의 무사는 맹렬히 공격해 오던 여세 때문에 물러나거나 피하는 것이 생각처럼 되지 않았다. 정신은 피해야 된다고 생각하면서도 몸이 따라주지 않았다.

더구나 태무랑이 짧게 잡고 있던 기형무기를 갑자기 길게 뻗어서 공격할 줄은 예상하지 못했기에 속수무책으로 당할 수밖에 없는 상황이었다.

가벼운 검에 비해서 훨씬 무거운 태무랑의 기형무기는 한번 속도가 붙고 탄력을 받으면 멈추지 않는 이상 점점 더 빨라지고 위력이 가중된다.

그는 열 명의 무사를 향해 돌진하면서도 기형무기를 멈추지 않고 계속 휘둘러 십자섬광검을 전개했다.

파파파팍!

그야말로 파죽지세, 무사들은 거센 바람에 휘날리는 낙엽처럼 속절없이 나가떨어졌다.

이윽고 마지막 세 명이 남게 되자 그들은 완전히 전의를 상실하고 도망치기 시작했다.

왼쪽으로 두 명이, 오른쪽으로 한 명이 뒤도 돌아보지 않고 전력으로 달아났다.

키우웅!

그 순간 왼쪽으로 도망치는 두 명의 뒤쪽에서 기형무기의 섬뜩한 파공음이 들렸다.

그들은 겁에 질린 표정으로 힐끗 뒤돌아보다가 소스라치게 놀랐다.

자신들의 일 장쯤 뒤에서 기형무기가 푸르스름한 칼날을 번뜩이면서 마치 날아다니는 한 마리 뱀처럼 쏘아오고 있는 것을 발견한 것이다.

팍!

"캑!"

피해야 한다고 생각한 순간 기형무기가 한 명의 뒤통수를 세로로 쪼갰다.

살아남은 한 명은 힐끗 옆의 동료를 보다가 심장이 콩알처럼 오그라들었다.

"흐익?"

동료의 미간으로 피를 흠뻑 머금은 창끝이 반 뼘쯤 튀어나온 것을 발견한 것이다. 기형무기 끝 부분 칼등 쪽에 있는 검처럼 생긴 창끝이다.

더구나 동료가 그런 참혹한 모습으로 쳐다보면서 살려달라는 듯 간절한 표정을 짓고 있는 것을 발견하자 극도의 공포심 때문에 죽을 것 같은 기분이 되었다.

팍!

그때 살아남은 무사가 쳐다보고 있는 가운데 동료의 미간으로 튀어나왔던 창끝이 사라졌다.
 무심코 동료의 뒤통수 쪽을 힐끗 쳐다보던 그는 완전히 사색이 되어 그 자리에서 얼어붙어 버렸다.
 동료의 뒤통수에서 쑥 뽑힌 기형무기가 마치 살아 있는 것처럼 방향을 바꾸더니 자신을 향해 쏘아오고 있는 것을 발견했기 때문이다.
 팍!
 "끅!"
 그는 기형무기의 칼날이 자신의 목을 향해 베어오는 것을 뻔히 쳐다보다가 목이 잘렸다.
 같은 순간에 태무랑은 오른쪽으로 도망치고 있는 최후의 한 명을 향해 내달리고 있는 중이었다.
 그는 최후의 한 명을 추격하면서 왼쪽으로 도망치고 있는 두 명을 쳐다보며 기형무기를 날렸던 것이다.
 그는 오른팔을 머리 위에서 크게 원을 그리며 잡아당기는 동작을 취했다.
 그러자 기형무기가 오른쪽으로 크게 원을 그리면서 달려가고 있는 태무랑의 앞쪽으로 놀라운 속도로 쏘아갔다.
 팍!
 최후의 무사는 자신을 추격하고 있는 태무랑을 힐끗 돌아보다가 난데없이 왼쪽에서 날아온 기형무기에 허리 부위가 뎅겅 통째로 잘라졌다.

캉!

태무랑은 급히 잡아당기는 동작을 취하여 기형무기를 회수하려고 했으나 최후의 무사를 벤 기형무기는 이층으로 오르는 계단 기둥에 그대로 박혀 버렸다.

기형무기를 날리고 조종하며 거두는 동작이 아직 익숙하지 않기 때문이다.

태무랑은 속도를 늦춰 기형무기를 향해 천천히 걸어가면서 넓은 대전을 둘러보았다.

삼향주를 비롯한 삼십 명 무사의 시체가 여기저기에 목불인견의 참혹한 모습으로 흩어져 있었다.

그리고 그들이 흘린 피가 여러 갈래의 피의 냇물[血川]을 이룬 채 흘렀다.

드극.

태무랑은 계단 기둥에 깊숙이 꽂혀 있는 기형무기의 도파를 잡고 가볍게 뽑더니 느닷없이 머리 위를 향해 날렸다.

키우웅!

귀식대법으로 호흡을 완전히 정지한 채 지붕에 납작하게 엎드려 있던 은지화는 지붕 아래에서 더 이상 비명 소리가 들려오지 않는 것으로 미루어 마침내 태무랑이 도륙을 끝냈다고 생각했다.

그런데 갑자기 한줄기 파공음이 들렸다. 그래서 아직 살아

남은 자가 있는가 보다 하고 단순하게 생각했다.

"……"

그런데 그 파공음이 점점, 아니, 빠른 속도로 자신에게 가까워지고 있는 것이 아닌가.

콰콱!

"꺄악!"

그 순간 은지화는 시퍼런 칼날이 벼락같이 지붕을 뚫으면서 자신의 뺨을 스치며 솟아오르자 소스라치게 놀라 비명을 질렀다.

"아아……"

그녀는 그대로 얼어붙어 꼼짝도 하지 못하고 고개만 돌려서 칼날을 쳐다보았다.

칼날은 그녀의 코끝에서 채 반 뼘 거리도 떨어져 있지 않았다. 그리고 그녀는 그것이 태무랑의 기형무기라는 사실을 알아보았다.

정말로 기형무기에 적중된 것처럼 그녀는 손가락 하나도 까딱할 수가 없었다.

단지 정수리에서 발끝까지 찌르르한 전율이 온몸을 훑으면서 흐르고 있었다.

태무랑은 그녀의 존재를 이미 감지하고 있었던 것이다.

은지화는 기형무기가 빗나간 것이라고 생각하지 않았다. 그가 그녀를 죽일 마음이 있었다면, 지금쯤 기형무기의 칼날이 그녀의 머리를 정확하게 쏘갰을 것이다. 그가 죽이지 않았다면 뭔가 다른 이유가 있을 터이다.

팍!

그때 기형무기가 쑥 뽑히더니 아래쪽으로 사라져 버렸다.

은지화는 경악과 공포로 인하여 한동안 뻣뻣하게 굳어 있다가 겨우 정신을 차렸다.

그녀는 태무랑이 자신을 죽이지 않고 겁을 주기만 한 이유가 무엇인지 잠시 생각하다가 해답을 얻었다. 그가 그녀를 부른 것이다.

그때 그녀는 한꺼번에 두 가지를 사실을 연이어서 깨달았다.

오줌이 마렵지 않다는 것과 아랫도리가 서늘하다는 사실이다. 즉, 그녀는 조금 전 기형무기가 뺨을 스칠 때 또다시 오줌을 싼 것이다.

은지화가 지붕에서 내려와 대전 입구 쪽으로 걸어가고 있을 때 바깥에서 망을 보고 있던 차도익이 담을 넘어 황급히 달려오는 것이 보였다.

은지화는 자신의 비명 소리 때문에 그가 놀라서 달려오는 것이라 여기고 두 손을 마구 휘저으며 오지 말라는 신호를 보냈다.

오줌을 싸서 치마 앞쪽이 흥건하게 젖어 있는 모습을 차도익에게 보이고 싶지 않은 것이다.

차도익은 그 자리에서 멈추고 걱정스러운 표정으로 그녀를 보다가 얼른 돌아섰다. 치마 앞쪽이 흠뻑 젖어 있는 것을 발견했기 때문이다.

은지화는 대전 입구로 걸어가다가 입구를 서너 걸음 남겨 둔 곳에서 멈추었다. 너무 겁이 나서 다리가 저절로 멈춰 버린 것이다.

그녀는 예전에 몹시 긴장을 한 적은 있어도 이처럼 극도로 겁을 집어먹은 적은 없었다.

그녀에게 태무랑은 공포 그 자체다. 할 수만 있으면 죽을 때까지 그를 대면하고 싶지 않았다.

하지만 지금 상황은 절대 그렇지 못하다. 이대로 돌아선다던가 머뭇거리고 있다가 태무랑이 나온다면 응분의 대가를 치러야 한다는 공포가 머릿속에 가득 들어차 있었다.

'들어가야 해……!'

그녀는 아랫배에 불끈 힘을 주고 떨어지지 않는 발걸음을 간신히 옮겨 최면에 걸린 듯 앞으로 걸어갔다.

그긍—

굳게 닫혀 있는 문을 여는 순간 역한 피비린내가 거세게 확 끼쳐 왔다.

"웃!"

그녀는 자신도 모르게 손으로 코와 입을 막다가 대전 안에 벌어져 있는 광경을 발견하고는 두 눈을 한껏 부릅떴다.

처참하다는 말로는 절대로 표현할 수 없는 참상이 대전 안에 벌어져 있었다.

"아아……."

목과 몸통이 통째로 잘린 시체들 삼십여 구가 바닥에 즐비하게 깔려 있었으며, 몸에서 쏟아져 나온 내장과 창자가 핏물 속에 널려 있었다.

그러므로 이 지독한 냄새는 피 냄새만이 아니다. 내장과 창자, 뱃속에 있던 온갖 오물들이 한꺼번에 뒤섞인 냄새라서 은지화는 마침내 그 자리에 퍼질러 앉아서 눈물을 쏟아내며 토하기 시작했다.

"우웨엑! 웩!"

사람이 죽은 모습은 여러 번 봤지만 이처럼 무지막지하게 끔찍한 광경은 생전 처음이다.

게다가 사실 그녀는 지금까지 사람을 한 명도 죽여본 적이 없었다.

물론 싸움은 여러 차례 했었고 모두 이겼지만, 상대에게 가벼운 부상을 입히는 정도로 끝냈었다. 상대를 굴복시키면 되는 싸움이기 때문이었다.

또한 상대가 아무리 죽일 놈이라고 해도 그녀가 행한 최대의 응징은 팔을, 그것도 무기를 사용하지 않는 왼팔을 자른 것이었다.

그나마도 그때 이후 너무 심한 짓을 했다고 줄곧 후회하고 있는 중이었다.

"으으……"

뱃속에 있는 것은 물론이고 창자에 있는 것까지 모조리 토해낸 은지화는 퀭한 얼굴로 일어서다가 저만치 시체들 한복판에 우뚝 서 있는 태무랑을 발견했다.

"……!"

순간 그녀의 눈에 비친 태무랑의 모습은 지옥의 염마왕(閻魔王) 그 자체였다.

그녀는 감히 그의 얼굴을 쳐다보지 못하고 급히 시선을 아래쪽으로 떨어뜨리다가 그의 오른손에 쥐어진 채 비스듬히 아래로 향한 기형무기에 시선이 고정되었다.

마치 하나의 살아 있는 생명체 같은 기형무기의 시퍼런 칼날에서는 아직도 피가 뚝뚝 떨어지고 있었다.

서른한 명의 생명을 빼앗은 기형무기는 그 자체로써 살아있는 하나의 영물(靈物) 같았다.

은지화는 자신도 모르게 늘씬한 몸을 부르르 떨면서 중얼거렸다.

"아아… 저것은 염마도(閻魔刀)야……"

그때 약간 고개를 숙인 채 무슨 생각에 잠겨 있던 태무랑이 그녀의 말 때문에 고개를 들었다.

"뭐라고 했느냐?"

"당신의 그 무기는… 지옥의 염마도예요……"

그녀는 자신이 무슨 말을 하는지도 모르면서 홀린 듯이 중얼거렸다.

태무랑은 기형무기를 들어 올려 훑어보면서 눈을 번뜩이며 잔인한 미소를 흘렸다.

"후후후… 염마도라고? 이 녀석에게 잘 어울리는군."

그는 기형무기, 아니, 염마도 도파의 고리에 연결되어 있는 또 하나의 고리를 분리했다.

분리해 낸 고리에는 육안으로는 잘 보이지 않을 정도로 가느다란 강사가 연결되어 있었다.

슥—

그는 오른손 소매를 걷어 올렸다. 그러자 손목에서부터 팔꿈치 바로 아래 팔뚝까지 온통 검은색의 얇은 철판을 둘렀으며 그 위에 강사가 칭칭 감겨져 있는 것이 드러났다.

강사라는 것은 말 그대로 강철을 실처럼 가느다랗게 만든 것이기 때문에 그냥 팔에 감았다가는 상처 입기 십상이다.

더구나 조금 전처럼 염마도를 멀리 던지거나 방향을 바꾸는 것, 즉 조종을 하다 보면 강사가 팽팽해져서 철판을 두르지 않으면 팔목이 잘려 나갈 수도 있다.

그는 염마도에서 분리한 강사를 오른팔에 팽팽하게 칭칭 감은 후에 고리를 철판의 손목 쪽에 있는 조그만 구멍에 단단하게 걸었다.

은지화는 그 자리에 오도카니 서서 태무랑의 행동을 물끄러미 지켜보았다.

이윽고 태무랑이 그녀를 쳐다보았다.

'흑!'

순간 은지화는 몸이 수축되고 심장이 오그라드는 것을 느끼며 얼른 고개를 숙였다.

그러자 축축하게 젖어서 아직도 물을 뚝뚝 흘리고 있는 자신의 치마가 보였다.

치마는 정확하게 옥문이 있는 위치에서 아래쪽으로 세로 일자를 그린 채 젖어 있었다.

또한 그녀는 자신이 무림인의 상징인 경장 차림이 아니라 홍작루에서 얻은 기녀의 옷차림이라는 사실을 깨달았다.

그런 우스꽝스러운 모습에 검을 턱 메고 오줌 싼 모습을 보이고 있으니 부끄러워서, 아니, 수치스러워서 혀를 깨물고 죽고 싶은 심정이었다.

더구나 가장 무서워하고 또 증오하며 싫어하는 태무랑에게 오줌 싼 모습을 두 번씩이나 보였으니 이 수치스러움을 어찌 말로 다 표현할 수 있겠는가.

"네가 해야 할 일이 있다."

그때 태무랑이 불쑥 말하자 은지화는 자신도 모르고 고개를 들고 그를 바라보았다.

第十五章

무적신룡(無敵神龍)

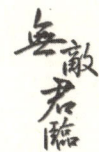

 태무랑은 은지화에게 기화연당의 나머지 처리를 맡겼다.
 먼저 해야 할 일은, 기화연당에 팔려와서 강제로 여러 가지 교육을 받고 있는 소녀들을 구해 각자의 고향으로 돌려보내는 것이다.
 그다음은 앞으로는 다시는 이런 악행이 되풀이되지 않도록 기화연당을 영구적으로 폐쇄하는 것이다.
 태무랑이 원하는 것은 거기까지였으나 은지화는 대전에 깔려 있는 시체 서른한 구를 말끔히 치우라고 차도익에게 지시했다.
 그리고 기화연당이 무영검문하고 연관이 있다는 증거를

잡기 위해서 기화연당 곳곳을 샅샅이 뒤지고 다녔다. 하지만 허사였다.

태무랑과 삼향주와의 대화 중에서 무영검문 운영당이 인신매매를 담당하고 있다는 말은 들었으나 그것은 눈에 보이는 증거가 아니다.

그래서 은지화는 삼향주를 산증인으로 삼기 위해서 태무랑이 그를 죽이지 않기를 원했었다.

하지만 그런 것은 안중에도 없는 태무랑은 제일 먼저 삼향주를 죽여 버렸다.

태무랑은 약간의 실마리라도 찾기 위해서 삼향주의 거처를 샅샅이 뒤졌다.

하지만 그가 찾고 있는 것은 은지화가 원하는 것하고는 사뭇 달랐다.

기화연당에서 태화연을 데리고 갔다는 절강매객이나 그의 주인 철화빙선에 대한 정보, 그리고 이따위 인신매매를 무영검문 말고 다른 놈들도 하고 있지 않은가라는 것을 알아내려는 의도인 것이다.

삼향주의 집무실 서가에 꽂혀 있는 수백 권의 서책 중에서 그가 골라낸 것은 네 권이다.

첫 번째 서책 전반부에는 절강매객이 지난 삼 년여 동안 기화연당에서 화뢰들을 사간 날짜와 산 금액, 화뢰의 인적 사항에 대해서 자세하게 적혀 있었다.

그것에 의하면 절강매객은 지난 삼 년여 동안 총 열다섯 명의 화뢰를 사갔으며, 기화연당에서 하나같이 최상급으로 분류한 화뢰들뿐이었다.

그리고 첫 번째 서책의 후반부에는 절강매객이 거래하는 또 다른 기화연당의 이름과 장소 따위가 적혀 있었다. 그로 미루어 기화연당 같은 곳이 여러 개 있는 듯했다.

두 번째 서책에는 지난 오 년 동안 기화연당에 들어오고 나간 화뢰들 숫자가 월 단위로 빠짐없이 기록되어 있었다.

기록에 의하면 평균적으로 일 년에 삼천여 명이고, 오 년 동안 무려 만 오천여 명의 어린 소녀들이 이곳에서 교육을 받고 기녀, 아니, 동기(童妓)로 팔려 나갔다. 실로 엄청난 수가 아닐 수 없었다.

세 번째 서책에는 바로 천하에 흩어져 있는 기화연당들의 이름과 장소, 그리고 놀랍게도 그 기화연당들의 배후까지 기록되어 있었다.

아마도 이곳 낙양 기화연당의 경쟁 상대이기 때문에 상세히 조사한 것 같았다.

배후로는 무슨 방, 문파 이름들이 나열되었는데 태무랑으로서는 하나같이 생소한 이름들이었다.

하지만 천하에 흩어져 있는 기화연당의 수는 도합 열두 곳이라고 적혀 있었다.

그렇다면 이곳 낙양의 기화연당이 오 년여 동안 만 오천여 명의 어린 화뢰들을 팔아치웠으니까 그 열두 배면 무려 십팔만여 명이다. 그렇게 많은 어린 소녀들을 단돈 은자 몇 냥에 사들여서 험난한 가시밭길로 밀어 넣었다니 치가 떨릴 일이었다.

마지막 네 번째 서책은 치부책(置簿册·금전출납부)으로, 낙양 기화연당이 매월 벌어들인 금액이 자세히 기록되어 있었다.

또한 수입 금액을 전부 금원보로 환전해서 석 달에 한 차례씩 송금한다고 적혀 있었는데, 한 번에 송금하는 액수가 자그마치 금원보 오백 개다.

금원보 하나가 은자 만 냥이니까 금원보 오백 개면 은자 오백만 냥이다.

그걸 보면 기화연당이 화뢰들을 헐값으로 사들여서 기녀수업을 시킨 후에 비싼 값으로 팔아서 막대한 이득을 챙긴다는 사실을 알 수 있었다.

이처럼 거저먹는 것이나 다름없는 손쉬운 장사이기 때문에 무영검문이 위험을 무릅쓰고서라도 인신매매를 하고 있는 것 같았다.

태무랑은 제월장에서 금원보 스물두 개와 은자 오천삼백 냥을 갖고 나와서 낙양 서북쪽 망산의 어느 무덤 속에 은밀하게 감추었다.

그때 그는 그 정도 액수면 천하제일부호는 못 되더라도 낙양제일부호 소리는 들을 수 있을 것이라고 생각했다.

그런데 그것은 그의 착각이었다. 기화연당에서 석 달에 한 차례씩 은자 오백만 냥이나 송금되는 것에 비하면 태무랑이 갖고 있는 돈은 조족지혈에 불과했다.

대대로 가난에 찌들어서 살아온 그는 정확한 돈의 가치와 위력을 모르고 있었다.

기화연당에서 송금하는 은자 오백만 냥을 받는 곳은 아마도 무영검문일 것이다.

네 권의 책을 자세히 읽고 난 태무랑은 삼향주 집무실을 다시 살피다가 서가 뒤에 또 하나의 은밀한 문이 있는 것을 발견했다.

서가를 치워내니까 큼직한 자물쇠가 달려 있는 하나의 문이 나타났다.

우둑!

자물쇠를 간단하게 박살 내고 문을 열자 그 안에는 거무튀튀하고 큼직한 금고가 두 개 놓여 있었다.

태무랑은 내친김에 첫 번째 금고의 자물쇠마저도 부숴 버리고 뚜껑을 열었다.

"……!"

원래도 과묵하고 웬만해서는 놀라지 않는 성격이지만, 지옥에서 나온 후로는 아예 감정 변화를 상실해 버린 그조차도 금고 안을 들여다보고는 안색이 획 변했다.

놀랍게도 그 안에는 누런빛을 발하는 금원보가 꼭대기까지 가득 들어차 있었다.

이 정도면 아무리 못해도 수백 개는 될 터이다. 아니, 어쩌면 이것은 석 달에 한 차례씩 무영검문으로 송금하는 바로 그것, 금원보 오백 개일 것이다.

금고 안에 쌓여 있는 금원보를 굽어보는 태무랑의 얼굴은 놀라움에서 곧 원래의 무표정으로 바뀌었다.

그는 이어서 뒤쪽에 있는 두 번째 금고를 열었다. 그 금고는 앞의 것보다 두 배 가까이 컸으며, 그 안에는 어김없이 금원보와 은자들이 가득 들어차 있었다.

두 번째 금고는 삼향주가 따로 비축해 놓은 자금, 즉 비자금인 듯했다.

그 안에는 대충 보기에도 이백여 개의 금원보가 위쪽에 쌓여 있고 아래쪽에는 은자들이 그득했다. 은자만 해도 백만 냥 이상 될 듯했다.

태무랑은 금고를 굽어보면서 잠시 생각에 잠겼다. 그는 원래 돈에 대해서는 욕심이 없는 사람이다. 하지만 누이동생을 찾는 과정에서 이런 식으로 원하지 않은 막대한 돈이 생기니까 생각이 조금 달라졌다.

그렇다고 해서 돈을 가져다가 자기 혼자 호의호식하려는 마음은 추호도 없었다.

지금 그가 궁리하고 있는 것은 이 돈으로 피해를 입은 화뢰들을 구하거나 그녀들을 위해서 사용하는 방법이다.

그러나 구체적인 방법이 생각나지 않았다. 단지 화뢰들을 팔아서 벌어들인 돈이니까 자신이 갖고 가서 나중에 그녀들을 위해서 써야겠다고 결정했다.

태무랑은 두 개의 금고를 기화연당 뒷담 밖 낙수 강가 풀숲의 은밀한 곳에 두 차례에 걸쳐서 감춰두고 다시 기화연당으로 돌아왔다.

금원보를 은지화에게 주는 것도 생각해 봤으나 그럴 경우에는 돈이 어떻게 사용될지 모른다.

자칫하면 낙성유문의 배만 불리게 할 수도 있다. 견물생심이니까 충분히 가능한 일이다. 그렇게 되면 화뢰들을 팔아서 번 돈을 낙성유문이 챙기는 꼴이 된다.

수많은 화뢰들의 눈물로 벌어들인 돈이니까 그녀들을 위해서 써야 마땅하다는 것이 태무랑의 생각이었다.

그래서 따로 빼돌린 것이다. 하지만 추호도 양심의 가책 같은 것은 느끼지 않았다. 그 자신이 법이라고 생각하고 또 정당하다고 자신하기 때문이다.

은지화는 고수들을 데려오라고 낙성검문으로 보낸 차도익을 기다리고 있는 중이었다.

그녀는 기화연당 곳곳을 뒤졌으나 무영검문이 인신매매를 하고 있다는 증거물을 하나도 찾아내지 못하고 씁쓸한 표정을 짓고 있었다.

대신 그녀는 경장 한 벌을 찾아내서 갈아입었다. 작은 치수기는 하지만 남자 것이라서 조금 헐렁했다.

그래도 오줌을 싸지른 알록달록한 기녀의 옷을 입고 있는 것보다는 훨씬 나았다.

그녀는 삼향주의 거처가 어딘 줄은 알고 있으나 그곳에 태무랑이 있기 때문에 근처에 얼씬도 하지 못했다.

차도익도 없는 기화연당에서 혼자 있는 그녀는 태무랑 때문에 몹시 두려웠으나 대전 앞에 꼿꼿하게 선 채 그를 기다리고 있었다.

태무랑에게 보고를 해야 하기 때문이다. 기화연당을 몰살시키고 폐쇄하는 것은 순전히 그의 공이다. 그런데 그것을 가로챌 만큼 은지화는 파렴치한 여자가 아니다.

태무랑과 다시 마주쳐야 한다는 사실이 오금을 저리게 만들지만, 그녀는 자신이 해야 할 일을 모른 체하지는 않는다. 두려움은 두려움이고 책임은 책임이다.

그때 그녀는 저만치 삼향주의 거처 쪽에서 태무랑이 걸어오는 것을 발견하고 후드득 몸을 떨었다. 잠시 망각하고 있었던 공포가 마치 바짝 마른 모래에 물이 스며들 듯이 빠르게 엄습했다.

더구나 얼마 전에 지붕에서 오줌까지 쌌는데도 불구하고 또다시 오줌이 마렵기 시작했다.

'아아… 이건 병이야, 병.'

그녀는 태무랑이 자신의 세 걸음 앞에 멈춰 서자 이제는 숨까지 제대로 쉬기가 어려워졌다.

"저……."

그녀는 아랫배에 불끈 힘을 주면서 용기를 내어 입을 열었으나 용기보다는 공포가 심해서 말이 나오지 않았다.

더구나 태무랑이 무표정한 시선으로 힐끗 쳐다보자 그것만으로도 오줌이 푹! 하고 터져 나올 것만 같았다.

괴이하면서도 기가 찰 노릇이다. 아니, 도대체 이놈의 오줌은 어째서 이리도 자주 마려운지 모를 일이었다. 태무랑을 보기만 하면 온몸의 수분이 일제히 방광으로 몰려들기라도 한단 말인가.

그러나 은지화는 명문정파에서 태어나 십구 세를 며칠 앞둔 지금까지 차곡차곡 수양을 쌓아왔다.

그런 수양심으로 이 정도를 이겨내지 못한다면 말이 되지 않는다고 생각했다.

그래서 아랫배에 더욱 힘을 주고 목과 이마에 핏대를 세우며 일부러 목소리를 높였다.

"소녀와 함께 가볼 곳이 있어요!"

세 걸음 앞에 서 있는 태무랑에게 바락바락 악을 써댔다.

그런데 바로 그 순간 우려하던 일이 벌어졌다. 용기를 내느라 아랫배에 너무 힘을 줬다. 아랫배에는 바로 방광이 있다는 사실을 망각했다.

푹! 하고 오줌이 약간 새어, 아니, 터져 나온 것이다. 급히 그 부위에 힘을 주어 오므렸기에 차 반 잔 정도만 새나왔다.

그랬기에 망정이지 하마터면 태무랑 면전에서 또다시 개망신을 당할 뻔했다.

그렇지만 한 방울이든 차 반 잔 정도든 액체라는 것은 마른 옷을 적신다는 것이 세상의 이치다.

"……."

북방 지역인 낙양의 섣달 밤바람은 매섭도록 차다. 몸에서 배출된 물기가 옷을, 그것도 하체의 소중한 부위와 허벅지를 적시면 그것이 옷 바깥의 찬바람과 반응하여 몇 배로 더 차갑게 느껴지게 마련이다.

'이게 뭐야…….'

그녀는 불과 차 반 잔의 오줌이 옷을 적시고 있는 것을 느끼면서 절망감에 사로잡혀 울음, 아니, 통곡이 터져 나올 것만 같은 기분이 되었다.

굳이 아래를 굽어보지 않아도 자신의 사타구니가 어떻게 되었을 것이라는 것쯤은 짐작할 수 있었다.

그래서 그냥 이대로 죽어버리고 싶은 생각밖에 들지 않았다. 앞에 서 있는 상대가 사랑하는 남정네도 아니고, 그렇다고 남몰래 연모하는 사내도 아닌데 왜 이렇게 죽도록 부끄러운지 모를 일이다.

아니, 이것은 부끄러운 것이 아니라 너무도 수치스러운 일이었다. 은지화의 얼굴은 홍시처럼, 아니, 핏빛으로 새빨갛게 물들었다.

그런데 태무랑의 시선이 스르르 아래로 향하더니 그녀의 사타구니를 봤다. 그리고 시선이 그곳에 고정되었다.

"제발… 보지……."

그녀는 입술을 깨물면서 중얼거렸다.

순간 그녀는 몸을 날려 태무랑에게 저돌적으로 부딪쳐 가면서 앙칼지게 외쳤다.

"보지 마요!"

머릿속과 온몸 핏속까지도 부끄러움과 수치심으로 가득 찬 그녀는 느닷없이 돌출 행동을 했다.

순간 태무랑의 오른손이 어깨의 염마도로 향했다. 부딪쳐 오는 은지화를 베려는 것이다.

그러나 그는 은지화가 비 오듯이 눈물을 흘리고 있는 것을 발견하고 멈칫했다.

또한 그녀가 어깨의 검을 뽑지도 않았으며, 허점을 모조리 드러낸 무방비 상태인 것을 간파했다.

콰악!

"으흐흑! 보지 말아요!"

태무랑이 동작을 멈추고 있는 사이에 은지화는 온몸으로 그의 가슴에 뛰어들며 흐느껴 울었다.

"……."

여자가 스스로 그의 품에 뛰어들어 안긴 것은 생전 처음 있는 일이다.

그래서 그는 순간적으로 지금 자신이 어떻게 해야 하는지 판단이 서지 않았다.

은지화는 보통 키에 아담한 체구다. 그러나 늘씬하고 풍만한 몸매는 결코 아담하지 않다.

보통보다는 훨씬 풍만한 가슴과 태무랑의 큰 손이라면 한 손으로도 움켜쥘 수 있을 듯한 가느다란 허리, 그리고 탄력있는 둔부와 상체보다 하체가 길게 뻗은 몸매의 소유자다.

그녀의 키는 태무랑의 어깨에도 닿지 않는다. 그래서 얼굴을 그의 가슴에 묻고 두 팔로는 그의 등을 힘껏 끌어안은 상태에서 마구 도리질을 하며 흐느껴 울었다.

"흑흑흑… 당신 미워요… 나빠요……."

극도의 수치심과 공포심을 울음이라는 것으로 터뜨려 버린 그녀는 결사적이었다.

만약 은지화가 남자였다면 절대로 이러한 행동을 취할 수도 용납될 수도 없다.

이런 것은 오로지 여자, 그것도 어려서부터 귀여움을 독차지하고 또 응석받이로 자란 아름다운 여자여야만 가능한 최후의 무기 같은 것이다.

여자가 이런 식의 행동을 의식적으로, 그리고 자주 사용하면 '교태'가 되지만, 막바지에 몰려서 발작적으로 행동하는 것은 '무기'가 된다.

그래서 여자는, 아니, 남자와 여자, 즉 남녀 사이라는 것은 정말로 불가사의한 것이다.

방금 전까지만 해도 눈 하나 까딱하지 않고 은지화를 죽일 수 있었던 태무랑이지만, 지금은 그녀에게 가슴을 내준 채 묵묵히 서 있을 뿐이었다.

은지화조차도 자신이 이런 행동을 취할 줄은 예상하지 못했었는데, 하물며 태무랑이 지금 벌어지고 있는 일을 이해할 수 있겠는가.

상대가 적의를 품고 공격을 해온다면 그저 죽여 버리면 간단한 일이다.

하지만 이런 경우에는 어떻게 해야 할지 모르는 태무랑은 자신이 바보가 된 듯한 기분마저 들었다.

"흑흑흑… 미워요……."

은지화가 그의 등을 끌어안은 두 팔에 더욱 힘을 주면서 애처롭게 울었다.

그때 문득 태무랑은 은지화가 자신의 누이동생 태화연 같다는 착각이 들었다.

절망에 빠져 있는 그 아이를 누군가 위로해 준다면 그녀도 그 사람 품에 안겨서 이처럼 통곡하듯이 울면서 하소연이라도 하지 않겠는가.

은지화의 울음은 쉬이 멈추지 않았다. 그만큼 태무랑에 대한 공포와 두려움, 원망, 미움 같은 것이 크고 깊었던 것이다. 지금 그녀는 이 상황을 빌어서 그것을 극복해 보려는 것인지도 모른다.

그리고 그녀는 지금이 어떤 상황인 줄도 인식하지 못한 채 이제는 온몸의 수분을 오줌이 아닌 눈물로 쏟아내려는 듯 결사적으로 울기만 했다.

그때 태무랑의 왼손이 느릿하게 들어 올려졌다. 그리고는 은지화의 작고 가녀린 등에 닿을 듯 말 듯하다가 살며시 닿았다.

그리고는 부드럽게 위아래로 쓰다듬었다. 그녀를 태화연이라고 착각하기 때문이다.

아니, 착각까지는 아니더라도 누군가 태화연에게 이렇게 해주기를 간절하게 바라는 오라비의 애틋한 심정에서다. 그는 지금 살인귀 적안혈귀가 아니라 가련한 한 소녀의 오라비일 뿐이다.

순간 은지화가 멈칫하며 몸을 떨었다. 울음도 그치고 몸부림도 그쳤다.

태무랑의 손이 등에 닿고 쓰다듬자 갑자기 놀라움이 찾아들면서 지금이 어떤 상황인지 찬물을 뒤집어쓴 것처럼 깨달아 버렸기 때문이다.

그녀는 눈물범벅인 얼굴을 태무랑의 가슴에서 떼어 조심

스럽게 위를 올려다보다가 멈칫했다. 태무랑이 그녀를 굽어보고 있었다.

아래에서 위로, 위에서 아래로, 두 사람은 서로를 바라보는 상태에서 그대로 가만히 있었다.

은지화의 마음속에서 '내가 지금 무슨 짓을…' 하고 후회가 일고 있었는데, 문득 태무랑의 입가가 조금 일그러졌다.

천하의 모든 사람들이 그 모습을 봤다면 두말하지 않고 무조건 인상을 쓰는 것이라고 하겠지만, 그 입술의 일그러짐을 보는 순간 은지화는 그것이 태무랑의 '미소'라는 사실을 즉시 알아차렸다.

또한 그가 미소나 웃음 같은 것하고는 친숙하지 않기 때문에 그런 괴이한 미소를 짓는 것이라는 생각이 들었다.

그러더니 태무랑의 입가에서 '일그러진 미소'가 사라지면서 곧 원래의 무표정으로 되돌아갔다.

그러나 은지화는 그의 미소를 봤다는 사실만으로도 마음이 크게 위로되었다.

그녀는 방그레 미소를 짓고 나서 다시 그의 가슴에 얼굴을 묻고 두 팔로 그의 등을 힘주어 안았다.

하지만 더 이상 울지 않았다. 이제는 태무랑에게 공포심도, 원망도 전혀 느끼지 않았다. 그를 완전히 극복한 것이다.

그런데 그게 아니다.

또다시 오줌이 마려웠다.

사람이 이렇게 달라질 수 있는 것인가.
"어서 들어가요."
다시 바지를 갈아입은 은지화는 태무랑의 손을 꼭 잡고 어느 전각의 대전 안으로 종종걸음 치면서 들어가며 종달새처럼 종알거렸다.

태무랑이라면 감히 쳐다보지도 못했던 그녀가 지금은 마치 연인이나 누이동생처럼 그의 손을 잡고 이끌면서 한껏 명랑한 표정을 짓고 있었다.

사실 그녀는 여전히 그가 무섭기는 하다. 그러나 조금 전에 그가 보여준 일련의 작은 행동 때문에 은지화는 자신과 그가 가까워질 수 있을지도 모른다는 작은 기대를 하고 있는 것이다.

그리고 그런 노력을 해야 할 사람이 자신이라는 사실도 알고 있었다.

"놔라."
태무랑은 그녀의 손을 뿌리쳤다.

앞서 가던 은지화는 멈칫했다. 하지만 그녀는 지금이 매우 중요한 순간이라고 판단했다.

여기에서 물러서면 애써 만든 기회가 물거품이 된다고 생각했다. 그래서 배시시 미소 지으며 그에게 다가가 다시 손을 잡고 끌었다.

"어서 들어가요. 사람들이 기다리고 있어요."

그러면서 그녀는 어쩌면 자신이 살짝 애교를 부렸을지도 모른다는 생각을 했다.

부친이나 숙부들은 그녀가 애교를 부리면 입에 거품을 물고 자빠질 정도로 좋아서 어쩔 줄 모른다.

그런데 태무랑은 그러지 않았다. 하지만 재차 그녀의 손을 뿌리치지는 않았다.

은지화가 '사람들이 기다리고 있다'라고 말했기 때문에 의아한 생각이 든 것이다.

하지만 그녀는 그것을 모르고 자신의 애교 혹은 노력이 먹혔기 때문이라고 생각했다.

대전으로 들어선 태무랑은 가볍게 흠칫했다. 대전 안에 족히 삼백여 명은 될 듯한 여자, 아니, 어린 소녀들이 모여 있었기 때문이다.

그는 어린 소녀들이 기화연당에서 기녀 수업을 받고 있던 화뢰들이라는 사실을 깨달았다.

은지화가 그녀들을 이곳에 모은 듯한데, 설마 이렇게 많으리라고는 예상하지 못했었다.

화뢰들은 적게는 십삼 세부터 많아야 십육 세까지의 어린 나이였다.

그녀들은 얼굴에 두려움 반 호기심 반의 표정을 짓고 태무랑을 주시하고 있었다.

삼백여 명의 화뢰들 앞쪽에는 이십여 명의 여자가 서 있었는데, 그녀들은 화뢰들에게 기녀 수업을 가르치는 선생들인 것 같았다.

선생들이라고 해봐야 전직 기녀 출신이 대부분이었다. 나이가 들어 기녀에서 퇴출되면 싸구려 주루를 차려서 독립을 하거나 몸을 의탁할 놈팡이라도 만나서 살림을 차리는 일도 더러 있기도 하지만, 그보다는 사창가에서 몸을 파는 창기(娼妓)가 되는 것이 다반사다.

그런 그녀들이 기화연당 같은 곳에서 선생질이라도 하는 것은 축복받은 일이 아닐 수 없었다.

은지화는 태무랑의 손을 잡고 화뢰들과 선생들의 앞으로 걸어가서 멈추고 낭랑한 목소리로 말문을 열었다.

"여기 계신 분이 여러분을 구해주셨어요!"

모두의 얼굴에 커다란 놀라움과 기쁨이 떠올랐다. 은지화는 그녀들을 이곳에 모이게 하고는 기화연당이 폐쇄됐으며 모두 자유로운 몸이 됐다고 설명해 주었다.

은지화의 말에 태무랑은 움찔 놀랐다. 그녀가 그런 말을 하리라곤 전혀 예상하지 못했기 때문이다. 그의 놀라움이 손을 통해서 은지화에게 전해졌다.

그가 몹시 어색한 표정을 지으면서 몸을 돌리려는 것을 은지화는 손을 꼭 잡고 놔주지 않았다. 하지만 그는 그녀의 손을 뿌리치지 않았다.

은지화는 아까 태무랑의 품에 안겼을 때 그가 속마음은 자상한 사람이라는 사실을 느꼈다.

그런데 지금 그가 매우 쑥스러워하는 모습을 보고는 그가 순수한 사람이라는 것을 또다시 깨달았다.

"이분은 얼마 전에 장안에 있는 화뢰원을 폐쇄하고 그곳에 감금되어 있던 화뢰 서른두 명을 고향으로 돌려보낸 적도 있어요!"

"아아……"

"어쩜……"

은지화의 말에 어린 화뢰들 사이에서 감탄성이 흘러나왔다.

"저희들도 고향으로… 집으로 보내주실 건가요?"

그때 화뢰 중 한 명이 간절하면서도 기대 어린 표정으로 물었다.

은지화는 화뢰들을 이곳에서 내보내 주는 것으로 끝낼 생각이었기 때문에 태무랑을 바라보며 어떻게 하면 좋으냐는 표정을 지었다.

태무랑은 가볍게 고개를 끄덕이며 은지화만 들을 수 있도록 작게 중얼거렸다.

"제월장하고 똑같이 해라."

즉, 화뢰들에게 은자 백 냥씩 주고 표국을 통해서 각자의 고향으로 안전하게 데려다 주라는 뜻이었다.

"알았어요."

은지화는 방그레 미소 지으며 대답했다.

삼백여 명의 화뢰들에게 은자 백 냥씩을 나눠주면 그것만 해도 은자 삼만 냥이다.

게다가 그녀들을 표국에 맡겨서 각자의 고향으로 돌려보내려면 일인당 은자 닷 냥씩은 들 것이다. 그럼 도합 은자 삼만 천오백 냥이 필요하다.

은지화가 아무리 낙성유문의 소문주라고 해도 은자 삼만 천오백 냥이라는 거금을 쉽게 마련할 수는 없다.

그런데도 그녀는 태무랑의 말을 거부하지 않고 그러겠노라고 대답했다.

자신이 무슨 수를 써서라도 은자 삼만 천오백 냥을 마련해볼 작정인 것이다.

바야흐로 태무랑하고 친해지기 시작했는데 그의 말을 딱 잘라서 거절할 수가 없다. 꼭 그게 아니더라도 은지화는 화뢰들에게 은자를 줘서 고향으로 돌려보내는 방법에 전적으로 찬성하고 있었다.

그녀들이 적지 않은 돈 은자 백 냥을 갖고 고향으로 돌아가면 큰 보탬이 될 테고, 다시 화뢰가 될 가능성이 거의 없을 것이기 때문이다.

은지화는 화뢰들을 보면서 밝은 얼굴로 말했다.

"여러분 각자에게 은자 백 냥씩 나눠줄 생각이에요! 또한 안전하게 고향으로 돌아갈 수 있도록 해줄 테니까 앞으로는 절대 이런 곳에 오지 않도록 조심하세요!"

그녀의 말에 화뢰들은 크게 감격하여 서로를 얼싸안으면서 흐느껴 울었다.

은지화는 선생들에게도 똑같이 은자 백 냥씩 주겠다고 약속했다. 그 말에 선생들은 비로소 안도의 표정을 지었다.

그때 화뢰 중에 누군가 조심스럽게 물었다.

"실례지만… 은공의 존함을 알고 싶어요."

"이분은 무적신룡(無敵神龍) 태무랑이에요."

태무랑이 뭐라고 하기도 전에 은지화가 자랑스러운 얼굴로 말했다.

그녀는 조금 전까지만 해도 태무랑의 적안혈귀라는 별호가 그의 잔인무도함과 공포스러움을 표현하기에는 턱없이 부족하다고 생각했었다.

그러나 지금의 그녀는 태무랑처럼 막강하고 정의로우며 자비로운 사람에겐 적안혈귀라는 별호가 어울리지 않으며 그보다 훨씬 근사한 별호를 갖고 있어야 한다고 믿었다. 그래서 머리에서 번쩍 떠오르는 '무적신룡' 이라는 별호를 말한 것이다. 그야말로 변화무쌍한 여자의 변덕이다.

태무랑은 못마땅한 듯 힐끗 은지화를 쳐다보았다. 그러나 그녀는 못 본 체하면서 계속 종알거렸다.

"여러분은 이분의 은혜를 절대로 잊어서는 안 될 거예요!"

 거기에 이르러서 태무랑은 결국 참지 못하고 은지화의 손을 뿌리치고 밖으로 걸음을 옮겼다.

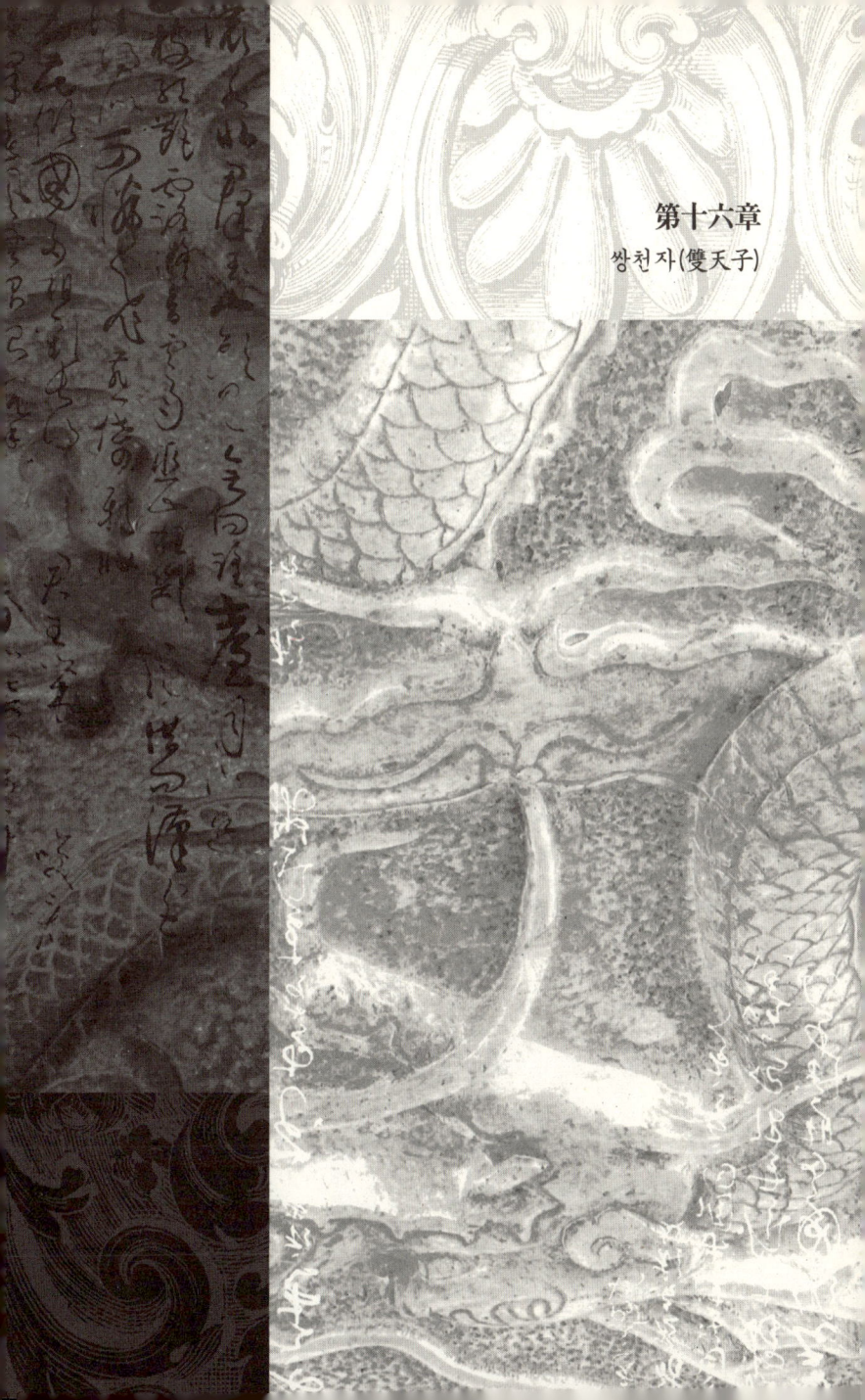

第十六章

쌍천자(雙天子)

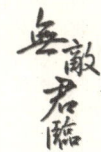

 태무랑은 하나의 빈 자루를 쥐고 두 개의 금고를 감춰둔 낙수 강가의 갈대숲으로 가서 은자를 되는대로 퍼가지고 다시 기화연당으로 돌아왔다.
 은지화는 태무랑이 말도 없이 사라졌다고 생각하여 대전 앞 정원에 서서 사방을 두리번거리며 무척이나 아쉬워했다.
 조금 전까지만 해도 죽을 때까지 태무랑을 보고 싶지 않다는 등 공포에 질려 있던 것하고는 정반대의 상황이다.
 그녀도 이렇게 될 줄은 꿈에도 예상하지 못했다. 하지만 공포보다는 태무랑하고 가까운 편이 훨씬 좋았다.
 쿵!

"앗!"

그때 갑자기 옆에서 묵직한 물체가 땅에 떨어지는 소리가 나자 은지화는 화들짝 놀라 비명을 지르며 쳐다봤다.

그곳에는 하나의 큼직한 자루가 놓여 있고 뒤에 태무랑이 우뚝 서 있었다.

그는 방금 전에 전각 지붕에서 뛰어내렸으나 그녀는 전혀 눈치채지 못했다.

은지화는 태무랑이 사라지지 않았다는 안도감과 자루에 대한 궁금증이 교차했다.

"이게 뭔가요?"

"돈이다."

태무랑의 무뚝뚝한 말에 그녀가 자루를 열어보니 안에는 은자가 절반 정도 담겨 있었다. 도대체 얼마인지 가늠조차 되지 않는 액수였다.

그것은 필경 화뢰들을 위해서 쓰라고 태무랑이 갖고 온 것일 게다. 그렇지만 어디에서 구해왔는지는 짐작조차 할 수가 없었다.

그렇지 않아도 삼만 천오백 냥의 은자를 어떻게 구할 것인지 고심하고 있던 은지화는 안도하면서도 어떻게 태무랑이 잠깐 동안에 이렇게 많은 돈을 구해왔는지 궁금해졌다.

"도대체 이렇게 많은 돈을 어디에서……."

그러나 갑자기 태무랑이 휙 몸을 돌려 걸어가자 은지화는 급히 뒤쫓아갔다.

"어디 가세요?"

대답해 줄 태무랑이 아니다.

은지화는 그가 떠나는 것이라고 본능적으로 느꼈다. 그래서 어떻게든 그를 붙잡아야겠다고 생각했으나 뾰족한 방법이 떠오르지 않았다. 또한 자신이 왜 그를 붙잡아야 하는지 이유도 알지 못했다.

휘익!

갑자기 태무랑이 수직으로 불쑥 신형을 날리더니 어느 전각 지붕으로 쏘아 올랐다.

"가지 말아요!"

은지화는 깜짝 놀라 그를 쫓아 신형을 날리며 외쳤다.

그녀가 지붕에 올라섰을 때 태무랑은 어느새 기화연당의 가장 끄트머리 전각의 지붕을 달려가고 있었다.

은지화는 도저히 그를 뒤쫓을 수 없다고 생각하고는 지붕 위에 서서 멀어지는 그를 망연자실 바라보았다.

그때 그녀의 머리를 스치는 무엇이 있었다.

"이봐요! 당신이 어떻게 십자섬광검 같은 무공들을 알고 있는 건가요?"

일개 군사인 흑풍창기병이었던 그가 어떻게 그런 절학을 알고 있는지 몹시 궁금했던 그녀다.

그때 놀라운 일이 일어났다. 까만 점으로 보이던 그가 그녀를 향해 다시 되돌아오고 있는 것이 아닌가.

슷―

태무랑은 순식간에 은지화 한 걸음 앞에 정지하더니 다짜고짜 물었다.

"십자섬광검을 아느냐?"

은지화는 태무랑이 갑자기 되돌아오고 또 잡아먹을 듯이 묻는 이유를 몰랐다.

"이름 정도만 알고 있을 뿐이에요."

"십자섬광검이 무극신련의 것이냐?"

은지화는 얼떨떨한 표정으로 고개를 끄덕였다.

"그래요. 무극신련의 성명검법이에요."

태무랑은 어느 파의 고유한 무공을 '성명검법'이라고 한다는 것을 처음 알게 됐다.

은지화는 무극신련의 성명검법을 전개하는 태무랑이 십자섬광검이 무극신련의 성명검법이냐고 묻는 것이 이상했다.

"너, 혹시 단유천과 옥령이라는 이름을 아느냐?"

"왜 그들의 이름을……."

콱!

"아느냐고 물었다."

태무랑은 왼손으로 은지화의 어깨를 거칠게 움켜잡으며 무서운 표정을 지었다.

"아, 알아요……."

은지화는 갑자기 태무랑이 무서워졌고 또 자신의 어깨를 움켜잡아 너무 아파서 울상을 지었다.

"그들이 무극신련의 대공과 소저냐?"

"아… 네."

"그 둘에 대해서 아는 대로 말해봐라."

"아… 파요."

은지화는 어깨가 부서지는 것 같아서 참지 못하고 눈물을 찔끔거렸다.

태무랑은 그녀의 어깨에서 손을 떼고 한 걸음 물러나 눈도 깜빡이지 않고 그녀를 주시했다.

은지화는 바짝 긴장한 얼굴로 조심스럽게 태무랑의 얼굴을 살피면서 말했다.

"그 두 사람은 무극신련 총련주의 제자들이에요."

'제자?'

"그들의 이름은 별로 알려져 있지 않아요. 하지만 천풍공자(天風公子)와 천옥선녀(天玉仙女)라는 별호로 유명하고 일명 쌍천자(雙天子)라 불리고 있어요."

말을 마치고 나서 은지화는 움찔 몸을 떨었다. 태무랑의 눈에서 은은하게 혈광이 흘러나오기 시작했기 때문에 절로 오금이 저렸다.

"그들은… 당금 무림에서 가장 유명한 인물이며 정의롭고 공명정대해서 무림의 모든 후기지수들의 지도자로 존경받고 있어요."

"훙! 그 개새끼와 개년이 정의롭고 공명정대해?"

"……"

돌연 태무랑이 씹어뱉듯이 중얼거리자 은지화는 깜짝 놀랐다. 무림제일 기남숙녀(奇男淑女)인 쌍천자에게 개새끼와 개년이라니…….

더구나 태무랑의 두 눈에서 완전히 핏빛인 혈광이 무시무시하게 뿜어져 나오는 것을 발견하고는 은지화는 간담이 서늘해졌다.

태무랑이 두 개의 금고를 낙양성 밖 야산의 땅속에 깊숙이 파묻고 다시 낙양으로 돌아왔을 때는 부옇게 동녘 하늘이 밝아오고 있었다.

그는 일찍 문을 연 주루에 들어가서 아침 식사를 하며 앞으로 어떻게 할 것인지 생각을 정리했다.

은지화에게 단유천과 옥령, 그리고 무극신련에 대해서 대충 들었다.

대충이라고 하지만 태무랑으로서는 처음 알게 된 매우 중요한 내용이었다.

무극신련이 무림의 정파와 사파, 마도를 통틀어서 가장 거대한 세력과 영향력을 행사하는, 이른바 천하제일방파로 군림하고 있다는 사실.

무극신련의 총련주인 환우천제(寰宇天帝) 화명군(華名君)이 천하가 인정하는 천하제일인이며 아울러 무림의 절대자라는 사실.

환우천제의 제자이며 후계자인 단유천과 옥령은 대명제국의 황태자나 황녀와 맞먹는 존귀한 신분이라는 사실.

무극신련의 정확한 위치와 무극신련 휘하의 사십팔 개 방, 문파들에 대해서, 그리고 그 외에 몇 가지 사실들에 대해서 알게 되었다.

태무랑은 당장에라도 무극신련으로 달려가서 단유천과 옥령, 단금맹우, 삼장로 등에게 복수하고 싶은 마음이 간절했지만, 그보다는 태화연을 찾는 일이 우선이라고 판단했다.

단유천과 옥령 등은 어디로 가는 것이 아니지만, 태화연은 제때에 손을 쓰지 못하면 영영 만나지 못하거나 절망의 구렁텅이에서 구출하지 못할 수도 있기 때문이다.

그래서 먼저 절강성으로 가서 절강매객을 잡아 족치기로 결정을 내렸다.

절강성까지 가는 동안 몇 개의 기화연당을 지나치게 될 텐데 하나도 남기지 않고 몰살시킬 생각이다.

그리고 태화연을 무사히 구한 다음에 단유천과 옥령 패거리를 죽이고, 그다음에는 북경의 무영검문을 찾아가서 인신매매를 담당한 운영당을 박살 내든지 아니면 무영검문 전체를 피로 씻겠다고 다짐했다.

태무랑 자신이나 태화연하고 연관된 자들이라면 터럭만 한 것이라도 절대로 용서하지 않겠다는 것이 그의 각오다.

그러나 가장 중요한 것이 한 가지 있었다. 자신의 무공을 제대로 정립하는 것. 그다음에는 최대한 강해져야 한다는 결심을 했다.

은지화의 말을 듣고 보니까 무극신련의 세력은 실로 어마어마했다.

그러므로 지금 당장 무극신련에 쳐들어간다고 해도 태무랑의 실력으로는 단유천과 옥령을 죽일 가능성은 일 할, 아니, 일 푼(分)도 되지 않을 듯했다.

그런 사실을 뻔히 예상하면서도 불나방처럼 쳐들어가서 헛되이 목숨을 버릴 정도로 태무랑은 아둔패기가 아니다.

지금보다 훨씬 더 강해지지 않으면 태화연을 구하는 것도, 복수를 하는 것도 불가능하다는 사실을 알고 있었다.

앞으로 그가 상대해야 할 자들은 진짜 강한 고수들일 것이다. 제월장이나 기화연당의 조무래기들을 몰살시켰다고 기고만장해서는 안 된다.

은지화는 기화연당의 화뢰들에게 태무랑을 '무적신룡'이라고 소개했다. 태무랑은 그 별호처럼 무적이 되고 신룡이 되어야만 한다.

정말 무적신룡이 되는 것이다.

은지화는 눈코 뜰 새 없이 바쁘게 아침나절을 보냈다.

낙성유문에서 온 고수들을 지휘하여 기화연당의 시체들을 치우고, 화뢰들을 표국으로 인솔하여 각자의 고향으로 보냈으며, 기화연당을 폐쇄하는 작업을 했다.

태무랑이 단유천과 옥령, 무극신련에 대한 설명을 듣기만 하고 훌쩍 떠나 버린 후 가슴속에 바윗돌을 들여놓은 것처럼 무거웠다.

그가 떠난 후에야 그녀는 자신의 아랫도리, 즉 옥문 부위가 젖어 있는 것을 발견했다. 또 오줌을 싼 것이다.

태무랑하고의 관계가 크게 개선됐다고 생각했는데도 여전히 그의 앞에 서기만 하면 오줌을 지리는 것은 어쩔 수가 없는 일이었다.

겉으로는 친한 체하면서 실제로는 공포에 질리는 것인지, 아니면 극도로 긴장한 탓인지 그녀 자신도 알 수가 없었다.

그러면서도 그녀는 기화연당의 일을 처리하면서도 혹시 태무랑이 다시 돌아오지 않을까 틈만 나면 주위를 두리번거리기를 게을리하지 않았다.

태무랑에 대한 자신의 마음이 무엇인지에 대해서는 정확하게 모른다. 하지만 그하고 이렇게 헤어져서는 안 된다는 것만은 분명히 알고 있었다.

기화연당의 일이 거의 정리되어 갈 무렵 고수 한 명이 은지화에게 달려와서 서책 한 권을 내밀었다.

"어떤 자가 이것을 소문주께 전해 드리라고 했습니다."

은지화는 의아한 얼굴로 물었다.

"그가 누구죠?"

고수는 가볍게 눈살을 찌푸렸다.

"키는 장대처럼 크고 잘생겼는데 왠지 오싹한 느낌을 풍기는 청년이었습니다."

은지화는 그가 태무랑일 것이라고 직감했다. 첫눈에 그런 느낌을 주는 사람은 그뿐이다.

"그는 어디에 있죠?"

은지화는 전문으로 달려가며 다급하게 물었다.

"바깥 대로에서였습니다. 그자는 동쪽으로 갔습니다."

은지화는 전문 밖에서 동쪽으로 화살처럼 내달리고 있었다.

태무랑은 말을 한 필 사기로 했다.

절강성까지는 수천 리 길인데 두 발로 달려가는 것보다는 튼튼한 말을 타고 가는 편이 한결 편하고 빠를 것이라는 생각이다.

그는 낙양성 밖의 마방(馬房)들이 모여 있는 곳으로 찾아가서 그중 가장 큰 마방으로 들어섰다.

"이 집에서 제일 좋은 말을 주시오."

그의 주문에 마방의 주인은 잠시 생각하더니 말했다.

"우리 마방에서 제일 좋은 말이 있기는 한데 가격이 매우 비쌉니다. 그래도 괜찮으시겠습니까?"

태무랑이 고개를 끄덕이자 주인은 그를 마방의 뒤쪽으로 안내했다.

"이쪽으로."

마방의 뒤쪽은 생각보다 매우 크고 넓었다. 말에 필요한 마제철(馬蹄鐵:편자)이나 안장, 말고삐와 말채찍 등을 만드는 공방(工房)이 있는가 하면, 말들을 사육하는 마사(馬舍)와 말여물을 보관하는 창고 따위가 마당 너머에 길게 늘어서 있었다.

또한 마당에는 말을 실제로 타볼 수 있는 너른 공간이 있으며, 여러 명의 일꾼들이 말을 돌보거나 손질하고 또 씻기고 있는 광경이 보였다.

"독보(禿甫), 구준마(九駿馬)를 끌고 와라!"

주인의 외침에 마당에 있던 일꾼들이 일제히 그를 쳐다보며 적잖이 놀라는 표정을 지었다.

평소에는 주인이 애지중지하는 구준마를 끌고 나오라고 한 적이 거의 없었기 때문이다.

이번에는 일꾼들의 시선이 주인 옆에 우뚝 서 있는 태무랑에게로 향했다.

태무랑은 기화연당에서 삼향주가 내주었던 옷을 벗고 새 옷을 사서 갈아입은 모습이다.

상하의 먹처럼 검은 흑의경장 차림이고, 머리를 단정하게 묶어서 물빛 영웅건을 이마에 둘렀으며, 어깨에는 머리 위로 두 자 정도 솟은 기형무기를 메고 있는 그의 모습은 누가 보더라도 무림의 내로라하는 고수처럼 보였다.

더구나 큰 키에 딱 벌어진 어깨와 잘 발달된 근육질에 준수한 용모이니 보는 사람을 압도하고도 남음이 있었다.

단지 하나의 흠이라면, 얼굴 전체에 살얼음처럼 얇게 깔려 있는 무표정과 무심, 그리고 깊이를 알 수 없을 정도로 자욱하게 가라앉은 무정한 눈빛이다.

일꾼들은 태무랑을 쳐다보는 것보다 더 빨리 시선을 거두었다. 두려움을 직감했기 때문이다.

"넵!"

그때 말발굽에 편자를 갈아 끼우고 있던 한 사내가 우렁차게 대답하고는 벌떡 일어나 쏜살같이 마사로 달려갔다.

문득 그 사내를 쳐다보던 태무랑의 눈이 가볍게 빛났다.

'형구(亨龜)!'

부리나케 마사로 달려가고 있는 허름한 옷차림과 꾀죄죄한 모습의 사내의 뒷모습밖에 보지 못했으나 태무랑은 한눈에 그를 알아보았다.

태무랑은 삼 년여 동안의 군사 생활에서 오직 한 명의 친구만을 사귀었다.

두 사람은 비슷한 날에 군사가 되어 같은 백호 아래에서 근무했으며, 이후 태무랑이 백호가 되었을 때는 그를 우백호(右

白虎), 즉 부관으로 삼았었다.

그런가 하면 태무랑이 흑풍창기병으로 차출됐을 때 그도 똑같이 흑풍창기병으로 차출됐었다. 그만큼 창술이 뛰어났기 때문이다.

군사가 된 직후부터 성격이나 자라온 환경이 비슷해서 의기투합하여 급속도로 가까워진 두 사람이었거늘, 이후 군 생활이 끝날 때까지도 두 사람은 늘 한 몸처럼 붙어서 지냈던 것이다.

그 친구가 바로 형구다.

이후 흑풍창기병이 타타르의 혈랑전대 삼천 명에게 전멸당했을 때 두 사람은 헤어졌다. 아마도 두 사람은 서로를 죽었다고 여겼을 것이다.

그런데 그 절친한 벗 형구를 이곳 낙양의 마방에서 '독보'라는 이름으로 상봉하게 된 것이다.

그러나 태무랑은 그 자리에 묵묵히 서 있었다. 마방 주인이 끌고 나오라고 한 구준마보다는 그 말을 끌고 올 형구를 기다렸다.

다각… 다각…….

잠시 후에 사내가 말고삐를 잡고 한 필의 말을 끌고 태무랑 쪽으로 다가왔다.

사내를 정면에서 주시하는 태무랑은 그가 형구가 틀림없다고 확신했다.

예전의 형구는 고슴도치처럼 위로 솟구친 무성한 머리카락을 흩날리는 모습이었으나 지금은 중처럼 머리를 박박 밀어버린 모습이다.

더구나 덥수룩하게 기른 수염에 때에 전 남루한 옷차림, 구부정한 모습으로 봐서는 누구도 그가 과거에 용맹한 흑풍창기병이었다고 상상하지 못할 것이다.

그런 것을 보면 그는 자신이 군탈자(軍脫者)라는 사실을 감추기 위해서 저런 모습으로 이런 마방에 숨어 지내고 있는 것이 분명했다. 이름도 독보로 바꾸지 않았는가.

그런데 다가오던 형구가 갑자기 멈칫했다. 그의 시선은 태무랑 얼굴에 고정된 상태다. 이제야 태무랑을 발견하고는 크게 놀란 것이다.

그러나 그는 곧 다시 걸음을 옮겼다. 약간 고개를 숙인 자세에서 태무랑 얼굴을 힐끗거리며 훔쳐보고 있으나 얼굴에는 확신을 하지 못하는 기색이 역력했다. 태무랑의 모습이 많이 변했기 때문인 듯했다.

만약 태무랑이 살아 있다면 군탈자로서 자신과 비슷한 처지일 텐데 저처럼 늠름한 모습일 리가 없다고 생각하는 모양이다.

그런데 형구를 쳐다보던 태무랑의 시선이 그가 끌고 오는 한 필의 말에게로 이끌리듯이 옮겨졌다.

그 말은 잡티 한 점 없이 새카만 흑마(黑馬)였다. 그냥 검은 것이 아니라 먹물 통 속에 담갔다가 꺼낸 것처럼 검은 윤기가 자르르 흘렀다.

태무랑은 흑마를 보는 순간 한눈에 명마(名馬)라는 사실을 간파했다.

보통 말보다 키가 더 크고 다리가 길며 머리에서 꼬리까지의 길이도 훨씬 길었다.

약간 마른 듯한 체구지만 군더더기 한 점 없이 단단한 근육질이다. 만약 태무랑이 말의 모습으로 변한다면 저런 모습일 것이다.

그는 흑마를 보는 순간 거기에 매료되어 형구의 존재를 잠시 잊어버렸다.

주인은 흑마에 완전히 넋이 팔린 태무랑을 보면서 그럴 줄 알았다는 듯 흡족한 미소를 지었다.

"팔준마(八駿馬)를 아십니까?"

그러나 태무랑은 가까이 다가온 흑마를 살피느라 주인의 말을 듣지 못했다.

아니, 들었다고 해도 팔준마라는 말을 처음 들어보기 때문에 대답을 하지 못했을 것이다.

"팔준마란 역사상 가장 유명한 명마 여덟 필을 가리키는데, 즉 화류(華騮), 녹이(綠耳), 적기(赤驥), 백의(白義), 유륜(踰輪), 거황(渠黃), 도려(盜驪), 산자(山子)를 말합니다."

주인은 수염을 쓰다듬으며 흑마를 쳐다보았다.

"저 말은 역사상의 팔준마에 못지않기 때문에 구준마라는 이름을 붙였습니다."

태무랑은 흑마 구준마에게 다가가 주위를 돌면서 찬찬히 세밀하게 살펴보았다.

그의 눈에는 형구가 보이지 않았고, 주인의 말도 들리지 않았다. 오로지 구준마만 보일 뿐이었다. 그 정도로 흑마에 푹 매료되었다.

그런데 형구는 그런 태무랑을 조심스럽게 살펴보고 있었다.

흑풍창기병대는 모두 각자의 말을 갖고 있으며 언제나 말을 타고 다녔기 때문에 말 타는 것이나 말을 보는 것이라면 마방 주인 못지않다.

태무랑은 구준마 같은 명마를 처음 보았다. 그래서 마음에 쏙 들었다.

흑풍창기병대 오백 명 중에서 이렇게 훌륭한 말을 갖고 있었던 사람은 아무도 없었다.

흑풍창기병대장의 말이라고 해도 이 구준마에는 발끝에도 미치지 못할 것이다.

"사겠소. 얼마요?"

이윽고 그가 살피기를 마치고서도 구준마에게서 시선을 떼지 않은 채 묻자 주인이 딱 자르듯이 대답했다.

"은자 만 냥입니다."

마방에서 상급의 준마가 은자 오십 냥이라는 점으로 미루어 구준마는 그보다 무려 이백 배나 비싼 가격이다. 어마어마하게 비싼 가격이다.

그러나 태무랑은 조금도 놀라지 않고 오히려 가볍게 고개를 끄덕였다.

"사겠소. 곧 돌아올 테니 준비해 놓으시오."

그리고는 몸을 돌려 마방을 나갔다.

마방 주인은 놀라는 표정으로 태무랑을 쳐다보았다. 구준마가 은자 만 냥이라고 하면 너무 비싸서 태무랑이 사지 못할 것이라고 생각했었다.

그러면 마방의 다른 좋은 말을 팔 생각이었다. 그런데 그는 표정 하나 바꾸지 않고 사겠다고 한 것이다.

아무리 훌륭한 명마라고 해도 무려 은자 만 냥을 내고 선뜻 살 사람이 어디 흔하겠는가.

형구는 태무랑의 뒷모습에서 눈을 떼지 못하고 그가 사라질 때까지 지켜보았다.

주인은 설마 하면서도 구준마에 안장을 얹고 말고삐를 걸었으며 편자를 새로 가는 등 만반의 준비를 갖춰놓고서 태무랑이 오기를 기다렸다.

그런데 태무랑은 반 시진 후에 마방에 다시 나타나서 은자 만 냥을 내놓고 구준마를 샀다.

척!

그가 올라타자 구준마는 앞발을 높게 쳐들고 몸을 꼿꼿하게 세우면서 힘차게 울부짖었다.

히히히힝!

모두들 태무랑이 말에서 떨어질 것이라고 여겼으나 그는 상체를 앞으로 숙여서 착 달라붙었다.

그리고는 한 손으로 말의 목을 끌어안고 다른 손으로 부드럽게 쓰다듬어 주었다. 그랬더니 구준마가 앞발을 내리고 연신 거센 콧김을 뿜어냈다.

푸르르… 푸륵!

태무랑은 구준마가 자신을 싫어해서가 아니라 오히려 반기고 있다는 사실을 깨달았다.

'나도 너를 만나서 기쁘다.'

태무랑은 속으로 중얼거리면서 구준마의 갈기털을 부드럽게 쓰다듬었다.

구준마는 더 이상 날뛰지 않았다. 칠흑 같은 구준마 위에 흑의경장을 입은 태무랑이 꼿꼿하게 앉아 있는 모습을 본 주인과 일꾼들은 너무도 멋들어진 광경에 입을 크게 벌리고 감탄을 금치 못했다.

태무랑은 아직 낙양을 떠나지 않고 있었다.

그는 구준마를 산 마방에서 그리 멀지 않은 어느 주루의 창가 자리에 앉아 이른 점심을 먹고 있었다.

 마방을 나설 때 형구에게 슬쩍 귀띔을 해줬기 때문에 그를 기다리고 있는 것이다. 주루 밖에 구준마가 매어져 있으므로 알아서 찾아올 터이다.

 차륵—

 태무랑이 주루에 들어선 지 이각쯤 지났을 때 입구의 주렴이 걷히면서 형구가 들어섰다.

 형구는 다른 옷을 입었는데 아까 입고 있던 남루한 옷이나 별 차이가 없었다.

 또한 등에는 괴나리봇짐을 하나 메고 있었는데, 먼 길을 떠나는 듯한 모습이다.

 그는 마방을 아예 그만두고 나왔다. 태무랑이 그렇게 하라고 시켰기 때문이다.

 아니, 시키지 않았더라도 태무랑을 만난 이상 마방 같은 곳에서 비루하게 굴러먹을 형구가 아니다.

 그는 조심스럽게 주루 안을 두리번거리다가 태무랑을 발견했으나 즉시 다가오지 않고 쭈뼛거렸다.

 태무랑이 오라고 고개를 끄덕이자 그제야 주춤거리며 가까이 다가왔다.

 예전의 절친한 벗인데도 현저하게 달라진 두 사람의 모습이 괴리감을 느끼게 했다.

 "앉아라."

태무랑이 맞은편 자리를 턱으로 가리키며 말하는데도 형구는 쭈뼛거리기만 했다.

 아마도 오랜 도피 생활이 몸에 배서 사람을 심하게 경계하는 것 같았다.

 "무랑… 태무랑이 맞습니까?"

 그는 조심스럽게 확인을 했다. 아까 태무랑은 마방을 나설 때 그를 지나치면서 '마방을 정리하고 나를 따라와라'라고 귓속말을 했을 뿐 자신이 누구라고 밝히지 않았었다. 그래서 형구는 확인이 필요했다.

 태무랑은 빙긋 입 끝으로만 미소를 지었다.

 "그래. 무랑이다, 형구."

 "아… 너, 살아 있었구나! 무랑!"

 그제야 형구는 성큼 다가오며 기쁜 얼굴로 탄성을 터뜨렸다.

 태무랑은 천천히 일어나 두 팔을 내밀어 벌렸다.

 형구는 눈물을 글썽이면서 서슴없이 태무랑에게 안겼다.

 "무랑아!"

 "이 녀석, 형구!"

 두 사람은 서로를 힘껏 포옹했다. 흑풍창기병대가 전멸한 후 여덟 달 만의 극적인 상봉이다.

 이후 형구는 자리에 앉아서 흑풍창기병대가 전멸할 때 자신이 어떻게 구사일생으로 살아났으며 이곳까지 오게 된 경위를 자세히 설명했다.

그는 태무랑하고는 다른 방향인 북쪽으로 도주했다가 운 좋게도 물과 초지 근처에 정착해 있는 유목민들을 만나 한동안 그곳에서 숨어 지냈었다.

이후 기운을 차리고 먹을 것을 준비해서 고향으로 돌아왔는데, 고향 집에 가족들은 남아 있지 않고 자신이 군탈자로 낙인찍혔다는 청천벽력 같은 사실만 알게 되었다.

그래서 눈물을 삼키고 고향을 떠나 정처없이 떠돌다가 이곳 낙양까지 흘러왔다는 것이다.

그는 매우 고단한 삶을 살아왔지만 태무랑에 비하면 아무것도 아니었다.

하지만 태무랑은 자신에게 행운이 따라서 살아올 수 있었다고만 얘기했을 뿐 깊은 내용은 말하지 않았다.

태무랑은 항주로 떠나는 것을 잠시 미뤘다. 형구를 만났으므로 이곳에서 할 일이 생겼기 때문이다.

원래 그는 제월장과 기화연당에서 얻은 금원보와 은자를 망산의 무덤과 낙수 강변의 갈대숲 속에 묻어놓은 채 약간의 은자만 갖고 항주로 떠나려고 했었다. 그것을 다 갖고 갈 수는 없기 때문이다.

그는 돈을 전장(錢莊)에 맡기고 그 대신 종이로 만든 전표(錢票)를 지니고 다니면 편리하다는 사실을 모른다. 전장에 맡길

만큼 많은 돈을 가져본 적이 없었기 때문이다.

또한 안다고 해도 그의 얼굴은 꽤 알려진 상태기 때문에 돈을 들고 버젓이 전장에 들어갈 수 없는 처지였다.

그런 상황에서 형구를 만났으니 돈 문제도 해결하고 형구도 번듯하게 살게 해주려는 계획을 새로 세운 것이다.

태무랑은 일단 형구를 객잔으로 데리고 가서 목욕과 면도를 시키고 새 옷을 사서 입혔다.

그것만으로 형구는 전혀 딴사람으로 변모했다. 마방의 동료들이 봐도 알아보지 못할 듯했다.

박박 밀어버린 머리가 눈에 띄긴 하지만 앞으로 머리카락이 자라면 될 일이다.

형구는 키가 매우 크고 덩치가 커서 그 옛날 장비를 죽였다는 범강(范疆)과 장달(張達)이 같았다.

곤핍한 마방 생활에 제대로 먹지 못해서 지금은 몹시 마른 상태인데도 작은 바위처럼 큰 체격이다.

그렇다고 살이 쪄서 그런 것은 아니다. 원래 뼈가 굵고 몸집이 큰 탓이다.

"우선 관부의 관리를 만나서 너에 대한 수배(手配)를 풀도록 해라. 이후에 쓸 만한 장원을 한 채 구하고 믿을 만한 사람들을 하인과 하녀로 들여라."

객방 탁자에 마주 앉아 태무랑이 조용히 말문을 열었다.

난데없는 말에 형구는 눈을 커다랗게 뜨며 놀랐다.

"너······."

"듣기만 해라."

놀라는 형구를 가라앉히고 태무랑은 말을 이었다.

"이후 시일을 두고 네가 할 수 있을 만한 일을 찾아라. 돈은 얼마가 들어도 상관없다. 즉, 이곳에 기반을 잡으라는 것이다."

형구는 얼굴 가득 놀라움을 떠올린 채 태무랑을 쳐다볼 뿐 입이 얼어붙은 듯했다.

"알았느냐?"

한참이 지나서야 형구는 고개를 끄덕였다.

"그렇게 하마."

형구는 자신에게 새로운 운명이 다가왔음을 깨달았다. 그래서 그의 몸과 마음이 극도로 팽팽하게 긴장되었다.

형구가 제일 먼저 한 일은 낙양 성청(城廳)의 고위 관리를 은밀하게 만나는 것이었다.

그는 고위 관리에게 은자 천 냥을 뇌물로 주고 자신이 군탈자로 수배된 것을 깨끗이 해결했다.

관리를 상대로 돈으로 해결하지 못하는 일은 거의 없다. 그것으로 형구는 목을 옥죄는 군탈자에서 풀려나 자유로운 몸이 되었다.

이어서 그는 하루 종일 낙양 성내를 돌아다니면서 적당한 장원을 물색했다.

태무랑이 돈에 구애받지 말라고 했으므로 장원의 위치나 규모, 지어진 형태 같은 것만 살폈다.

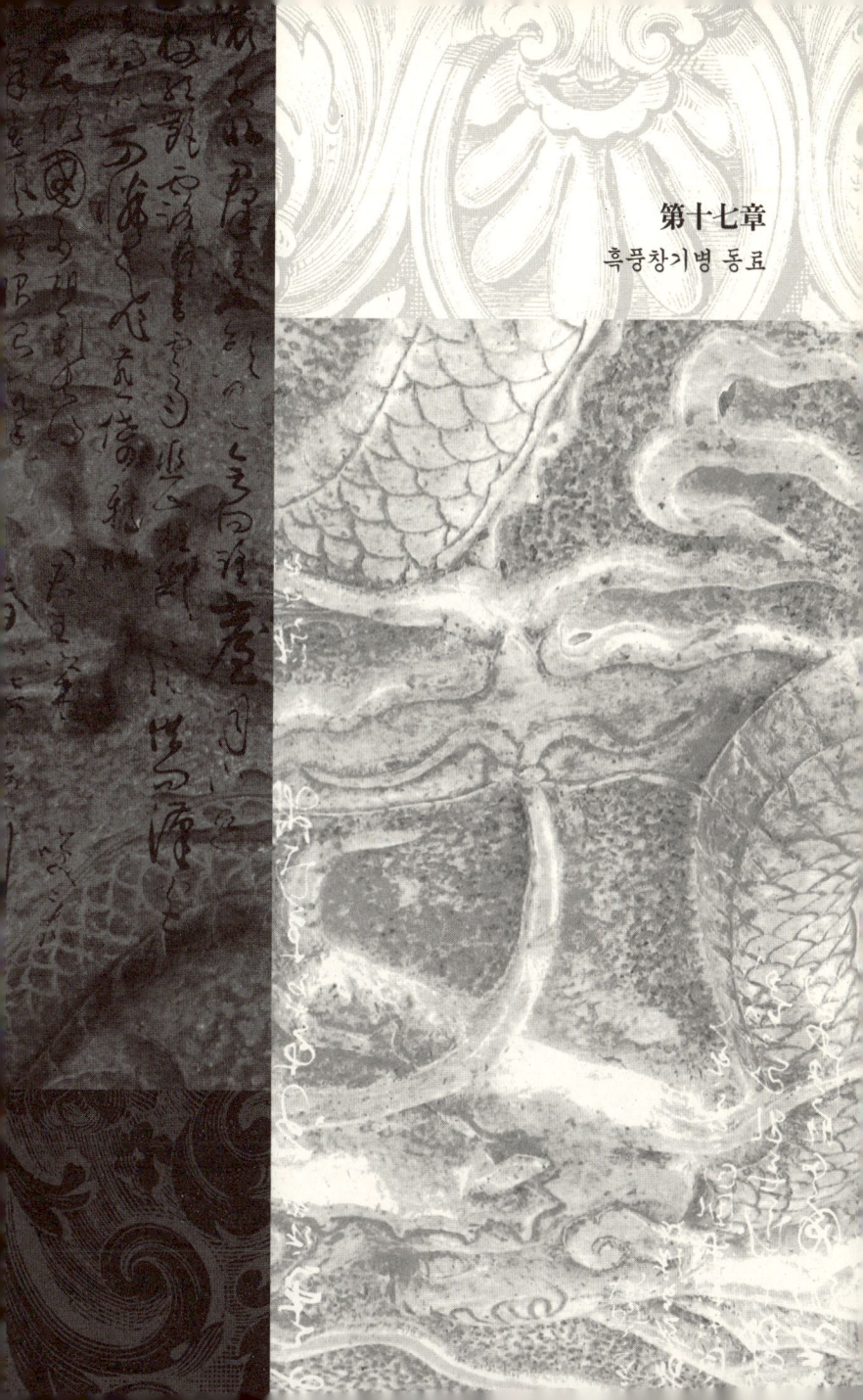

第十七章

흑풍창기병 동료

 태무랑이 은지화에게 준 한 권의 서책은 천하에 흩어져 있는 열두 곳 기화연당의 이름과 장소, 그리고 기화연당들의 배후인 방, 문파까지 상세히 기록되어 있었다.
 낙성검문으로 돌아온 은지화는 자신의 방에서 그 서책을 몇 번이나 꼼꼼하게 읽어보고는 경악을 금치 못했다.
 그 서책은 태무랑이 기화연당의 총관, 즉 무영검문 운영당 소속 삼향주의 거처에서 발견한 네 권의 서책 중의 한 권이었다.
 서책의 내용대로라면 이것은 실로 엄청난 사건이다. 천하에 흩어져 있는 열두 곳 기화연당의 배후라고 적혀 있는 방,

문파들 중에 무극신련 휘하 세력이 무려 아홉 개나 속해 있었기 때문이다.

명문정파 중에서도 기둥 격인 낙성검문은 엄청난 사건의 끄트머리만을 조사하고 있었던 것이다.

하지만 서책 자체로는 그들이 인신매매를 했다는 아무런 증거도 되지 않는다.

하지만 독버섯처럼 은밀한 곳에서 암약하던 천하의 인신매매 조직이 어디에 있으며 배후가 누구인지 일목요연하게 알게 되었다.

또한 앞으로 그들을 밀착하여 감시하면 증거를 잡는 것은 별로 어려운 일이 아니었다.

은지화는 기화연당에서 그토록 찾으려고 했어도 끝내 찾지 못했던 이런 귀중한 정보를 전해주고 떠난 태무랑이 너무도 고마웠다.

그런 생각을 하니까 문득 태무랑이 몹시 보고 싶어졌다. 그 앞에 서기만 하면 오금이 저리고 공포에 떨면서 반드시 오줌을 지리기도 하지만, 그런 것보다는 보고 싶은 마음이 훨씬 더 컸다.

그녀는 한동안 창밖을 바라보다가 정신을 차리고 서책을 들고 일어나 방을 나섰다. 서책을 부친과 숙부들에게 보여주려는 것이다.

* * *

낙양은 워낙 큰 성(城)이고 인구가 많아서 장원을 구하는 일은 그다지 어렵지 않았다.

형구는 낙양 남쪽의 낙수(洛水)와 윤수(潤水)가 합쳐지는 지점에 형성되어 있는 낙양 최고의 부촌(富村)에 매물로 나온 장원이 마음에 꼭 든다며 태무랑에게 한 번 보라고 했다.

그러나 태무랑은 볼 필요 없으니 그가 마음에 들면 매입하라고 했다.

하지만 작은 거래가 아니기 때문에 장원을 사고파는 것은 이삼 일 정도 걸릴 듯했다.

"무랑아, 어머님과 동생들은 어찌 됐느냐?"

저녁나절에 객잔으로 돌아온 형구가 그동안 궁금하게 여기던 것을 조심스럽게 물었다.

형구는 태무랑의 무표정한 얼굴에 어두운 기색이 깔리는 것을 보고 그의 가족에게 무슨 일이 있음을 짐작했다.

"술 한잔할까?"

잠시 침묵이 흐른 후에 형구가 입을 열었다.

두 사람은 술을 좋아하지는 않지만 군사 시절에 힘들었던 전투가 끝나면 가끔씩 마주 앉아서 술잔을 기울이며 고향 얘기를 하곤 했었다.

술을 마시러 주루로 가려던 태무랑은 형구를 데리고 낙화루에 있는 홍작루로 갔다.

그곳에 간 것은 두 가지 이유가 있는데, 첫째 태무랑은 얼굴을 내보여서는 안 되는 처지라서 사람이 많은 주루는 술 마시기에 적당한 장소가 아니기 때문이고, 둘째, 그에게 기화연당의 위치를 말해준 홍작루의 아소라는 어린 기녀가 무사한지 궁금했기 때문이다.

홍작루의 이층 낙수 쪽 화려한 기방(妓房)에 들어선 태무랑은 아소를 불러오라고 일렀다.

접객을 맡은 화주가 공손히 대답을 하고 물러가는 것으로 미루어 아소에게는 별일이 없는 것 같았다.

잠시 후에 하녀들이 향기로운 술과 요리를 갖고 와서 탁자에 즐비하게 차리고 나서 조금 더 있다가 아소와 또 한 명의 기녀가 실내에 들어섰다.

두 기녀는 화주에게 등이 떠밀려 실내에 들어와서도 고개를 들지 못하고 푹 숙인 채 문 안쪽에 서 있었다. 그 모습이 흡사 도살장에 끌려온 가축 같았다.

고개를 숙이고 있는 모습이 아소나 또 다른 기녀 둘 다 비슷한 체구에, 비슷한 나이인 듯했다.

그로 미루어 두 기녀는 아직 기녀의 때가 묻지 않았고 손님이 부르기 전에는 언제까지나 저렇게 서 있을 것 같았다.

형구는 그런 기녀들보다 더 주눅이 든 모습으로 태무랑 맞은편에 뻣뻣하게 앉아 있었다.

군사 시절에 태무랑이나 형구는 녹봉을 받으면 모조리 고향 집에 보냈기 때문에 돈이 땡전 한 푼도 없어서 주둔지 근처의 다 쓰러져 가는 주루조차도 들어가 본 적이 없었다.

형구도 태무랑하고 비슷한 환경에서 자란 터라서 평생 홍작루처럼 으리으리한 기루는 들어와 보기는커녕 먼발치에서 구경조차 해본 적이 없었다. 그러니 꿔다 놓은 보릿자루처럼 구는 것이 당연하다.

"이리 오시오."

이윽고 태무랑이 조용히 입을 열자 갑자기 아소가 후드득 몸을 떨더니 조심스럽게 고개를 들고 목소리가 들려온 곳을 바라보았다.

"아… 상공이셨군요."

순간 그녀의 얼굴에 밝은 무지개가 피어나는 듯하더니 한 마리 나비처럼 태무랑에게 쪼르르 다가왔다.

"상공께서 다시는 오시지 않을 줄 알았어요! 너무 보고 싶었어요!"

그녀는 환한 표정으로 태무랑 앞에 이르러 품에라도 뛰어들 듯한 기세로 그의 커다란 손을 작고 섬세하며 하얀 두 손으로 덥석 잡았다. 만약 아무도 없었다면 그의 품에 뛰어들고 말았을 것이다.

아소가 너무 반가워하자 태무랑은 자신도 모르게 빙그레

미소를 지었다.

　그녀를 누이동생처럼 생각하고 있었기 때문에 손이 잡혀 있어도 그리 어색하지 않고 빼지도 않았다.

"별일 없었소?"

"네!"

태무랑을 보고 힘이 솟은 그녀는 고개를 크게 끄덕이며 활달하게 대답했다.

그리고는 자신이 너무 큰 소리를 냈다는 것을 깨닫고 부끄러워서 목덜미까지 붉어졌다.

"아!"

그러더니 생각나는 것이 있는 듯 작은 탄성을 터뜨렸다.

"지난번에 상공께 못되게 굴었던 화주 기억나세요?"

그 뚱뚱한 화주가 태무랑이 찾아갈 것을 기화연당에 미리 알려준 것 때문에 그는 쇠 그물에 갇히고 실컷 두들겨 맞았었는데 잊었을 리가 없다.

태무랑이 가볍게 고개를 끄덕이자 아소는 신바람이 나서 손짓발짓 해가며 설명했다.

"제가 상공께 기화연당에 대해서 말씀드렸다는 사실을 그녀가 기화연당에 알려줬나 봐요. 그런데 그 사실을 루주가 알고는 당장 그녀를 내쫓았어요."

주루라는 것은 홍작루주를 가리키는 것이다. 그런데 홍작루주가 무엇 때문에 뚱뚱한 화주를 내쫓았는지 모를 일이다.

그러나 의문은 곧 사라졌다.

"이곳 낙화루의 사람들은 기화연당을 몹시 싫어해요. 대부분 그곳 출신이기 때문일 거예요. 저도 그렇고."

"아소도 기화연당을 거쳤소?"

"네……."

그랬다면 아소도 화뢰였고 그전에는 납치됐던가 헐값에 팔려왔다는 뜻이다.

"고향이 어디오?"

태무랑의 물음에 아소는 수줍게 미소 지었다.

"워낙 벽촌이라서 상공께선 모르실 거예요."

그녀는 그때까지도 태무랑의 손을 놓지 않고 꼭 붙잡은 채 망연히 벽을 바라보았다. 아마도 고향 집을 그리워하고 있는 듯했다.

"감숙성 최북단에 산수하라는 황하로 흘러드는 아름다운 강이 있으며 그 상류에 마만산(馬萬山)이라는 매우 험준한 산이 있어요."

묵묵히 있던 태무랑은 움찔했다. 아니, 형구도 깜짝 놀라는 표정을 지었다.

아소가 방금 말한 마만산 깊은 곳 홍계촌이라는 화전민 마을이 태무랑의 고향이기 때문이다. 그리고 그것을 형구도 잘 알고 있었다.

그런 줄도 모른 채 아소는 눈시울이 붉어지며 고즈넉이 말을 이었다.

"그 산 깊은 곳에 청계촌(淸溪村)이라는 화전민 마을이 있어요. 그곳이 바로 소녀의 고향이에요."

그녀의 가녀린 몸이 바르르 떨리는 것이 손을 통해서 태무랑에게 전해졌다.

"정말 찢어지게 가난했지만… 그래서 풀죽을 쑤어 먹고 나무껍질을 벗겨서 먹는 궁핍한 생활이었지만 저희 네 식구는 행복했었어요……."

마만산 깊은 산속으로 산수하 상류가 흐르는데, 강을 사이에 두고 왼쪽의 마을이 홍계촌이었고, 오른쪽 둔덕배기의 마을이 청계촌이었다.

두 마을은 직선거리로 채 오 리도 되지 않는 가까운 이웃 마을이었다.

사람들은 홍계촌과 청계촌을 벽계쌍촌(碧溪雙村)이라고 불렀다. 산수하가 그토록 맑기 때문이다.

그런데 바로 그 청계촌이 아소의 고향일 줄은 전혀 예상하지 못했다.

아소의 희디흰 뺨으로 눈물 한 방울이 굴러 떨어질 때 태무랑이 그녀의 손을 조금 힘주어서 잡았다.

"이런 곳에서 벽계쌍촌 사람을 만날 줄 몰랐군."

"아!"

아소는 화들짝 놀라서 태무랑을 바라보았다. 두 눈에는 눈물이 그렁그렁 고여 있었다.

태무랑은 애잔한 표정으로 그녀를 보며 말했다.

"봄이면 강 언덕에 진달래와 철쭉꽃이 흐드러지게 피고 가을이면 온 산이 단풍으로 불타는 것처럼 붉던 벽계쌍촌의 왼쪽 언덕배기 마을, 홍계촌이 내 고향이오."

"아아……."

아소는 태무랑을 보면서 온몸을 바들바들 떨었다. 그리고 눈에서는 어느새 눈물이 마구 쏟아졌다. 벽계쌍촌 산수하의 맑은 냇물처럼 깨끗한 눈물이다.

그러더니 한순간 아소는 울음을 터뜨리면서 태무랑의 품에 뛰어들어 안겼다.

"으앙—!"

단지 고향 사람을 만났다는 이유 하나만으로 그녀는 가족을 만난 것처럼 감격이 복받쳤다.

이 넓은 세상천지에서 감숙성 최북단 벽계쌍촌이라는 좁은 화전민 마을 사람을 만날 수 있는 가능성은 백사장에서 바늘 하나를 찾는 것만큼 어려운 일이었다.

"으흑흑흑……! 으앙—!"

아소는 아무 말도 하지 않고 태무랑의 품속에서 그저 세차게 몸부림치면서 큰 소리로 울기만 했다. 험난하고 가혹하기만 했던 그녀의 가시밭길 여정을 그렇게 해서라도 보상받으려는 듯 처절한 몸부림이었다.

그렇지만 태무랑과 형구, 그리고 또 한 명의 기녀는 그녀의 아픈 마음을 다 알고도 남음이 있었다.

형구는 고개를 돌린 채 훌쩍거리면서 남몰래 눈물을 훔쳤고, 또 한 명의 기녀는 그 자리에 주저앉아서 얼굴을 무릎에 파묻은 채 서럽게 흐느껴 울었다.

태무랑은 아소가 더욱 누이동생처럼 여겨졌다. 그렇다고 태화연이라고 착각하는 것은 아니다.

가난하지만 행복했던 고향에서의 소년 시절을 돌이켜서 생각하면 가슴이 아려오는 태무랑이었다.

아소는 그 고향 집에 두고 온 또 한 명의 누이동생 같았다.

그 누이동생이 악한에게 납치되어 어디론가 팔려갔다가 극적으로 이곳 홍작루에서 상봉한 듯한 기분이 들었다.

아마도 다른 날 다른 곳에서 고향 벽계쌍촌의 소녀가 기녀 노릇을 하고 있는 광경을 보게 된다면, 또다시 지금 같은 마음이 들 것이다.

술자리는 내내 화기애애한 분위기로 이어졌다.

좋은 사람끼리 앉아서 술을 마시면 구태여 즐겁고 흥겨운 대화를 나누지 않아도 기분이 한껏 고조되는 법이다.

아소는 당연히 태무랑 옆에 앉았고, 또 다른 기녀 연효(蓮曉)는 형구 옆에 앉았다.

두 기녀는 다른 기녀들처럼 교태를 부리지도, 재주를 뽐내지 않고 두 사내 곁에 다소곳이 앉아서 가끔씩 빈 잔에 술만 따라주었다. 태무랑이 다른 것은 일체 하지 말라고 당부했기 때문이다.

또 다른 기녀 연효는 아소와 동갑이며 기화연당에서부터 아소와 친하게 지냈었다고 한다.

그녀 역시 아소하고 비슷한 경로로 기녀가 된 가난한 벽촌의 소녀였다.

"호호홋! 두 분 같은 분이라면 외려 저희 쪽에서 밤새 모시게 해달라고 부탁하고 싶어요!"

기분이 한껏 고조된 연효가 짤랑짤랑하게 웃었다.

"밤새 모신다는 뜻이 뭐요?"

기루에 대해서는 아무것도 모르는 형구가 의아한 표정으로 물었다.

술기운이 발그레 도는 수선화처럼 청초한 연효는 깜짝 놀라더니 수줍은 듯 살짝 고개를 숙였다.

"그것은… 소녀들하고 동침을… 하는 것입니다……."

"앗! 이상한 것을 물어서 미안하오!"

쿵!

화들짝 놀란 형구는 황급히 고개를 숙이다가 이마를 탁자에 세게 부딪쳤다.

숫기가 없는 것은 이곳에 있는 네 사람 모두 마찬가지다. 이상한 대화가 오고 간 후 한동안 모두들 어색한 침묵 속에서 술만 마셨다.

아소와 연효는 홍작루에 온 지 반년 정도 되는 동안 열 명 남짓의 손님과 동침을 했었다.

돈으로 파는, 그러나 그 돈을 자신이 갖는 것이 아닌, 그런데도 순결을 잃어야 하는 슬픔과 아픔을 겪은 후에 그녀들은 어떻게 하면 손님하고 동침을 하지 않을 수 있을까 매일같이 고심하며 초조한 나날을 보냈었다.

손님과 동침을 하지 않는 날에는 둘이 한 침상에서 꼭 끌어안고 자면서 서로의 고향 얘기를 하며 또 얼마나 눈물로 베갯머리를 적셨던가.

기루에 와서 돈을 내고 술을 마시고 아소와 연효를 짓밟는 사내들은 그녀들의 그러한 슬픔을 알지 못하고 알려고도 하지 않았다. 그저 어린 몸뚱이를 짓밟고 욕심만 채우면 되는 것이었다.

"그런데 무랑아, 어머니와 동생들은 어떻게 됐느냐?"

그때 형구가 어색한 분위기에서 벗어나려는 듯 잊고 있었던 화제를 꺼냈다.

몇 잔의 술에 얼근하게 취기가 오른 태무랑은 형구에 말에 불현듯 가족들 생각이 뇌리를 치밀었다.

"흐흐흐흑······."

실내에는 아소와 연효의 흐느껴 우는 소리만 잔잔하게 흐르고 있었다.

태무랑은 어머니와 동생들 태화연, 태도현이 고향 집 근처 쓰러져 가는 폐가에서 자신을 기다리다가 어머니와 태도현은 굶어서 죽어 근처 야산에 묻혔으며, 태화연은 소금장수를 따라갔다가 화뢰가 되어 절강매객에게 팔려갔다는 말을 차분하게 해주었다.

그 바람에 실내는 눈물바다가 되었다. 아소와 연효는 물론이고 형구마저도 눈물을 줄줄 흘렸다.

이들 세 사람은 모두 찢어지도록 가난하게 살았기 때문에 굶어 죽는 것이나 팔려가는 것이 어떤 것인지 잘 알고 있었다.

더구나 아소와 연효는 자신들도 산간벽지를 떠도는 장사꾼에게 납치돼서 이곳까지 오게 되었기 때문에 태화연의 얘기가 나오자 자신들 얘기를 하는 것 같아서 오열을 참을 수가 없었다.

아소는 눈이 빨개지도록 울다가 태무랑을 바라보았다.

태무랑은 반쯤 열어놓은 창으로 어두운 강 너머를 물끄러미 바라보고 있었다.

아소는 며칠 전에 그가 기화연당에 대해서 물었던 것이 하나뿐인 혈육인 누이동생을 찾기 위해서였다는 사실과 그런 이유 때문에 아소 자신을 누이동생처럼 여긴다는 사실을 깨달았다.

그런 생각을 하니까 태무랑이 너무도 불쌍하고 또 오라버니 같다는 생각이 들어서 간신히 참았던 울음이 또다시 복받쳐 올랐다.

"으앙―! 오라버니―!"

그녀는 왈칵 울음을 터뜨리면서 태무랑 품으로 쓰러지듯이 안겼다.

태무랑은 아소를 안고 부드럽게 등을 토닥거렸다. 아소가 그에게 안긴 것은 그를 위로하려는 것이고, 그가 그녀의 등을 토닥거리는 것은 그녀를 위로하는 것이다. 서로가 서로를 위로하는 것이다.

그리고 태무랑은 강 건너를 응시했다. 강 건너는 남쪽이다. 그곳으로 곧장 가면 무극신련이 나온다. 그리고 그곳에는 단유천과 옥령이 있다.

'으드득! 이 연놈들, 내가 죽이러 갈 때까지 기다려라……!'

태무랑의 두 눈에서 새빨간 혈광이 찰나지간 뿜어졌다가 사라지는 것을 본 사람은 아무도 없었다.

"네에?"
"엣?"

태무랑의 난데없는 제안에 아소와 연효는 소스라치게 놀라서 몸을 꼿꼿이 세우고 눈을 동그랗게 뜬 채 그를 빤히 바라보았다.

"하하하! 그거 좋은 생각이다, 무랑!"

형구는 손바닥으로 탁자를 두드리며 흔쾌히 호응했다.

태무랑은 방금 아소와 연효를 홍작루에서 빼내어 고향으로 보내주거나 아니면 가족들을 낙양으로 데리고 와서 함께 사는 것이 어떻겠느냐고 물었다.

꿈에서나 있을 법한 그런 얘기가 현실에서 일어난다는 것은 아소와 연효에게는 아닌 밤중에 홍두깨 같은 말이 아닐 수 없었다.

태무랑이 돈이 많다는 사실을 웬만큼 알고 있는 형구는 태무랑 대신 두 소녀에게 자상히 설명했다.

"무랑의 말은 절대 허언이 아니니까 잘 생각해 보시오."

"아……."

"고향으로 돌아가는 것도 좋지만 그래 봤자 찢어지게 가난한 생활만 대물림될 뿐이니 가족들을 이곳에 모시고 와서 함께 사는 것이 더 좋을 듯하오만."

"저, 정말인가요?"

아소와 연효는 두 손을 가슴 앞에 모으고 기도하는 표정으로 태무랑을 바라보았다.

태무랑은 가볍게 고개를 끄덕였다.

"그대들에게 그럴 마음이 있으면 추진해 보겠소."

두 소녀는 꿈을 꾸는 듯한 표정으로 행복에 겨워했다. 그러다가 연효가 어두운 표정을 지었다.

"홍작루는 기화연당에서 소녀들을 비싸게 샀기 때문에 놔 주려고 하지 않을 거예요."

그녀의 말에 아소는 잊고 있었던 사실을 떠올리고는 슬픈 미소를 지었다.

"무랑 오라버니의 고마우신 말씀은 잘 알겠어요. 그러나 불가능한 얘기예요."

태무랑이 형구에게 말했다.

"형구, 루주에게 알아봐라."

"알았어!"

형구는 힘차게 대답하고는 밖으로 달려나갔다.

아소와 연효는 대체 어쩌려는 것인지 영문을 몰라 어리둥절해하면서도 초조한 표정으로 태무랑을 바라보았다.

태무랑은 홍작루주가 아소와 연효를 내놓지 않을 이유가 없다고 생각했다.

기루의 목적은 돈을 버는 것이다. 그렇기 때문에 돈을 한 아름 듬뿍 안겨주면 홍작루주가 아소와 연효를 내놓지 않을 이유가 없는 것이다.

형구는 오래 걸리지 않았다. 그는 일각 만에 무척 심각한 표정으로 돌아왔다.

혹시나 가느다란 기대를 하고 있던 아소와 연효는 형구의 표정을 보고 내심 그럴 줄 알았다는 듯 그다지 실망하지 않았다.

형구는 풀 죽은 모습으로 자리에 앉아서 아소와 연효를 바라보며 중얼거렸다.

"나는 두 분이 그렇게 비싼 값에 붙잡혀 있을 줄은 몰랐소."

아소와 연효는 쓸쓸한 표정을 지었다.

"홍작루주는 한 사람당 은자 천 냥씩 내라고 했소. 말이 은자 천 냥이지… 어휴, 도둑년."

형구는 마방에서 한 달 녹봉으로 은자 석 냥을 받았으니까 천 냥을 모으려면 한 푼도 쓰지 않고 장장 이십칠 년 동안 모아야만 한다. 그러므로 은자 천 냥이 얼마나 어마어마한지 잘 알고 있었다.

그렇기 때문에 태무랑이 아무리 돈이 많아도 은자를 이천 냥씩이나 선뜻 내고 아소와 연효를 자유로운 몸으로 만들지는 못할 것이라고 생각했다.

그때 태무랑이 술잔을 입으로 가져가며 조용히 말했다.

"만 냥이라고 해도 상관없소. 지금 당장 그대들을 자유롭게 해주겠소."

아소와 연효는 얼굴에 반신반의하는 표정을 가득 떠올린 채 태무랑을 바라보았다.

"정말인가요?"

태무랑은 단지 가볍게 고개만 끄덕였다.

이틀 후, 형구가 점찍어두었던 낙수와 윤수가 합쳐지는 지점의 낙양 최고 부촌에 매물로 나온 장원 한 채가 태무랑의 소유가 되었다.

장원은 그곳 부촌에서도 모두가 탐내는 가장 노른자 위치에 자리 잡고 있었다.

장원의 둘레는 무려 삼백여 장(약 990m)에 달했으며, 모두 서른세 채의 전각과 누각, 별채들이 풍수지리에 의해서 요소요소에 지어져 있었다.

또한 두 개의 아담한 인공 호수와 십여 개의 정원, 야트막한 두 개의 인공 가산(假山)까지 갖추어져 있어서 작은 성채(城砦)라고 해도 과언이 아니었다.

더구나 장원 뒤쪽 담 바깥은 야트막한 내리막 언덕인데 그 아래로 낙수와 윤수가 합쳐지고 있었다.

또한 그곳에 강으로부터 하나의 운하가 만들어져서 장원 안으로 이어져 있으며, 운하는 두 개의 인공 호수 중 한 곳과 연결되어 있었다.

말하자면 장원 안에서 배를 타면 곧바로 강으로 나갈 수 있는 것이다.

태무랑은 강이 가까운 장원의 가장 뒤쪽에 있는 이층 전각을 자신의 거처로 삼았다.

그가 그곳을 선택한 이유는 그 전각에 지하 석실이 있고, 그곳에서 강으로 곧장 나갈 수 있는 은밀한 지하 통로가 있다는 사실 때문이었다.

거처라고 해봐야 이제 곧 떠날 몸이다. 일이 잘못되면 그는 이곳에 다시 돌아오지 못할지도 모른다.

그는 그곳 지하 석실에 금원보들을 감추어두었다. 지금까지 금원보는 하나도 쓰지 않아서 도합 칠백스물일곱 개다. 은자로 치면 칠백이십칠만 냥이라는 엄청난 액수다.

형구에게는 금원보에 대해서 말해주지 않았다. 그를 믿지 못해서가 아니라 그런 큰돈을 쓸 일이 없었기 때문이다.

기화연당에서 찾아낸 두 개의 금고에는 칠백다섯 개의 금원보와 백삼십만 냥의 은자가 있었다.

장안 제월장에서 얻은 금원보 스물두 개와 은자 오천 냥 정도를 합치니 어마어마한 액수가 된 것이다.

금원보를 제외한 은자만도 백삼십만 냥 정도인데, 그중에서 장원 대금으로 사십만 냥을 사용하고도 구십만 냥 이상이나 남은 상태다.

장원을 구입하는 과정에서 장원의 전 주인이 대금으로 받은 은자 사십만 냥을 낙양에서 가장 신용도가 좋은 구주전장(九州錢莊)의 전표로 바꾸는 과정을 지켜본 형구는 그 얘기를 태무랑에게 해주어서 비로소 무거운 돈 대신에 전표로 바꿔서 지니고 다닐 수 있다는 사실을 알게 되었다.

태무랑은 형구에게 은자 삼십만 냥은 그냥 갖고 있게 하고, 육십만 삼천 냥을 만 냥짜리 전표 육십 장과 백 냥짜리 삼십

장으로 바꿔오라고 시켰다.

그리고 형구에게 이십만 냥 어치의 전표를 주었고, 자신이 나머지를 가졌다.

은자 육십만 삼천 냥을 전표로 바꿔준 구주전장은 형구를 낙양에서 가장 중요한 고객 중 한 사람으로 받아들였다.

그런데 한 가지 문제가 남았다. 장원에서 일할 하인과 하녀들, 그리고 숙수들과 잡무를 맡을 사람들을 구하는 것이 말처럼 쉽지가 않았다.

장원이 워낙 크기 때문에 최소한 백여 명의 사람들이 필요했다. 전각 한 채에 사람 세 명 꼴이다.

하지만 물설고 낯설은 낙양이라는 곳에서 믿을 만한 일꾼들을 어디에서 구하겠는가.

결국 태무랑은 내키지는 않지만 한 사람에게 도움을 청할 수밖에 없다는 결론을 내렸다.

그는 서찰 한 장을 써서 형구에게 주어 도움을 받을 사람에게 보냈다.

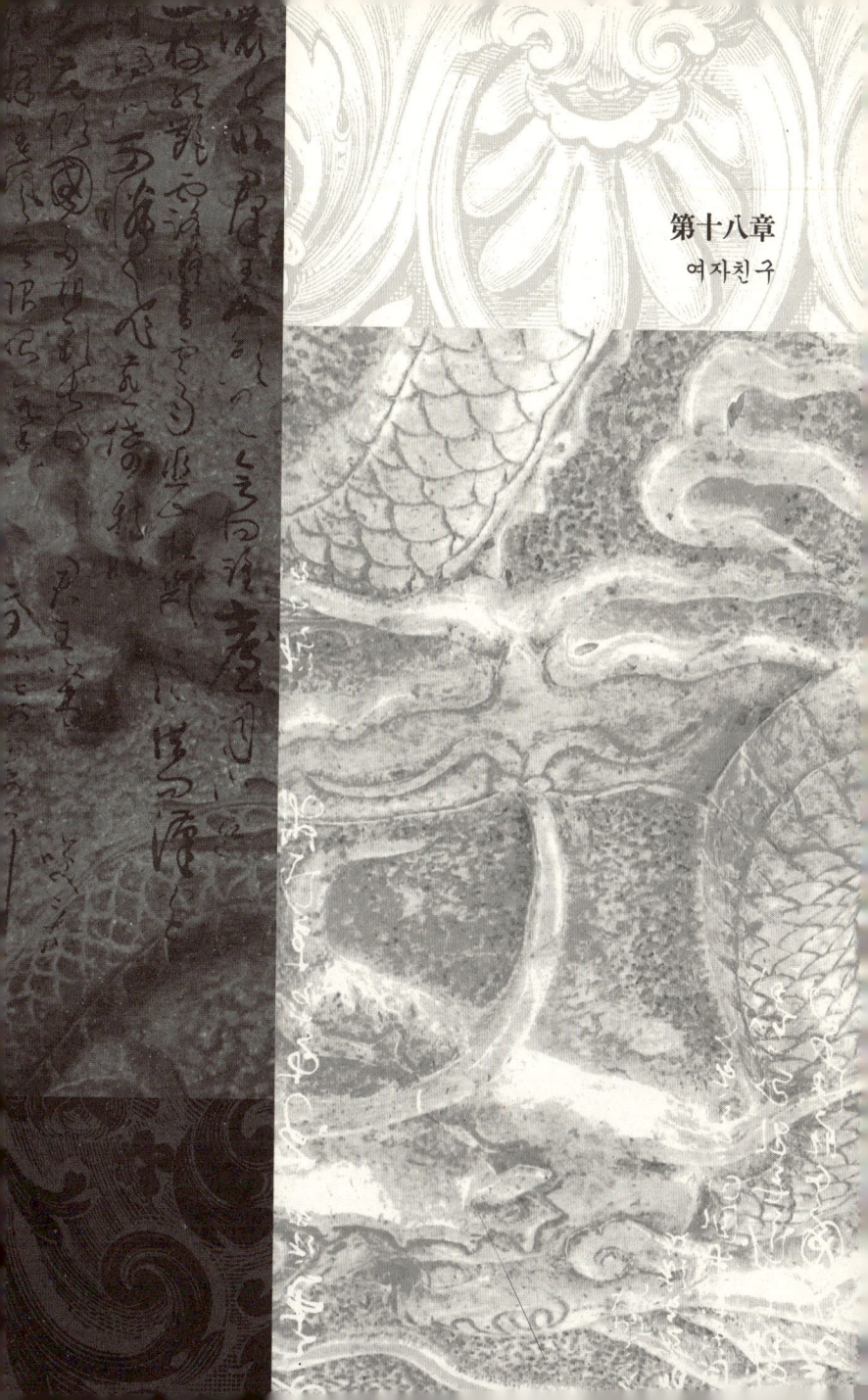

第十八章
여자친구

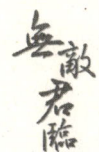

태가장(太家莊).

그것이 태무랑이 구입한 장원 전문 위에 커다랗게 걸려 있는 현판에 적힌 글씨다.

그는 장원 이름 같은 것에는 연연하지 않았으나 형구가 제멋대로 그렇게 정해서 아예 현판까지 주문하여 떡하니 전문 위에 달아놓았다.

태무랑의 뜻은 아니었지만, 장원의 이름을 태가장이라고 짓고 나니까 태무랑은 마음 한구석에 애잔함이 뭉클거렸다.

이곳에 어머니와 두 동생을 불러와서 함께 살면 얼마나 좋을까 하는 심정에서다.

원래 이 장원의 적정 가격은 은자 이십오만 냥 정도인데 전 주인이 사용하던 가재도구와 모든 용품들을 그대로 놔두고 몸만 나가는 조건으로 은자 십오만 냥을 더 주었다. 그래서 지금 당장 생활하는 데 아무 지장도 없는 상태였다.

전문을 들어서면 아담한 장원이 있고 그 너머에 첫 번째 장원이 있는데 그곳에서 태무랑과 아소, 연효가 형구를 기다리고 있었다.

커다란 장원에 현재 그들 세 사람만 덩그러니 탁자에 둘러앉아서 차를 마시고 있었다.

태무랑은 차가 식는 줄도 모르는 채 앞으로 낙양을 떠나게 되면 해야 할 일에 대해서 골똘히 생각하고 있었다.

반면에 아소와 연효는 깊은 꿈에서 깨어나지 못한 몽롱한 표정이다.

하지만 구름 위를 날아다니는 것처럼 너무나 행복한 마음을 주체하지 못했다.

그녀들은 오늘 아침에 이곳 태가장으로 왔다. 태무랑이 홍작루주에게 은자 이천 냥을 주고 그녀들을 자유롭게 해준 것은 이틀 전 밤인데, 그때는 장원을 사기 전이었기 때문에 이틀 동안 홍작루에서 머물도록 한 것이다.

물론 그녀들은 그곳에서 일체 손님을 받지 않고 반년 만에 처음으로 편안한 생활을 했다.

그녀들이 이곳에 오자마자 형구가 표국으로 달려가서 그

너들 고향의 가족들을 데려와 달라고 두둑하게 돈을 주고 돌아왔다.

이제 가만히 기다리고 있으면 오래지 않아서 그녀들의 가족이 이곳에 당도할 것이고, 그때부터는 행복하게 살 일만 남았다.

그긍-

그때 장원의 전문이 육중하게 열리는 소리가 들렸다.

아소와 연효는 깜짝 놀라 양쪽에서 태무랑에게 바짝 다가앉고는 귀를 쫑긋 세웠다.

늘 누군가로부터 피해만 당하면서 살아왔기 때문에 피해 의식에 젖어 있는 것이다.

하지만 태무랑은 형구의 서찰을 받은 사람이 왔다는 사실을 짐작했다.

밖에서는 형구의 주춤거리는 어지러운 발자국 소리만이 가까워지고 있었다.

그를 따라온 사람들이 발자국 소리를 내지 않는 것으로 미루어 고수라는 뜻이다.

"여, 여깁니다. 들어오시지요."

잠시 후에 방문 밖에서 형구의 잔뜩 주눅 든 목소리가 들리더니 곧 문이 열렸다.

안으로 들어선 형구가 옆으로 비켜서자 일남일녀가 안으로 성큼 들어섰다.

"아!"

그중에 앞장선 여자, 즉 은지화가 태무랑을 발견하고는 얼굴 가득 반가운 표정을 지으며 탄성을 터뜨렸다.

반 시진 전에 그녀는 느닷없이 낙성검문으로 찾아와서 무조건 만나기를 청하는 형구를 탐탁지 않은 기분으로 일단 만나봤었다.

그런데 형구가 조심스럽게 내민 서찰을 읽은 그녀는 만사 제쳐 두고 그 즉시 이곳으로 달려왔다. 서찰을 쓴 사람이 태무랑이고, 서찰을 가져간 사람을 따라오라는 내용이 적혀 있었기 때문이다.

그녀는 아무 말도 없이 훌쩍 떠나 버린 태무랑이 사람을 시켜서 서찰을 보낼 리가 없다고 생각하면서도, 한편으로는 태무랑에게 무슨 사정이 생겼을지도 모른다고 반신반의하면서 형구를 따라왔던 것이다.

"떠난 것이 아니었나요?"

은지화는 한달음에 달려와서 태무랑 앞에 바짝 다가섰다.

그녀를 따라 들어온 차도익도 놀라면서 반가운 표정으로 한쪽에 자리를 잡고 섰다.

아소와 연효는 낯선 방문객, 더구나 검을 멘 무림인 두 명이 들어서자 소스라치게 놀라서 발딱 일어나 앉아 있는 태무랑 뒤에 숨었다.

"당신이 소녀를 부를 줄은 정말 몰랐어요! 너무 기뻐요! 꿈만 같군요!"

은지화는 이곳에 차도익과 다른 사람들이 있다는 사실을 잊은 듯 속마음을 거침없이 토해냈다.

형구는 꽤 오랫동안 낙양에서 생활했기 때문에 낙성검문이 낙양제일의 명문정파라는 사실을 잘 알고 있었다.

그는 태무랑의 심부름으로 서찰을 지니고 낙성검문으로 가면서, 그리고 도착해서도 긴장과 두려움 때문에 오금이 저려서 죽을 뻔했다.

그런데 자신이 서찰을 전할 사람이 낙성검문 소문주라는 사실을 낙성검문에 도착해서야 알게 되고는 혼백이 달아날 정도로 대경실색했었다.

태무랑은 단지 서찰을 은지화에게 전하라고만 말했었고, 형구는 은지화가 누군지 모르고 있었던 것이다.

그런데 더욱 경악할 일은, 서찰을 받은 소문주가 두말없이, 그리고 걸음이 느린 형구를 재촉하면서 태가장에 달려왔다는 사실이다.

"앉아라."

"흐익?"

태무랑이 은지화에게 조용히 말하자 멀찌감치 떨어져 있던 형구가 소스라치게 놀라서 옆구리를 한 대 쥐어박힌 듯한 비명을 질렀다.

그렇지 않아도 조마조마한 심정이었는데 태무랑이 은지화

에게 대뜸 반말을 했기 때문이다.

"네."

그런데 은지화는 조용히 대답을 하고는 태무랑 옆에 있는 의자를 끌어다가 그와 마주 보는 자세로 무릎이 닿도록 바싹 가깝게 앉았다.

"부탁이 있다."

태무랑이 밑도 끝도 없이 불쑥 말하자 은지화는 기쁜 표정으로 종알거렸다.

"무엇이든 말씀하세요."

"내가 이 장원을 샀다."

은지화는 눈을 동그랗게 뜨고 놀랐다가 곧 환한 얼굴로 고개를 끄덕였다.

"잘하셨어요."

태무랑이 낙양에 장원을 샀다는 것을 그가 이곳을 떠나지 않겠다는 뜻으로 받아들인 것이다.

"장원에서 일할 사람들을 구해다오."

"몇 명이나요?"

"이만한 장원이 제대로 돌아갈 수 있을 정도의 사람이 필요하다."

은지화는 차도익을 쳐다보았다.

"들었죠?"

차도익은 공손히 고개를 숙였다.

"맡겨주시면 알아서 처리하겠습니다."

은지화는 자신이 태무랑에게 도움을 줄 수 있다는 사실이 여간 기쁘지 않은 듯 눈을 빛내면서 그를 바라보았다.

"더 없나요?"

"이 장원을 잘 돌봐다오."

은지화는 어이없다는 표정을 지었다.

"어느 미친놈이 감히 무적신룡의 장원을 찝쩍거리겠어요?"

"돌봐줄 테냐?"

은지화는 찔끔하고는 곧 방글방글 웃었다.

"잘 알겠어요. 큰소리치는 게 아니라 소녀의 말 한마디면 낙양에서 이곳 태가장을 건드릴 간담을 가진 자는 아무도 없을 거예요."

"그리고……."

태무랑이 말끝을 흐리자 은지화는 도와주지 못해서 안달이 난 것처럼 채근했다.

"또 뭔가요? 뭐든지 말씀하세요."

형구와 아소, 연효는 돌아가는 상황을 지켜보다가 아예 기가 질린 얼굴로 입을 딱 벌리고 있었다.

태무랑이 낙성검문의 소문주를 수하 부리듯이 하는 데 놀라지 않을 재간이 없었다.

"너희 사범을 한 명 이곳에 보내줄 수 있겠느냐?"

은지화는 시원시원하게 고개를 끄덕였다.

"물론 그럴 수 있어요. 그런데 무엇 때문인가요?"

태무랑은 한쪽에 꿔다 놓은 보릿자루처럼 서 있는 형구와 자신의 뒤에 숨어 있는 두 소녀를 가리켰다.

"이들에게 무공을 가르쳤으면 한다."

"알았어요. 맡겨두세요."

형구와 아소, 연효는 소스라치게 놀랐다. 자신들이 무공을 배우게 되다니 꿈에서조차 상상하지 못했던 일이다.

그러나 세 사람은 하지 않겠다고 말하지 않았다. 아니, 할 수만 있다면 열심히 무공을 배워서 근사한 무림인이 되고 싶은 마음이 간절했다.

은지화는 조금씩 불안해지기 시작했다. 태무랑의 말을 듣다 보니까 그가 어딘가로 떠나려고 한다는 느낌을 떨칠 수가 없었기 때문이다. 그래서 잠시 침묵이 이어지고 있을 때 조심스럽게 물었다.

"당신, 어딘가 가려는 거죠?"

태무랑은 묵묵히 고개를 끄덕였다.

"누이동생을 찾으러 절강매객에게 가려는 건가요?"

그 물음에 태무랑은 대답하지 않았다.

"소녀도 부탁이 있어요."

은지화는 허벅지를 최대한 붙이면서 말했다. 또다시 오줌이 나올 것 같았기 때문이다.

어찌 된 일인지 태무랑하고 이 정도로 친해졌다고 생각하는데도 그의 앞에만 있으면 오줌이 마려우니 미칠 노릇이 아닐 수 없었다.

그래서 오줌이 마려운 것에는 신경을 쓰지 않으려고 애쓰면서 말했다.

"소녀도 당신을 따라가겠어요."

태무랑은 딱딱한 표정을 지었다.

"조건이냐?"

은지화는 당황해서 두 손을 마구 저었다.

"절대 아니에요."

그러다가 그녀는 움찔 놀라 동작을 멈추고 굳어버렸다. 또다시 오줌을 지린 것이다.

태무랑 앞에만 있으면 어째서 오줌을 싸는 것인지 실로 불가사의한 일이었다.

당황한 그녀는 태무랑에게 전음을 보냈다.

[당신만 남고 모두 물러가라고 해주세요.]

태무랑은 은지화가 입술을 미미하게 달싹거리자 그녀의 목소리가 자신의 고막을 두드리는 것을 발견했다.

은지화는 태무랑이 가만히 있는 것을 보고 왜 그러느냐고 묻는 것으로 여기고 얼굴을 붉히며 눈을 내리깔았다.

[오… 줌을 쌌어요.]

태무랑은 또다시 고막이 울리는 것을 느끼고 주위를 둘러

여자친구 137

보았다. 그러나 다른 사람들은 은지화의 말을 듣지 못한 표정이었다.

그래서 그녀가 특수한 수법을 발휘하여 자신에게만 말을 전했다는 사실을 깨달았다.

은지화는 태무랑처럼 고강한 사람이 전음입밀을 할 줄 모른다는 생각은 못하고 그가 말을 제대로 알아듣지 못한 것이라 여기고 재차 전음을 보냈다.

[당신 앞에만 있으면 오줌을 싸는 거 몰라요? 몇 번이나 말해야 알아듣겠어요?]

여자가, 그것도 은지화처럼 아름다운 미모의 소녀가 자신의 입으로 오줌을 쌌다는 말을 하는 것은 죽으면 죽었지 절대 못할 짓이다.

하지만 그녀는 죽을 만큼 부끄러우면서도 태무랑에게만은 그 말을 할 수 있었다. 아마도 그가 오줌을 싸게 만든 장본인이기 때문일 것이다.

태무랑이 사람들을 모두 내보내고 실내에는 은지화와 단 둘만 남게 되었다.

"바지 하나 빌려주세요."

계속 부끄러워하기만 해서는 안 된다고 판단한 은지화는 용기를 내서 말했다.

태무랑은 장롱을 뒤적여서 여자 바지 하나를 꺼내 그녀에게 주었다.

은지화는 실내를 둘러보았으나 바지를 갈아입을 마땅한 공간이 없자 잘근 입술을 깨물었다.

"돌… 아서세요."

그녀 앞에 서 있던 태무랑은 묵묵히 돌아섰다.

그는 은지화가 자신만 보면 오줌을 지리는 것을 충분히 이해할 수 있었다.

그가 군사 생활을 할 때 그와 비슷한 일은 비일비재했었다.

군사들 중에서 전투를 코앞에 두고 두려움 때문에 오줌을 싸는 사람은 허다했고, 심지어 혼절하는 자들까지도 있었다. 그런 것을 보면 태무랑은 비웃기보다는 안쓰러움이 앞섰다.

은지화가 태무랑만 보면 오줌을 싸는 것도 그런 측면에서 충분히 이해가 가능했다.

홍작루에서 태무랑에게 죽음의 공포를 두 차례나 당하고 오줌을 흠씬 쌌던 그녀기에, 뇌가 태무랑을 공포적인 존재로 잠재적으로 기억하고 있는 것이다.

그래서 그를 보면 그녀는 그러지 않으려고 해도 뇌가 그때의 기억을 끄집어내서 몸이 반응을 하는 일종의 조건반사 같은 것일 게다.

은지화는 태무랑의 눈치를 살피면서 조심스럽게 일어나 자신의 하체를 내려다보았다.

사타구니 한복판에서부터 허벅지까지 흠뻑 젖어 있었다.

옷을 갈아입지 않고는 절대로 돌아다니지 못할 상태다.

그는 태무랑을 다시 한 번 보고는 급히 바지를 벗었다. 태무랑이 돌아볼 것이라고 생각하지는 않지만, 최대한 빨리 갈아입을 생각이다.

속곳까지 몽땅 젖었기 때문에 그녀는 바지와 속곳을 한꺼번에 벗었다.

그런데 한쪽 발로 바닥을 지탱하고 다른 발을 급히 바지에서 빼내려는데 둘둘 말려 내려간 바지가 그만 발목에 걸리고 말았다.

"아!"

어떻게 해볼 새도 없이 그녀의 몸이 기우뚱 하더니 그대로 뒤로 나동그라졌다.

쿵!

"앗!"

바지와 속곳이 한쪽 발에는 무릎에, 다른 발은 발목에 걸린 채 그녀는 볼썽사납게 뒤로 쓰러져 버렸다.

더구나 발목에 걸린 발이 구부러져서 다리를 벌리고 있는 자세가 돼버렸다.

요란한 소리와 비명 소리가 동시에 터졌으니 태무랑이 돌아보지 않으면 오히려 이상한 일이다.

"아, 안 돼!"

쓰러진 그녀가 소리쳤을 때는 이미 태무랑이 돌아서서 그

너를 굽어보고 있었다.

새하얀 하체를 온통 드러낸 채 오줌에 흠뻑 젖은 촉촉한 옥문을 벌리고 누워 있는 그녀는 그 순간 온몸이 나무토막처럼 굳어버렸다.

눈을 화등잔처럼 크게 뜬 그녀는 태무랑의 시선이 자신의 옥문에 고정되어 있는 것을 발견하고 심장이 멎어버리는 듯한 충격을 받았다.

머릿속이 온통 하얘져서 이 순간 어떻게 해야 하는지조차도 잊어버렸다.

"난 몰라……."

그녀는 너무도 부끄러운 나머지 황급히 두 손으로 얼굴을 가려 버렸다.

하지만 태무랑이 자신의 그곳을 보고 있을 것이라는 생각을 하자 황급히 얼굴에서 손을 떼고 허둥지둥 바지를 치켜 올리려고 했다.

그러나 설상가상 서둘다가 발목이 걸린 바지가 외려 벗겨져 버렸다.

"어떻게 해……."

그녀는 너무 창피한 나머지 다급히 몸을 돌려서 엎드려 버렸다. 그렇게 하면 옥문을 감출 수 있을 것이라는 짧은 생각에서다.

하지만 여자의 몸 구조상 옥문이란 누워 있을 때보다 엎드려 있을 때 더 잘 보이게 마련이다.

이런 상황을 난생처음 당해보고, 또 다른 여자가 알몸으로 엎드려 있는 모습을 본 적이 없는 그녀는 그것으로 일단 치부는 가릴 수 있다고 생각했다.

은지화의 앞쪽 옥문을 보고 나서 이번에는 뽀얗고 오동통한 둔부와 그 속 깊은 계곡의 옥문을 적나라하게 보게 된 태무랑은 적잖이 당황했다.

그는 물론 여자와 동침해 본 적이 없는 동정의 몸인데다 여자의 은밀한 부위를 보는 것도 처음이었다.

"아앗!"

엎드려 있던 은지화는 한 호흡쯤 지나서야 옥문 부위가 서늘한 것을 느끼고는 그런 자세로 있으면 태무랑이 더 잘 볼 것이라는 사실을 깨닫고 비명을 지르며 다시 돌아누웠다.

그때 그녀는 태무랑이 등을 보인 채 돌아서 있는 것을 발견했다.

하지만 그는 이미 볼 것은 다 봤을 것이다. 게다가 앞뒤로 돌아가면서 골고루 봤을 터이다.

위에는 백의경장에 검을 메고 있으며, 아래는 새빨간데다 하체에 착 달라붙는 여자 바지를 입고 서 있는 은지화는 착잡한 얼굴로 자신의 하체를 굽어보았다.

원래 몸에 달라붙는 종류의 옷이고 또 작은 옷이라 둔부가 터질 듯했으며 옥문 부위의 도도록한 불두덩과 심지어 옥문의 모습이 선명하게 그대로 내비친 상태다.

결국 은지화는 기어들어 가는 목소리로 말했다.

"저기… 다른 바지 없나요?"

제대로 된 바지를 입고 난 은지화는 이 일을 어떻게 수습해야 할지 난감했다.

오줌을 싸는 것으로도 모자라서 이제는 알몸까지 태무랑에게 보이고 말았다.

다소곳이 서 있는 모습도 아니고 바지가 발목에 걸려 자빠진 우스꽝스러운 몰골이다.

그때 당시 자신의 모습이, 아니, 은밀한 부위가 어떤 식으로 노출되었을 것인가를 상상할라 치면 은지화는 너무 부끄러워서 숨을 쉬는 것조차 힘겨울 지경이 되고 만다.

무림의 여자는 예절에 구애받지 않고 대범하다지만, 그래도 여자는 여자다. 더구나 십팔 세 꽃다운 소녀가 아닌가.

모름지기 남자가 여자의 나신을 목격했으면 그녀를 책임져야만 한다.

하지만 태무랑이 잘못해서 은지화가 알몸을 보인 것은 아니다. 순전히 그녀의 실수였다.

그러므로 그에게 책임을 전가할 수 없는 상황이다. 그래서 그녀는 더욱 괴로운 것이다.

그녀가 이러지도 저러지도 못하고 탁자 앞에 앉아서 전전 궁금하고 있는데 맞은편에 앉아 있던 태무랑이 불쑥 말을 꺼냈다.

"아까 그 수법이 무엇이냐?"

은지화는 무슨 말인지 알아듣지 못하고 붉어진 얼굴로 그를 바라보았다.

"다른 사람들은 듣지 못하게 하고 내게만 말을 전했던 수법 말이다."

"전음입밀이에요. 설마 모르세요?"

"모른다. 가르쳐 다오."

은지화는 눈을 동그랗게 뜨고 그를 바라보았다. 태무랑 정도의 고수가 전음입밀을 모른다는 사실이 믿어지지 않았다.

그녀는 눈을 깜빡거리면서 잠시 태무랑을 바라보았다. 도대체 그가 어디에서 어떤 경로로 무공을, 그것도 무극신련의 성명검법을 배웠는지 짐작조차도 하기가 어려웠다.

은지화는 비단 강북 일대에서 강북삼미(江北三美)의 한 사람으로 꼽힐 만큼 아름다운 미녀이기도 하지만 두뇌도 매우 총명했다.

그래서 사람들은 그녀를 재색 겸비의 장래가 촉망되는 여협이라고 말하기를 서슴지 않는다.

그녀는 크고 맑은 눈을 깜빡거리면서 한동안 태무랑을 주시하면서 생각에 잠겼다.

그녀는 지금이 자신과 태무랑의 관계를 제대로 정립할 기회라는 판단을 내렸다.
 그녀는 차분한 표정과 목소리로 입을 열었다.
 "당신에게 소녀는 어떤 사람인가요?"
 전음입밀이라는 것을 가르쳐 달라고 했더니 뜬금없는 질문을 하자 태무랑은 무표정한 얼굴로 슬쩍 미간을 좁혔다.
 은지화는 그가 귀찮아한다는 것을 깨달았다. 하지만 그것이 무서워서 얘기를 그만둬 버리면 시작하지 않은 것만 못하게 된다.
 "귀찮게 여기지 말고 소녀의 말을 들어보세요. 당신에게 소녀는 어떤 사람으로 인식되어 있는지 알고 싶어요."
 문득 그녀의 '귀찮게 여기지 마라'는 말이 태무랑의 가슴을 두드렸다.
 그러고 보니까 그는 은지화에게 이것저것 거침없이 요구하면서도 정작 자신은 그녀를 대수롭지 않게 여기고 있다는 것을 깨달았다.
 예전부터 그는 사람을 쉽게 사귀는 성격이 아니지만, 일단 가까워진 사람에겐 매우 잘해주는 편이었다.
 하지만 은지화에겐 그렇지 않다. 그녀를 가까운 사람이라고 생각하지 않기 때문이다.
 그러면서도 그는 왜 그녀를 쉽게 대하고 있는 것인가라는 의문이 생긴다.
 태무랑은 은지화의 말처럼 과연 자신에게 그녀가 어떤 사람으로 인식되어 있는지 잠시 생각해 보았다.

처음에 그녀는 홍작루에서 태무랑에게 오줌을 쌀 정도로 혼찌검이 났었다.

웬만한 사람이라면 그 정도로도 충분히 원한을 품었을 것이지만 그녀는 그러지 않았다.

이후 두 사람은 기화연당에서 다시 만났다. 이제 다시 생각해 보니까 그곳에서 은지화는 태무랑에게 적의를 갖고 있지 않았었다.

오히려 그가 기화연당의 일을 처리하는 것을 맡기자 기꺼이 도와주었다.

그녀의 도움이 아니었으면 태무랑은 그곳에서 많은 시간을 허비했을 테고, 또 신분이 노출될 수도 있었다. 그런 점에서 은지화의 도움은 정말 시기적절하고 요긴했었다.

그 이후 태무랑은 태가장을 구입하여 일꾼들을 구하지 못해서 난감했을 때 무척 자연스럽게 은지화가 생각났었다.

그리고 그녀라면 자신의 부탁을 뿌리치지 않을 것이라고 생각했으며 또한 믿을 수 있다고 여겼다. 왜 그렇게 생각했었던 것일까?

또한 그녀는 태무랑만 보면 잠재의식 속의 두려움 때문에 오줌을 싼다.

그녀처럼 젊고 아름다운 소녀가 오줌을 싼다는 것은 너무도 수치스러운 일이다.

그런데도 그녀는 태무랑 앞에 나서는 것을 꺼리지 않는다. 계속 오줌을 싸면서도 말이다.

더구나 알몸, 아니, 은밀한 부위까지 내보이고서도 화를 내거나 돌아가지 않고 여전히 태무랑 앞에 앉아 있다. 그것은 무엇을 의미하는 것인가.

오래지 않아서 태무랑은 자신이 은지화를 적이라고 생각하지 않는다는 결론을 내렸다.

그는 세상 사람을 단 두 부류로 생각하고 있었다. 적 아니면 친구다. 그의 논리대로 한다면 은지화는 친구인 것이다.

잠시 생각하던 태무랑은 은지화를 보면서 가볍게 고개를 끄덕였다.

"나는 너를 친구로 생각하고 있는 것 같군."

"그런가요?"

은지화는 기쁜 표정을 지었다. 그녀는 태무랑이 꽉 막힌 사람이 아니라 오히려 매우 공명정대하다는 사실을 알게 되어 더 기뻤다.

은지화는 묘한 미소를 지으며 태무랑을 바라보았다.

"친구라는 것이 무엇인지는 알고 있겠지요?"

"무엇을 원하느냐?"

"당신에 대해서 말해주세요, 숨김없이 전부."

"너는……"

"소녀를 친구라고 했으니까 당신을 친구처럼 대하고 있는 거예요."

태무랑은 말문이 막혔다. 과연 은지화는 친구로서 정당한 요구를 하고 있는 것이다.

은지화는 반짝거리는 눈빛으로 태무랑을 말끄러미 바라보며 물러서지 않겠다는 표정을 지었다.

"백지장도 맞들면 낫다고 하지 않던가요? 당신은 누이동생을 찾는 일 말고도 필경 어떤 큰 목적을 품고 있는 것이 분명해요. 만약 그 일을 소녀가 알게 된다면 당신에게 작은 도움이라도 될 수 있을지 누가 알겠어요?"

그것은 맞다. 태무랑의 최종 목적은 단유천과 옥령, 삼장로, 단금맹우를 죽이는 것이다.

그런데 그들은 무림인이다. 하지만 태무랑은 무림에 대해서 아는 것이 거의 없다. 그래서는 그의 복수행은 처음부터 삐걱거릴 것이 분명하다.

누이동생을 찾고 복수를 할 수만 있다면 마귀에게 영혼이라도 팔 각오가 되어 있는 태무랑이다.

그렇거늘 하물며 은지화에게 자신에 대해서 말하지 못할 이유가 없다.

第十九章
오행지기(五行之氣)

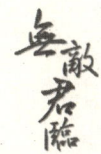

늦은 밤.

태무랑은 자신의 거처 전각의 이층 방 한가운데에 가부좌로 앉아서 운공조식을 하고 있는 중이었다.

지옥에서 나온 이후 처음 하는 운공조식이다. 그동안에는 상시운공, 즉 수차운공이 항상 그의 체내에서 이루어지고 있었기 때문에 달리 운공조식을 할 필요가 없었다.

그런데 요즘 들어 그 상태에서 운공조식을 행하면 과연 어떤 일이 벌어질 것인지 몹시 궁금해졌다. 그래서 그것을 오늘 밤에 실행해 보기로 한 것이다.

수차운공은 전신 삼백육십 군데 혈맥에 저장되어 있는 신비한 기운을 잠시도 쉬지 않고 기경팔맥으로 운행시키기 때문에, 그는 언제나 온몸에 신비한 기운이 팽팽하게 넘쳐흐르고 있는 상태였다.

그래서 언제, 어느 순간이라도 공격과 방어를 할 준비가 되어 있는 것이다.

운공조식을 시작한 지 열 호흡쯤 지났다. 수차운공하고는 전혀 별개로 그가 행하고 있는 운공조식은 순조롭게 진행되고 있는 듯하다.

또한 그는 기이한 현상을 체험하고 있는 중이었다. 그것은 마치 전력으로 질주하고 있는 마차 위에서 두 발로 힘차게 달리고 있는 듯한 느낌이었다.

"……!"

그때 태무랑은 체내에서 어떤 기운이 움직이기 시작하는 느낌을 받았다.

하지만 수차운공이 운행하고 있는 신비한 기운은 아니다. 그것하고는 전혀 다른 기운이며 생전 처음 느끼는 것이다.

더구나 그것은 체내 삼백육십 군데 혈맥에 있지 않고 그냥 체내 여기저기에 아무렇게나 마구 흩어져 있는 상태였다.

그런데 그 새로운 기운이 움직이기 시작한 것이다. 그리고 그 기운은 한 가지가 아니라 다섯 종류다. 하나라고 해도 이상한데 다섯 개씩이나 되는 것이다.

거기에서 태무랑은 잠시 망설였다. 제일 먼저 떠오른 일

감(一感)은 지옥에서 마지막 날 무쇠통 속에서 부글부글 끓고 있었던 다섯 가지 색의 액체였다.

그는 그 무쇠통 속에 던져졌다가 정신을 잃으면서 자신이 죽고 있다고 생각했으며, 그리고는 장강에 버려졌었다.

삼장로는 집요하고 의심이 많은 인물이다. 태무랑이 죽었다는 사실을 분명히 여러 차례 확인하고 나서야 내다 버렸을 것이다.

그 다섯 가지 액체는 태무랑을 죽였던, 아니, 삼장로마저도 감쪽같이 속였을 정도로 완전히 죽은 것처럼 보이게 한 괴이한 효능을 지니고 있었다.

그러나 삼장로는 그 다섯 액체의 부분적인 효능만 알고 있는 것이 분명했다.

아마도 그것들이 태무랑을 금강불괴지신으로 만들어줄 것이라고 믿었을 것이다.

하지만 다섯 액체에는 삼장로조차도 모르는 어떤 효능이 깃들어 있었던 것이 분명하다.

어쩌면 지금 운공조식으로 움직이기 시작한 다섯 가지 기운이 그것인지도 모른다.

'해보자!'

태무랑은 결정하고 운공조식을 계속 진행했다.

그 다섯 가지 액체는 지금까지는 그에게 아무런 해도 입히지 않았다.

그저 그의 체내에서 잠든 상태로 그가 불러주기만을 기다리고 있었다.

아니, 오히려 그를 지옥에서 나오게 하는 데 결정적인 역할을 해준 고마운 존재다.

또한 삼장로가 다섯 가지 액체로 금강불괴지신을 완성시키려고 했으니까 해롭지는 않을 것이다.

그렇지만 태무랑의 흥미를 끄는 것은 다섯 가지 액체가 갖고 있는 삼장로조차도 모르는 또 다른 효능이다. 그것이 태무랑을 죽이기도 했었고 살리기도 했으며 수차운공의 발동(發動)을 걸기도 했었다.

운공조식을 계속해서 자칫 잘못하다가는 지옥에서의 마지막 날처럼 태무랑이 죽음 같은 깊은 혼절 속에 빠질 수도, 아니면 죽을 수도 있을 터이다.

하지만 그것이 그를 멈추게 하지는 못한다. 그는 남달리 모험심이 강한 편이다.

또한 할 것인가 말 것인가 갈등할 때에는 해보는 쪽을 선택하는 것이 그의 성격이다.

그의 추측대로 지금 체내에서 움직이기 시작한 다섯 개의 기운이 무쇠통 속의 그 다섯 액체라면 나쁜 일은 생기지 않을 것이라는 예감이다.

다시 시간이 열 호흡쯤 흘렀을 때 기이한 현상이 벌어지기 시작했다.

그의 온몸에서 흐릿한 안개 같은 것이 옷을 뚫고 밖으로 흘러나오고 있었다.

조금 더 시간이 흐르자 안개는 점점 더 짙어지더니 다섯 가지 색을 띠기 시작했다.

그것은 검고, 푸르고, 붉으며, 희고, 누런색이다. 즉, 흑(黑), 청(靑), 홍(紅), 백(白), 황(黃)이다.

그렇다면 그것은 바로 오행색(五行色)이다. 수목화토금(水木火土金) 오행의 다섯 가지 색인 것이다.

아니, 오행색을 띤 기운이므로 오행지기(五行之氣)라고 해야만 옳다.

눈부신 다섯 가지 기운 오행지기가 다섯 개의 띠를 형성하여 태무랑의 몸 한 자 거리에서 느릿하게 왼쪽으로 회전하고 있었다.

띠 하나의 폭은 한 뼘 정도이며, 앉아 있는 그의 단전 높이에서부터 머리 위 한 뼘 높이까지 감싼 듯한 모습이다.

그때 태무랑이 스르르 눈을 떴다. 운공조식을 하면서 반드시 눈을 감아야 하는 것은 아니다.

눈을 감는 것은 집중을 하기 위해서일 뿐이지 눈을 뜬다고 해도 정신만 흐트러지지 않으면 운공조식에는 지장을 주지 않는다.

그는 자신의 몸 주위를 돌고 있는 오행지기를 신기한 눈으로 바라보았다.

그는 조금 전에 자신의 몸에서 다섯 종류의 기운들이 빠져나가는 듯한 느낌을 받고 가만히 눈을 떠본 것이다.

'내 몸속에 있던 다섯 가지 기운들이다.'

그의 몸 주위를 회전하고 있는 오행지기는 각자 다른 색을 띠고 있으면서도 투명해서 바깥이 잘 보였다. 검은색마저도 투명해서 바깥의 사물이 검게 보였다. 물론 붉은색을 통해서 보면 바깥의 사물이 붉게 보였다.

그는 계속 운공조식을 진행하면서 과연 오행지기가 어떤 현상을 일으킬 것인지 주의 깊게 주시했다.

체내에 있던 오행지기가 단지 몸 밖으로 나와서 회전하는 것이 전부라고 생각하지는 않는다.

그때 기다리고 있던 현상이 일어나기 시작했다. 하지만 그것은 전혀 예상하지 못했던 놀라운 광경이었다.

실내의 허공중에서 무엇인가 희미하게 빛나는 것이 있었다. 그것은 마치 깨알처럼 작은 반딧불이 여러 마리가 어디선가 갑자기 나타난 것 같은 광경이었다.

그런데 잠깐 사이에 깨알 같은 불빛들은 점점 더 많아지면서 눈부시게 빛나기 시작했다.

그러더니 마침내 실내 하나 가득 수만, 아니, 수천만 개의 깨알 같은 불빛들이 나타나서 실내를 환하게 만들었다.

그 불빛들은 오색이었다. 아니, 태무랑의 눈에 그렇게 보였다. 검은 띠를 통해서 보면 검은 불빛이고, 푸른 띠를 통해서 보면 푸른 불빛이기 때문이다.

오색의 작은 알갱이들이 밤하늘의 은하수처럼 무수히 반짝거리고 있었다.

화아악!

그리고는 어느 순간 셀 수도 없이 많은 불빛들이 일시에 사라지면서, 아니, 합쳐지면서 실내를 하나의 섬광 덩어리로 만들어 버렸다. 불빛들이 하나로 합쳐진 것이다.

거기서 끝이 아니다. 실내를 가득 메운 섬광 덩어리가 갈라지기 시작했다. 눈부신 섬광이 쩍쩍 금이 가면서 갈라지고 있는 것이다.

그리고는 섬광이 다섯 개의 띠를 이루어 태무랑의 몸 주위를 회전하고 있는 오행지기를 향해 느릿하게 다가왔다.

그것은 흡사 다섯 가지 색의 무지개가 하늘에서 지상으로 하강하는 듯한 광경이었다.

태무랑이 눈을 크게 뜨고 놀라운 표정으로 쳐다보고 있는 동안에 오색의 무지개는 그의 몸 주위를 회전하고 있는 오행지기와 같은 색끼리 합쳐졌다.

그리고는 오행지기가 그의 온몸으로 스며들기 시작했다. 머리에서 발끝까지 오행지기가 회전하면서 흡수되었다.

하지만 오행지기가 체내로 흡수되는 것으로 끝나지 않았다.

원래 그의 몸 주위를 회전하고 있는 오행지기는 그대로 있는 상태에서, 실내 허공에서 다섯 색깔의 무지개를 이루고 있는 다섯 개의 띠가 오행지기를 통과하며 그의 몸으로 끝없이 흡수되고 있었다.

'다섯 가지 기운 오행을, 아니, 오행지기를 흡수하고 있다!'

태무랑이 학문은 일천하지만 오행이나 오행지기가 무엇인지 정도는 알고 있었다.

또한 그것이 얼마나 놀라운 일인지도 짐작할 수가 있었다. 하지만 그가 오행에 대해서 알고 있는 것은 거기까지다. 더 이상은 알지 못한다.

그때 그는 또 하나의 놀라운 사실을 알게 되었다. 체내로 흡수된 오행지기가 기해혈(氣海穴), 즉 단전으로 향하더니 그곳에 차곡차곡 쌓이고 있었다.

신비한 기운, 즉 그가 지옥에 있으면서 복용했던 수백 종류의 약들이 만들어낸 공력은 기경팔백 삼백육십 군데 혈맥에 저장되어 수차운공으로 운행된다.

그런데 그가 자발적으로 운공조식을 하자 오행지기가 단전에 축적되고 있는 것이다. 그것은 실로 새롭고도 놀라운 발견이었다.

체내에서 두 개의 공력이 두 가지 운공조식으로 운행되고 있는 것이다.

그는 장장 세 시진 동안이나 운공조식을 하다가 끝냈다.

운공조식을 하면 할수록 오행지기가 끝도 없이 체내로 흡수되어 단전에 쌓였다.

그렇다고 오행지기가 부쩍부쩍 증가하고 있다는 것을 몸으로 느낄 정도는 아니었다.

자신의 온몸을 통해서 스며드니까 흡수되고 있다고 느끼는 것뿐이다.

하지만 한 가지 큰 사실을 깨달았다. 이렇게 날마다 계속 운공조식을 하면 언젠가는 체내에 오행지기가 가득 찰 것이라는 사실이다.

'이것은 어떻게 사용하는가?'

자연스럽게 그런 의문이 생겼다.

기경팔맥 삼백육십 군데 혈맥에 있는 신비한 기운, 즉 신비지기(神秘之氣)는 지금껏 줄곧 사용해 왔었는데, 오행지기는 어떻게 사용해야 하느냐는 의문이다.

그런데 그는 신비지기와 오행지기가 각기 다르다는 사실을 깨달았다.

신비지기는 힘의 원천 같은 것이다. 말하자면 도도하게 흐르는 거센 강물 같았다.

그런데 오행지기는 단전에 있다는 것은 알겠는데 형체가 느껴지지 않았다.

바람이나 정신 같았다. 바람은 몸으로 느껴지는데 눈으로 볼 수도, 손으로 잡을 수도 없다.

머릿속에 정신이 있다는 것은 알고 있는데 그것 역시 확인하지 못하는 것이다.

그러나 태무랑은 단전에 쌓여 있는 오행지기의 다섯 가지 기운은 확연히 구분할 수가 있었다.

그리고 또 하나 중요한 것은, 그것들을 밖으로 끄집어낼 수도 있을 것 같다는 생각이 들었다는 것이다.

'끄집어내 보자.'

그는 단전의 오행지기 중에서 하나를 골라내 오른손으로 이끌었다. 그렇게 하는 것이 운기(運氣)라는 사실을 그는 모르고 있었다.

그가 끄집어내고 있는 기운은 뜨거운 느낌이 들었다. 그렇다고 실제로 뜨거운 것이 아니라 느낌이 그럴 뿐이다.

후우우.

그 기운이 쏘아낸 화살처럼 가슴과 어깨를 거쳐서 오른팔로 쏟아져 들어왔다.

그 순간 그는 벽을 향해 손바닥을 펼쳤다. 그 뜨거운 기운이 손바닥을 통해서 뿜어져 나가라는 뜻이다.

하지만 정말 그렇게 될 것이라고는 기대하지 않았다. 그런 일이 일어난다면 요술(妖術)이나 다름이 없다. 그저 그 기운이 오른팔을 타고 손바닥을 향해서 쏘아가고 있기 때문에 자연스럽게 취한 동작일 뿐이다.

그런데 그 순간 놀라운 일이 벌어졌다.

화우웅!

손바닥에서 무엇인가 거센 기운이 맞은편 벽을 향해 일직선으로 뿜어져 나간 것이다.

태무랑은 그것이 붉다는 것만 얼핏 보았는데 맞은편 벽에서 둔탁한 음향이 터졌다.

퍽!

화르륵!

다음 순간 벽에서 불길이 확 피어났다.

"......!"

태무랑이 움찔 놀라고 있는 사이에도 불길이 급속히 확산되고 있었다.

"불이라니......."

오행지기 중에 뜨거운 기운을 발출했는데 그것이 불덩이였던 것이다.

그때 그의 뇌리를 번뜩 스치는 생각이 있었다. 오행지기 중에는 얼음처럼 차가운 기운도 있었다.

그는 재빨리 운기하여 오행지기 중에 차가운 기운을 끌어내서 왼팔로 향하게 하며 왼손을 쭉 뻗었다.

슈우웅!

오른손에서 불덩이가 뿜어져 나갈 때하고는 또 다른 소리가 나면서 왼손 손바닥에서 희끗한 기운이 일직선으로 빛쳐

오행지기(五行之氣) 161

럼 뿜어졌다.

쩡!

동시에 한겨울 깊은 밤에 호수 한가운데에서 얼음이 어는 듯한 음향이 터졌다.

"아……."

태무랑은 눈앞에 벌어진 광경에 놀라움을 금치 못하고 탄성을 흘렸다.

방금까지만 해도 나무 벽에 불길이 거세게 타오르고 있었는데 지금은 벽 전체가 푸르스름한 얼음으로 뒤덮여 있었다.

자신의 눈으로 똑똑히 보고 있으면서도 믿어지지 않았다. 어떻게 인간의 몸에서 불과 얼음이 뿜어져 나올 수 있단 말인가.

그는 홀린 듯한 얼굴로 일어나 벽으로 다가가서 자세히 살펴보았다.

얼음은 투명해서 안쪽이 훤히 들여다보였다. 처음에 불덩이에 적중된 곳은 주먹이 통째로 들어갈 정도로 구멍이 뻥 뚫려 있었다.

그곳을 중심으로 불길이 사방으로 확산되었던 것이다. 불에 탄 곳은 구멍에서 사방 반 장 정도였다.

그런데 왼손에서 발출된 얼음이 구멍 바로 옆에 적중되어 순식간에 불길을 꺼버린 것은 물론이고 아예 얼음으로 뒤덮어 버렸다.

태무랑은 놀라는 표정으로 자신의 오른손과 왼손을 들어 손바닥을 자세히 들여다보았다.

하지만 손바닥은 아무렇지도 않았다. 어디에서도 불덩이나 얼음의 흔적은 보이지 않았다. 그렇지만 양손에서 불과 얼음이 뿜어진 것은 분명한 사실이었다.

"으음! 이것은 도대체……."

그는 귀신에 홀린 듯한 표정으로 손바닥과 벽을 번갈아 쳐다보았다. 하지만 어떻게 된 영문인지는 알 수가 없었다.

한동안 넋을 놓고 서 있던 그의 입가에 흐릿한 미소가 피어올랐다.

"후후… 잘됐군."

단유천과 옥령, 무극신련이 너무 막강해서 걱정하고 있던 차에 이런 놀라운 무기가 새로 생겼으니 더없이 좋은 일이었다.

그는 그 길로 밖으로 나가 전각 뒤쪽 으슥한 잡목 숲 속으로 들어갔다.

오행지기 중에서 두 가지를 확인했으니 나머지 세 가지를 시험해 보려는 것이다.

동이 트기 전인 묘시(卯時:새벽 6시) 무렵.

깊숙이 방갓을 눌러쓴 태무랑은 태가장 전문을 열고 구준마를 끌고 거리로 나왔다.

지금쯤 형구와 아소, 연효는 깊은 잠에 빠져 있을 것이다.

하지만 태무랑은 그들에게 작별을 고하지 않고 떠날 생각이다. 떠난다고 하면 형구는 서운해할 것이고 아소와 연효는 울고 불며 붙잡을 것이다.

그래서 형구와 아소, 연효에게 서찰 두 개를 남겨두었다.

그가 말안장을 정리하고 올라타려고 하는데 옆쪽에서 낮은 헛기침 소리가 들렸다.

"에헴!"

돌아보자 은지화가 전문 기둥 옆에 서 있다가 태무랑 쪽으로 걸어왔다.

"진시(辰時:아침 8시)에 소녀하고 함께 출발하기로 하지 않았던가요?"

어제 은지화는 태무랑에게 전음입밀을 가르쳐 주고 나서 함께 떠나겠다고 요구했었다.

태무랑은 아무 말도 하지 않았는데 그녀가 내일 아침 진시에 올 테니까 같이 출발하자고 혼자서 북 치고 장구 치고 다 했었다.

태무랑은 그녀와 함께 행동하는 것이 불편해서 약속했던 시간보다 훨씬 일찍 떠나려고 나왔다가 그녀에게 딱 걸리고 말았다.

"홍! 약속을 지키지 않는 나쁜 친구로군요?"

은지화는 태무랑 옆으로 다가와서 곱게 눈을 흘겼다.

태무랑이 무표정한 얼굴로 가만히 서 있자 그녀는 구준마의 갈기를 쓰다듬으며 탄성을 터뜨렸다.

"와아! 정말 훌륭한 말이로군요!"

그러다가 그녀는 난감한 표정을 지었다.

"말을 타고 갈 것이라고 미리 말해주었으면 소녀도 말을 타고 왔을 텐데……."

그리고는 입술을 예쁘게 삐죽거렸다.

"하긴, 소녀를 떼어놓고 가려고 한 사람이 친절하게 그런 것을 말해주겠어요?"

그녀는 뒤로 두어 걸음 물러났다.

"가요. 소녀는 달려서 가겠어요."

그러나 태무랑은 말에 타지 않았다. 그녀를 떼어놓고 갈 수 없는 상황이라면, 남자인 자신은 말을 타고 여자인 은지화더러 뛰어오라고 할 수 없었기 때문이다.

"네가 타라. 내가 달리겠다."

"아니, 그럴 수는 없어요."

태무랑이 뒤로 물러나자 은지화가 두 손으로 그의 등을 떠밀었다. 그런다고 탈 태무랑이 아니다.

이러지도 저러지도 못하고 두 사람은 묵묵히 서서 시간만 보내고 있었다.

태무랑은 이런 경험이 없기 때문에 이럴 때 어떻게 해야 좋을지 방법이 떠오르지 않았다.

역시 제일 좋은 방법은 은지화를 놔두고 혼자 떠나는 것이다. 그러나 기왕지사 이렇게 됐는데 그녀를 억지로 떼어내고 가버리면 태무랑도 마음이 편하지 않을 것이다.

한참 만에 은지화가 조심스럽게 입을 열었다.

"그럼 할 수 없군요. 둘이 함께 타요."

태무랑이 항주까지 먼 길에 말을 타고 가기로 한 것은 정말 잘한 결정이었다.

여러 가지 이점이 있었다. 힘들어서 걷지 않아도 되는 것은 당연한 일이고, 마상에 앞뒤로 앉아서 은지화에게 무림에 대해, 특히 무극신련에 대한 많은 얘기를 들을 수도 있었으며, 먹을 것을 사서 말에 탄 채로 요기를 할 수도 있었다.

구준마는 두 사람을 태우고 하루 종일 달리다가 걷기를 반복해도 조금도 지치지 않았다.

평소에는 말을 별로 하지 않는 편인 은지화는 태무랑에게 쉴 새 없이 종알거렸다.

하지만 쓸데없는 얘기는 거의 없었다. 대부분 무림이나 무극신련에 대한 얘기고, 가끔은 무공에 대해서도 얘기했다.

어릴 적부터 학문을 배우지 않아서 무식한 태무랑이지만 기억력만큼은 타의 추종을 불허할 정도로 뛰어났기 때문에 은지화가 한 말은 하나도 빼놓지 않고 모조리 머릿속에 집어넣었다.

처음 출발할 때는 은지화가 태무랑 뒤에 앉았었다. 그런데 배로 낙수를 건널 때 포구에서 관군들의 검문이 있었다.

태무랑을 잡으려는 것이 아니라 포구나 성문, 현의 입구 등에서 하는 일상적인 검문이었다.

그때 은지화가 재빨리 태무랑의 앞으로 옮겨 앉았다. 그가 수배 중이라는 사실을 알고 있기 때문이다.

그리고 은지화는 검문하는 관군들에게 도도한 표정으로 가볍게 고개를 까딱거렸다.

"수고하는군요."

그것으로 끝이다. 관군들은 은지화가 낙성검문의 소문주라는 사실을 알고 있었기 때문에 검문은커녕 깊숙이 허리를 굽혀 예를 취했다.

그 사이에 태무랑과 은지화는 말에 탄 채로 배에 올라 무사히 낙수를 건넜다.

그 이후로도 세 차례 더 관군들의 검문이 있었으나 모두 무사통과였다.

관군들이 모두 은지화의 얼굴을 알고 있는 것은 아니지만, 그들은 그녀가 메고 있는 검의 검파에 새겨진 낙성검문의 표식을 보고 정중히 예를 취했다.

은지화를 귀찮게 생각했던 태무랑이지만 여러 면에서 그녀의 덕을 보고 있는 것이다.

또한 낙성검문이 무림에서 대단한 명성을 떨치고 있다는

오행지기(五行之氣) 167

사실을 새삼 깨닫게 되었다.

다각다각.
"더 궁금한 것 있나요?"
마상의 앞쪽에 앉은 은지화가 고개를 돌려 태무랑을 돌아보면서 물었다.
그러다가 그녀는 눈을 크게 뜨더니 아예 상체까지 돌리고 태무랑의 위아래를 훑어보며 탄성을 발했다.
"당신, 이제 보니까 대단한 몸집이군요? 마른 체형인데도 어깨와 가슴이 넓고 단단해요."
그녀는 태무랑과 자신의 몸을 번갈아 보았다.
"당신에 비하면 소녀는 어린아이로군요?"
정말 그랬다. 은지화가 등을 태무랑의 가슴에 대고 있으면 아버지가 어린 딸을 안고 있는 듯한 모습이었다.
은지화는 자세를 제대로 하고 편안하게 등을 태무랑 가슴에 대면서 종알거렸다.
"남들이 보면 부녀지간인 줄 알겠어요."
말은 그렇게 하면서도 속으로는 흡족한 마음이다. 태무랑이 듬직하기 때문에 왠지 믿음이 가는 것이다.
"혈도에 대해서 알고 싶다."
은지화는 체구에 대해서 말하고 있는데 태무랑은 조금 전에 그녀가 말한 '궁금한 것'에 대해서 말했다.

"어떤 혈도를 알고 싶나요?"

"네가 아는 것 전부."

은지화는 고개를 갸웃거리면서 잠시 생각하더니 고개를 크게 끄덕였다.

"알았어요. 그럼 바꿔 앉아요."

그녀는 상체를 비트는가 싶더니 한 손으로 태무랑의 어깨를 짚고는 훌쩍 몸을 날려 그의 뒤쪽으로 향했다.

태무랑이 앉은 채 앞쪽으로 당겨서 앉자 은지화는 그의 뒤에 사뿐히 내려앉았다.

방금까지 은지화가 앉았던 자리로 옮긴 태무랑은 사타구니가 축축한 것을 느꼈다.

은지화가 또 오줌을 지려놓은 것이다. 그런데도 그녀는 종알거리기에 바빠서 모르는 듯했다.

아니면 오줌을 자주 지리다 보니까 할머니들이 흔히 걸리는 요실금(尿失禁)에라도 걸린 모양이다.

그런 줄도 모르고 은지화는 태무랑 뒤에서 진지한 표정으로 잠시 생각을 정리하고는 조용하면서도 낭랑한 목소리로 입을 열었다.

"인체는 수많은 경락(經絡)과 경혈(經穴)로 이루어져 있어요. 경락은 생명을 유지하는 기(氣)와 혈(血)을 온몸으로 운행하는 통로예요."

처음에 그녀는 태무랑의 앞에 앉을 때에는 등을 그의 가슴

오행지기(五行之氣) 169

에 기대고, 뒤에 앉을 때에는 손바닥을 뻗어 그의 등에 대는 자세를 취했었다.

흔들리는 말 위에 두 사람이 앉아 있기 때문에 몸의 윗부분이 닿는 것은 어쩔 수 없으나 그녀는 태무랑의 앞에 앉거나 뒤에 앉을 때 서로의 하체가 닿지 않게 하려고 최대한 조심을 하고 있었던 것이다.

그렇지만 좁은 안장 위에 두 사람이 밀착하여 앉아 있는 상태라서 이따금씩 말이 심하게 흔들릴 때에는 두 사람의 하체가 자연스럽게 닿기도 했다.

그럴 때면 은지화는 움찔 놀라서 급히 떨어져 앉았으나, 그런 일이 여러 차례 반복되니까 자신이 너무 오두방정을 떠는 것 같아서 겸연쩍어졌다.

또한 얘기하는 것에 열중하다가 어느 순간에 정신을 차리고 보면 두 사람의 하체가 딱 밀착되어 있었다. 그러면 은지화는 슬며시 떨어져 앉지만, 얘기를 하다 보면 잠시 후에 두 사람의 하체가 다시 밀착되어 있었다.

그러다가 은지화는 한 가지 중요한 사실을 깨달았다. 지금까지 몇 개의 현을 지나고 있는데도 자신이 마방에 들러서 말을 한 필 더 사지 않았다는 사실이다.

서로 각자의 말을 타고 가면 하체가 밀착되는 것에 신경을 쓰지 않아도 될 터인데, 은지화는 마방에서 말을 한 필 사야 한다는 사실을 까맣게 망각하고 있었다. 그것은 지금 상황이 별로 불편하지 않다는 증거였다.

또한 태무랑도 그녀에게 말을 사라고 강요하지 않았다. 사실 그는 그녀 덕분에 여러 차례의 검문을 수월하게 통과했으며 또 많은 것을 배우고 있기 때문에 그녀가 구준마를 함께 타고 가는 것이 외려 더 편했다.

은지화는 자신이 태무랑과 함께 말을 타고 가는 것을 싫어하지 않는다는 사실을 깨닫고 적잖이 놀랐다. 아니, 어쩌면 그러기를 자신이 더 원하고 있는지도 몰랐다.

그래서 그때부터는 오히려 마음이 편해져서 태무랑하고 상체가 붙든 하체가 밀착되든 신경 쓰지 않고 되는대로 편하게 내버려 두었다. 그것이 낙양을 출발한 지 두 시진 만의 일이었다.

"경락의 경(經)은 직선으로 뻗어 있는 주간선(主幹線)이고, 락(絡)은 경에서 갈라져 나와 온몸으로 퍼져 나가는 것이에요."

그때 말이 갑자기 크게 흔들리자 그녀는 자연스럽게 두 팔로 태무랑의 허리를 안았다.

자신의 풍만한 젖가슴이 그의 등에 짓눌리는 것을 느끼고 살짝 얼굴이 붉어졌으나 계속 말을 이었다.

"경락은 십이경맥(十二經脈)과 기경팔맥(奇經八脈), 십오락맥(十五絡脈), 십이경별(十二經別), 십이경근(十二經筋), 그리고 삼백육십오락(三百六十五絡)과 헤아릴 수 없이 많은 손락(孫

絡)으로 이루어져 있어요."

태무랑은 상체를 꼿꼿하게 세운 흐트러짐없는 자세로 귀를 기울여 듣고 있었다.

"십이경맥은 몸의 좌우에 각각 열두 줄씩 뻗어 있는데, 상지(上肢)에 여섯 줄이 분포하여 흉부(胸部)와 두부(頭部)를 연결하고, 하지(下肢)의 여섯 줄은 구간(軀幹)과 두부를 연결하고 있어요."

은지화는 얘기하는 중에 조금 더 몸을 밀착시켜서 두 손으로 태무랑의 배를 잡고 뺨을 그의 등에 댔다.

"십이경맥은 달리 십이정경(十二正經)이라고도 하는데 그 각자의 명칭은 다음과 같아요. 수태음폐경(手太陰肺經), 수소음심경(手少陰心經), 수궐음심포경(手厥陰心包經), 수양명대장경(手陽明大腸經), 수소음삼초경(手少陰三焦經)……."

은지화는 사르르 눈을 감고 자신이 배운 기억을 되살리면서 설명을 계속했다.

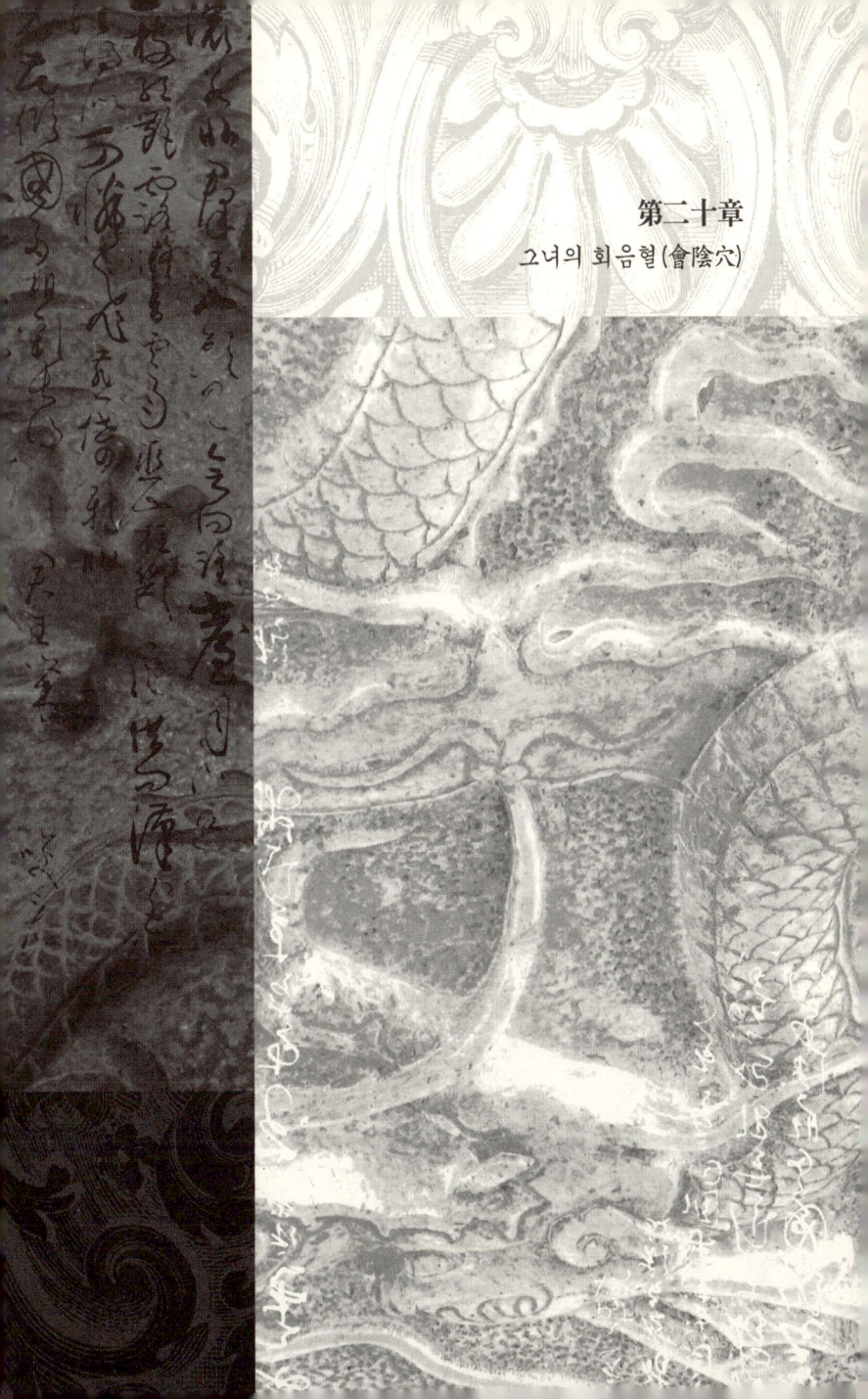

第二十章
그녀의 회음혈(會陰穴)

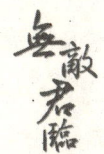

 어스름한 저녁 무렵에 태무랑과 은지화는 낙양에서 남쪽으로 이백여 리 떨어진 노산현(魯山縣)에 도착했다.
 태무랑 혼자 구준마를 달렸으면 백여 리 정도 더 멀리 갔겠지만 그렇다고 실망하지는 않았다.
 구준마가 아무리 명마라고 해도 하루 종일 계속 달리기만 하면 지치게 마련이므로 오늘처럼 달리다가 걷기를 반복하는 것이 좋다.
 더구나 태무랑은 오늘 하루 동안 은지화에게 정말 많은 것들을 배웠다.
 무림과 무극신련에 대한 정보와 지식은 아무리 들어도 끝이 없는 것 같았다.

더구나 태무랑은 그녀에게 혈도에 대해서 배울 때는 완전히 심취해서 시간이 가는 줄도 몰랐다.

그가 알고 있는 혈도는 마혈을 제압하는 방법과 삼장로가 가르쳐 준 운공조식을 하는 방법이 전부였다.

그런데 은지화가 가르쳐 준 경락과 혈도에 대한 지식은 태무랑에게 새로운 신세계를 열어주는 것이었다.

사람의 몸에 그렇게 많은 경락과 혈도들이 존재하고 있으며, 또한 그것들이 제각각 다른 기능을 하고 그것들을 제압했을 때는 인체에 천변만화(千變萬化), 즉 천 가지 변화와 만 가지 조화가 일어난다는 사실이 신기하기만 했다.

은지화는 오늘 정오 이후 한시도 쉬지 않고 경락과 혈도에 대해서 설명을 했는데도 불구하고 그런 식으로 닷새는 더 설명해야만 한다고 말했다.

그러니 대저 경락과 혈도라는 것이 얼마나 신묘하면서도 무궁무진한 기능을 갖고 있는 것인가.

"염마도를 어깨에 메지 말고 구준마 옆구리에 차게 하는 것이 어떤가요?"

노산현에 들어섰을 때 은지화는 혈도에 대한 설명을 멈추고 몸을 바로 세우면서 손가락으로 태무랑의 염마도를 슬쩍 건드렸다.

그녀가 뒤에 앉아서 그를 껴안고 있을 때 염마도가 얼굴과 몸 앞면 전체에 닿아서 여간 불편하지 않았다.

태무랑은 흑풍창기병 시절에 두 자루 창과 한 자루 도를 휴대했었는데, 두 자루 창은 말의 양 옆구리에 매달았으며 도는 어깨에 메고 다녔었다.

그가 고개를 끄덕이자 은지화는 마상에 앉은 채 지나가는 행인에게 노산현에 있는 병기창(兵器廠)의 위치를 물었다.

행인은 그녀와 태무랑을 힐끗 보고는 깜짝 놀라는 표정을 짓더니 더할 수 없이 공손한 태도로 병기창의 위치를 가르쳐주었다.

그걸 보면서 태무랑은 백성들이 무림인들을 두려워하면서도 존경하고 있음을 깨달았다.

병기창에 도착하자마자 태무랑이 뭐라고 하기도 전에 은지화가 냉큼 말에서 뛰어내려 병기창 주인에게 구준마 옆구리에 염마도를 묶을 수 있도록 가죽으로 띠를 만들어달라고 요구했다.

마상의 태무랑은 그녀가 주인 옆에서 이건 이렇게 하고 저건 저렇게 하라고 일일이 지시를 하는 것을 보고 자신도 모르게 입가에 희미한 미소가 떠올랐다.

그걸 보고 은지화가 머쓱한 표정을 지으며 전음으로 물었다.

[왜 웃어요?]
[아무것도 아니다.]

태무랑은 입가에서 웃음을 지우며 역시 전음으로 대답했다.

그는 자신과 은지화의 관계가 조금씩 발전하는 것을 느끼면서 사람과 사람 간의 관계가 얼마나 중요한가를 새삼 느끼고 있었다.

단유천과 옥령, 삼장로, 단금맹우 등은 태무랑하고는 절대적인 악연(惡緣)이다.

태무랑과 그들은 같은 하늘을 이고 살 수 없는 불구대천지수(不俱戴天之讎)다.

태무랑은 홍작루에서 은지화를 처음 만난 이후 여러 차례 만남을 거듭하면서 서로를 알아가게 되었다.

지금처럼 친해진 데에는 은지화의 역할이 컸다. 그녀는 무뚝뚝하고 두려운 존재인 태무랑에게 질릴 만도 한데 참고 견디면서 꾸준히 그의 주위를 맴돌았고 결국 지금 같은 사이가 되었다.

태무랑은 은지화에게 많은 도움을 받았고 또 앞으로도 그렇게 될 것이다.

태무랑도 그녀에게 서책을 주어 도움을 주었으나 그녀가 태무랑에게 베푼 도움에 비할 바가 아니었다.

그는 은지화에게 새삼 고마운 마음이 들었다. 하지만 염마도의 띠를 다 만들고 잠자리를 찾아서 갈 때까지도 그는 고맙다는 말 따위는 한마디도 하지 않았다.

태무랑이 미소를 지은 의도는 전혀 그렇지 않았는데도 은지화는 뭔가 켕기는 것이 있는지 고개를 갸우뚱거리다가 급히 자신의 아랫도리를 굽어보았다.

"아……."

어김없이 옥문 부위가 젖어 있었다.

그녀는 화살처럼 몸을 날려 태무랑 뒤에 내려앉아서 찰싹 달라붙으며 그의 등에 얼굴을 묻고는 조그만 주먹으로 등을 콩콩 두드렸다.

"몰라……."

태무랑과 은지화는 노산현에서 잠을 자기 위해 객잔에 투숙하지 않았다.

하북성 전역은 낙성검문의 직접 세력권이기 때문에 곳곳에 분타가 산재해 있다.

그래서 두 사람은 노산현 중심가에 위치한 낙성검문 노산분타에서 하룻밤을 보내기로 했다.

두 사람의 방은 나란히 붙어 있었는데, 은지화는 도착하자마자 자신의 방에는 들어가 보지도 않고 태무랑의 방에 따라 들어와서 혈도에 대해서 설명을 계속했다.

태무랑이 경락과 혈도에 보이는 관심은 대단하지만 은지화의 가르치려는 열성도 그에 못지않았다.

경락과 혈도가 적힌 그림, 즉 경락경혈도(經絡經穴圖)를 구하지 못한 은지화는 어쩔 수 없이 직접 몸으로 시험을 하기로 했다.

어떻게 보면 더 잘된 일이다. 경락경혈도가 아무리 잘 그려져 있다고 해도 인체에 직접 시험을 하는 것이 훨씬 더 정확하기 때문이다.

남은 문제는 태무랑과 은지화가 서로의 몸을 손바닥으로 직접 만지고 손가락으로 눌러야 하는 어색한 상황을 극복해야만 하는 일이었다.

그런데 막상 두 사람이 실행을 해보니까 별다른 문제는 일어나지 않았다.

은지화는 장승처럼 우뚝 서 있는 태무랑 주위를 돌면서 몸의 각 부위를 손바닥으로 가볍게 두드리거나 살짝 잡았다가 놓는 격타(擊打)를 하고, 또는 여러 손가락을 이용하여 각 혈도를 아주 미약하게 누르는 제혈(制穴)을 하는데도 전혀 거부감이 들지 않는 것을 느끼고 마음이 놓이면서도 적잖이 놀랐다.

그러나 그녀는 곧 자신들이 그동안 꽤 친해졌고 또 함께 말을 타고 오는 동안 자연스럽게 신체적인 접촉을 하다 보니까 은연중에 무람없는 사이가 됐음을 깨달았다.

그녀는 철이 들고 나서 남자는 물론이고 여자하고도 신체적인 접촉을 거의 하지 않은 편이었다.

그런데도 상식에서 크게 벗어난 태무랑 같은 별종하고도

별다른 거부감이 없다는 사실이 일견 놀랍기도 하고 또 다행스럽기도 했다.

"여기에서 공력을 조금 주입하면 상대의 몸이 여러 가지 반응을 보이게 될 거예요. 잊지 말아야 할 것은 경락은 두드리거나 쓰다듬듯이 잡아주고, 경혈은 누른다는 사실이에요."

물론 그녀는 태무랑의 온몸 경락과 경혈을 쓰다듬고 눌렀으나 하체의 은밀한 부위는 그냥 말로써 하고 직접 손을 대지는 않았다.

"자, 이번에는 당신이 해보세요."

은지화는 발을 어깨 넓이보다 약간 넓게 벌리고 우뚝 서면서 주문했다.

태무랑이 앞에 서자 그녀는 그를 올려다보면서 말했다.

"기경팔맥의 독맥(督脈), 임맥(任脈), 충맥(衝脈), 대맥(帶脈), 음교맥(陰蹻脈), 음유맥(陰維脈), 양유맥(陽維脈)을 차례로 격타(擊打)하고 점혈(點穴)해 보세요."

태무랑은 은지화가 가르쳐 준 기경팔맥의 첫 번째인 독맥을 잠시 머릿속으로 그려보다가 성큼 그녀에게 다가가며 오른손을 뻗었다.

은지화는 스르르 눈을 감았다. 그러는 편이 태무랑의 격타와 점혈을 분간하는 데 용이하기 때문이고 그도 어색하게 여기지 않을 것이기 때문이다.

슥—

최초로 태무랑의 오른손 중지가 은지화의 코 아래 인중 은교혈(齦交穴)을 슬쩍 누르는가 싶더니 뒤이어서 태단(兌端), 수구(水溝), 소료(素髎) 등 얼굴의 정중앙을 세로로 거쳐서 정수리의 백회혈(百會穴)을 살짝 누르고는 그녀의 뒤로 돌아갔다.

일단 시작한 점혈은 추호도 막힘없이 물 흐르듯 진행되었다.

머리, 즉 두부(頭部)는 점혈만을 하고 몸의 다른 부위는 한 번 격타하고 두 번 점혈하는 일격타이점혈(一擊打二點穴)의 방식이다.

태무랑의 오른손이 신들린 듯 움직이며 파도를 쳤다. 그는 빠르게 격타점혈에 빠져 들어갔다.

은지화의 목과 등의 경계 부위인 대추혈(大椎穴)을 살짝 잡듯이 두드리고 이후 도도(陶道), 신주혈(神柱穴)을 가볍게 두드리면서 점점 아래로 일격타이점혈을 해 나갔다.

기경팔맥의 독맥은 코 아래 인중의 은교혈을 시작으로 백회혈을 지나 뒷목과 등 정중앙 선을 가로질러 둔부의 꼬리뼈 바로 아래 장강혈(長强穴)을 마지막으로 이십팔혈(二十八穴)이 끝난다.

태무랑이 은지화의 뒤쪽에서 한쪽 무릎을 꿇은 자세로 고개를 숙이고 독맥의 마지막 장강혈을 가볍게 눌렀을 때 그녀는 몸이 찌르르한 것을 느꼈다.

태무랑이 장강혈을 너무 세게 눌렀거나 잘못 점혈했기 때문이 아니다.

항문에서 한 치밖에 떨어지지 않은 민감한 부위라서 본능적으로 움찔 몸이 떨리고 잔물결 같은 것이 순식간에 온몸으로 퍼졌다.

그러나 격타점혈에 흠뻑 심취해 있는 상태인 태무랑은 그런 사실을 전혀 알지 못했다.

그저 새로운 무공을 배웠고 그것을 시험하고 있다는 사실만 머릿속에 가득할 뿐이다.

이것은 지옥에서 단유천과 옥령에게 두들겨 맞아가면서 억지로 터득하는 무공이 아니라 태무랑 스스로 배우고 싶어서 배우는 무공이라 더욱 의욕이 충만했다.

'설마……'

꼬리뼈 아래 장강혈을 점혈당한 은지화는 순간적으로 가슴이 철렁 내려앉았다.

이제 독맥이 끝나고 임맥이 시작되는데, 임맥의 시작 부위는 회음혈(會陰穴)로써 항문과 옥문 사이이기 때문이다.

그래서 그녀는 태무랑이 격타점혈에 심취한 나머지 회음혈마저도 점혈, 아니, 일타이점의 순서에 의해서 이번에는 격타, 즉 쓰다듬듯이 가볍게 쥐는 것인데, 그런 일이 벌어질지 모른다고 바짝 긴장했다.

툭!

그때 태무랑의 무릎이 은지화의 무릎 안쪽을 슬쩍 건드리자 그녀의 다리가 자동적으로 활짝 벌려졌다. 그것은 회음혈도 격타하겠다는 예고다.

슥—

'꺄악!'

다음 순간 그녀는 하마터면 입 밖으로 비명이 터져 나오려는 것을 간신히 참았다.

태무랑이 앉은뱅이걸음으로 그녀의 옆을 스쳐 지나 앞쪽으로 이동하는가 싶더니 그녀의 사타구니로 오른손을 번개같이 집어넣고는 엄지와 검지, 중지를 이용하여 회음혈을 가볍게 쥐었다가 놓았기 때문이다.

그러더니 은지화가 정신이 반쯤 나가 있는 사이에 그는 연이어서 옥문 바로 위 무성하게 숲이 자란 부위인 곡골혈(曲骨穴)과 한 치 위에 있는 중극(中極), 관원(關元), 석문(石門), 기해혈을 재빠른 솜씨로 두드리고 격타해 나갔다.

'아아… 이 사람 정말……'

은지화는 설마가 현실로 나타나자 다리에 힘이 풀려 서 있을 힘조차도 없어져 버렸다.

말이 회음혈이지 옥문과 항문의 거리가 채 한 치도 되지 않는데, 태무랑의 커다란 손으로 회음혈을 살짝 잡았다가 놨으니 옥문과 회음혈, 항문의 살집을 동시에 잡았다가 놓은 것이나 다름이 없었다.

하지만 그는 틀리지 않고 정확하게 회음혈을 격타했다. 단지 옥문과 항문이 곁따라서 그의 손에 잡혔을 뿐이다.

아무리 그렇더라도 태무랑이 그녀의 회음혈까지 격타할 줄은 예상하지 못했었다.

은지화는 어질어질한 상황에서 태무랑의 얼굴을 힐끗 굽어보았다.

그런데 그의 표정은 더 이상 진지할 수 없을 정도여서 차라리 엄숙한 모습이었다.

그런 그가 일부러 회음혈을 격타했을 것이라고는 생각할 수 없었다. 더구나 그녀가 알고 있는 태무랑이라면 절대로 그럴 리가 없었다.

타닥… 탁!

그러는 중에도 태무랑의 오른손이 그녀의 배를 지나서 빠르게 가슴으로 오르고 있었다.

임맥은 독맥하고는 정반대로 사타구니 회음혈에서 시작하여 아랫입술 바로 아래의 승장혈(承漿穴)을 끝으로 이십사혈(二十四穴)이다.

'정말 이 사람……'

은지화가 하얗게 질린 얼굴로 쳐다보고 있는 동안 태무랑은 그녀의 젖가슴 한가운데의 구미혈(鳩尾穴)과 중정(中庭), 옥당(玉堂), 자궁(紫宮), 화개혈(華蓋穴)을 일직선으로 재빠르게 점혈하고 격타하면서 거침없이 올라왔다.

그의 커다란 손이 두 개의 젖가슴 사이를 격타점혈하다 보니까 젖가슴을 양쪽으로 젖히는 과정에서 자연스럽게 만질 수밖에 없었다.

'난 몰라…….'

태무랑에게 자신의 벌거벗은 모습을, 그것도 옥문을 적나라하게 내보였던 은지화다.

그런데 이제는 회음혈 부위에 이어서 젖가슴까지도 송두리째 그가 찌르고 주무르도록 내맡기고 있으니 금방이라도 주저앉고 싶은 것을 입술을 깨물면서 결사적으로 참고 있는 중이었다.

임맥을 끝낸 태무랑은 충맥을 격타점혈하기 위해서 그녀의 오른쪽으로 위치를 이동했다.

그에게 온몸을 내맡긴 은지화는 어느덧 자포자기하는 심정이 돼버렸다.

그러다가 그에게 알몸을 보인 일과 함께 말을 타고 오는 동안 그의 품에 안기기도 하고 뒤에 앉아서 그를 끌어안기도 하면서 하체를 셀 수도 없이 밀착했던 기억을 떠올렸다.

'항주까지 함께 가자고 우긴 사람은 나니까 이 정도는 능히 각오해야 마땅해.'

속으로 그렇게 생각하면서도 그녀는 문득 또 다른 걱정이 앞섰다.

그녀가 오늘 태무랑에게 가르쳐 준 여러 경락에는 중복되는 혈도들이 많이 있다. 혈도에는 각기 대(大), 중(中), 소(小)

가 있는데 그중에서도 대혈(大穴)은 여러 경락들이 공유하고 있기 때문이다.

그렇게 봤을 때 태무랑을 이대로 놔둔다면 그는 오늘 은지화의 회음혈을 두 번 더 격타하고 세 번 찌를 것이 남았으며, 가슴은 종횡으로 총 일곱 차례 왕복으로 격타점혈하게 될 것이다.

허벅지 깊숙한 곳이나 둔부 같은 곳의 혈도는 수십 차례 격타점혈하게 될 텐데 지금 상황에서 그것은 아예 걱정도 되지 않았다.

'어떻게 하면 좋아……'

마음속으로 걱정이 짙은 먹구름처럼 몰려드는 은지화였지만, 태무랑이 비지땀을 뻘뻘 흘리면서 열심히 하고 있는 것을 보니 지금 멈추게 하는 것은 너무 잔인한 것 같다는 생각이 들었다.

더구나 그녀는 스승의 입장이다. 자신이 단 한 번 가르쳐 준 것을 제자가 하나도 틀리지 않고 시험하고 있는 것을 보니까 그가 너무도 대견하고 기특하다는 생각이 들었다.

그래서 그녀는 어떤 난관이 닥치더라도 자신이 태무랑의 시험 대상이 되어 그가 오늘 배운 경락과 혈도를 무사히 마치도록 해야겠다고 다짐했다.

그 대가로 그녀는 자신의 소중한 부위를 수도 없이 찔리고 붙잡혀야만 했다.

두 시진에 걸친 격타점혈에 온 신경과 기력을 모았던 태무

그녀의 회음혈(會陰穴) 187

랑은 녹초가 되었다.

그러나 가만히 서 있기만 했던 은지화는 태무랑보다 더 지쳐서 완전히 기진맥진해 버렸다.

털썩!

"아아……."

급기야 은지화는 그 자리에 무너지듯이 주저앉고 말았다.

그때 태무랑이 우뚝 선 채 그녀를 굽어보며 무뚝뚝하게 중얼거렸다.

"한 번 더 해보고 싶다."

"악!"

은지화는 자지러지는 비명을 지르며 몸을 움츠렸다.

태무랑은 가볍게 미간을 좁혔다.

"내가 뭘 잘못했느냐?"

"아, 아니에요."

"그럼 틀렸느냐?"

은지화는 세차게 고개를 가로저었다.

"아니, 지나칠 정도로 정확했어요. 틀린 곳은 한 군데도 없이 완벽했으니까 더 이상 시험해 볼 필요가 없어요."

태무랑은 그녀가 필요 이상으로 '완벽했음'을 강조하는 것이 좀 이상했다.

그렇지만 자신이 그녀의 은밀한 부위를 여러 차례에 걸쳐서 찌르고 또는 가볍게 움켜잡았다는 사실은 전혀 인식하지 못하고 있었다.

그의 머릿속에는 오로지 경락과 경혈의 순서와 위치만이 가득했기 때문이다.

결국 그는 은지화가 오랫동안 서 있어서 힘들었기 때문이라고 짐작하고 적절한 절충안을 내놓았다.

"그렇다면 너는 편안하게 누워 있기만 해라. 그다음은 내가 알아서 하겠다."

'아아… 천지신명이시여, 이 일을 어찌하나요?'

은지화는 참담한 표정으로 안색이 하얗게 변했다.

바둑을 배우는 사람은 밥을 먹을 때 식탁이 바둑판이고 그릇이 바둑알로 보인다고 한다.

지금 그의 눈에는 은지화가 여자가 아닌 살아 있는 경락경혈도로밖에 보이지 않는다.

결국 은지화는 삶아 먹든 구워 먹든 당신 마음대로 하라는 심정으로 방바닥에 벌렁 누워서 사지를 벌렸다.

태무랑은 기다렸다는 듯 그녀에게 달려들어 조금 전에 끝났던 기경팔맥은 물론이고 오늘 배운 십이경맥까지 무려 세 시진 동안 그녀의 온몸을 들쑤셔 놓았다.

그로 인해서 은지화는 마지막에 가서는 태무랑의 손길에도 무덤덤한 상태가 돼버렸다.

하지만 그녀의 살신성인 덕분에 태무랑은 기경팔맥과 십이경맥에 대해서는 두 번 다시 가르침을 받지 않아도 좋을 만

한 수준이 되었다.

"오, 옷 좀 가져다주세요."

그런데 은지화가 기어드는 목소리로 겨우 입을 열었다.

태무랑은 퍼뜩 떠오르는 것이 있어서 뒷모습을 보이고 옆으로 돌아누워 있는 은지화의 둔부 쪽을 쳐다보았다.

아니나 다를까. 또 젖어 있었다. 그런데 이번에는 지린 정도가 아니라 아예 퍼질러 놓았다.

격타점혈을 하면서 그녀의 소중한 부위를 무수히 움켜쥐고 찌른 탓에 벌써 아까부터 오줌을 싼 것이다.

아랫도리가 흠씬 젖은 상태로는 밖에 나갈 수가 없는 그녀를 위해서 결국 태무랑이 밖으로 나가서 옷을 가져올 수밖에 없었다.

그녀는 태무랑을 뒤돌아서게 한 후에 아랫도리를 발가벗고 옷을 갈아입었다.

하지만 이번에는 바지가 발에 걸려서 넘어지는 불상사는 일어나지 않았다.

신시(申時:새벽 4시) 무렵.

열 개의 흑영이 낙성검문 노산분타의 뒷담을 추호의 기척도 없이 넘어 들어갔다.

그들 중에 두 명은 두 시진 전, 그러니까 자정 무렵에 이곳에 은밀하게 잠입했다가 장원 내부를 샅샅이 살펴보고는 다시 담을 넘어서 사라졌었다.

 표적을 확인하고 돌아갔다가 지금 다시 돌아온 것이다. 이번에는 표적을 제거하기 위해서다.

 그것은 전형적인 전문 살수(專門殺手)의 수법이다.

 누군가 살수 조직에 살인 의뢰를 하고, 그것이 접수되면 그 다음에는 표적의 무공 수위나 잠입의 난이도, 호위무사의 유무에 따라서 몇 명의 살수를 투입할 것인지를 결정한다.

 특급이 아닌 평범한 살수 조직이라면 표적을 대, 중, 소로 분류하여 일류고수 수준의 표적인 '대'는 열 명을, 고수와 무사의 중간 급 이류고수인 '중'은 다섯 명, 삼류무사인 '소'는 두 명의 살수를 투입하는 것이 보통이다.

 조금 전에 노산분타에 잠입한 흑영들의 움직임으로 미루어 특급 살수들은 아니다.

 그렇다면 그들은 이번에 죽일 표적을 '대', 즉 일류고수로 분류한 것이 틀림없다.

 살수들은 표적이 '소'라고 해도 절대로 계획도 없이 무작정 공격을 가하지 않는다.

 표적을 면밀히 조사하고 미행하는가 하면, 주변을 완벽하게 파악했다고 확신해야지만 살행을 결행한다.

 지금 열 개의 흑영, 즉 살수들이 노산분타에 잠입한 것은 표적에 대한 조사 등이 완벽하게 끝났다는 것이다.

 열 명의 살수는 추호의 기척도 없이 정원을 가로질러 어느 전각으로 향했다.

하지만 가까운 곳에 누군가 있다고 해도 절대로 그들을 발견하거나 기척을 느끼지 못했을 것이다.

아무리 평범한 살수 조직의 살수들이라고 해도 경공술과 은둔술, 추적술, 미행술 등은 무림의 일류고수 수준을 훨씬 능가하기 때문이다.

스으.

정원을 가로질러 전각에 당도한 열 명의 살수는 다섯 명씩 두 개로 갈라져서 낭하 안쪽에 나란히 붙어 있는 두 개의 방을 향해 어둠보다 더 어둠처럼 접근해 갔다.

태무랑의 방 안으로 잠입한 다섯 명의 살수는 쫙 흩어져서 각자의 위치로 향했다.

한 명은 창, 한 명은 입구, 한 명은 침상 맞은편 벽에서의 경계, 그리고 두 명이 침상으로 유령처럼 추호의 기척도 없이 미끄러져 갔다.

모두 열 명인데 다섯 명만 태무랑의 방으로 잠입했다는 것은 나머지 다섯 명은 은지화를 죽이러 갔다는 뜻이다.

그렇다면 이들은 태무랑과 은지화를 '중', 즉 이류로 분류했다는 얘기다.

두 명의 살수가 누군가 이불을 뒤집어쓴 채 누워서 자고 있는 침상으로 쏘아가고 있을 때 창을 등지고 서 있는 한 명의 살수 머리 위에서 반월(半月)을 닮은 섬광 한줄기가 위에서 아래로 번쩍 폭사되었다.

팍!

극히 미약한 음향이 흘러나오면서 창가에 서 있던 살수의 정수리가 네 치 깊이, 두 치 길이로 베어지며 그 자리에서 즉사했다.

침상으로 쏘아가던 두 명과 침상 맞은편 벽을 등지고 서 있던 한 명, 그리고 문가에 서 있던 한 명은 방금 전에 들려온 미약한 음향에 움찔 동작을 멈추었다.

그때 또 한 차례 반월섬광이 번쩍 실내를 흐릿하게 밝히는 듯하더니 벽을 등지고 서 있는 자의 목이 네 치 깊이, 세 치 길이로 베어지며 목이 덜컥 뒤로 젖혀졌다.

남아 있는 세 명은 두 번째 반월섬광을 분명히 목격했다. 하지만 어디에서, 누가 발출한 것인지는 간파하지 못했다.

그때 방금 목이 잘린 두 번째 살수 오른쪽 일 장 거리 바닥에 검은 그림자 하나가 내려서는 듯하더니 믿을 수 없을 만큼 빠른 속도로 입구의 세 번째 살수에게 쏘아갔다.

쏘아가는 검은 그림자는 특별한 훈련을 받은 살수들의 육안으로도 제대로 보이지 않았다.

다만 검은 그림자의 위쪽에 치켜 올려진 푸르스름하고 희끗한 광채를 흩뿌리는 언월도처럼 휘어진 칼날이 흐릿하게 보일 뿐이었다.

남아 있는 세 명의 살수가 모두 그것을 발견했을 때, 그 칼날이 입구에 서 있는 세 번째 살수를 향해 번쩍 흐릿한 광채를 발하면서 반월섬광을 만들며 그어갔다.

키이.

그때 세 명의 살수는 처음으로 그 괴이한 칼날에서 흘러나오는 악마의 흐느낌 같은 소리를 들었다.

세 번째 살수는 은둔술도 경공술도 전개하지 못했다. 그가 칼날을 발견하는 순간 피해야 한다고 막 생각했을 때 그 칼날이 자신의 왼쪽 목으로 파고드는 것을 느껴야만 했다.

서억.

칼날은 악마의 흐느낌 같은 소리를 흘려내면서 쏘아와서 악마의 이빨로 그자의 목을 물어뜯었다.

세 번째 살수의 목을 절반쯤 자른 검은 그림자가 침상 쪽으로 방향을 틀어 쏘아가기 시작했을 때, 침상으로 다가가다가 멈춘 두 명의 살수는 퍼뜩 정신을 차리고 동시에 어깨의 검을 뽑으려고 했다.

스릉!

하지만 그들의 석 자 길이의 검이 검실에서 뽑히고 있는 동안에 검은 그림자는 폭풍처럼 그들의 일 장까지 쇄도하며 악마의 흐느낌을 터뜨려 냈다.

키우우.

살수들이 잠입이나 은둔술 같은 것은 특출 날지 모르지만 진짜 고수에게 걸리면 재수가 없는 날이다.

더구나 그 고수가 미리 기다리고 있는 상황이었다면, 살아날 확률은 일 푼도 되지 않는다.

카각!

두 살수의 검이 검실에서 막 뽑혔을 때 악마의 날카로운 이빨이 그들의 머리통과 목을 단칼에 잘라 버렸다.

검은 그림자가 살수 다섯 명을 죽이는 데 걸린 시간은 채 두 호흡도 되지 않았다.

슈욱!

검은 그림자, 즉 태무랑은 방 밖으로 쏘아 나갔다. 옆방인 은지화에게 가려는 것이다.

조금 전에 침상에서 자고 있던 태무랑은 살수들이 잠입하는 기척을 감지했었다.

그 사실을 어떻게 감지했는지는 모른다. 그저 바람 소리하고는 확연하게 구분되는 침입자의 기척을, 그것도 열 명이라는 사실을 정확하게 간파했다.

그리고는 그 열 명이 곧장 태무랑 자신이 있는 방 쪽으로 쏘아오는 것을 감지하고 침상에서 일어나 미리 준비를 하고 있었던 것이다.

물론 침입자가 있다는 사실을 은지화에게도 전음으로 알렸으며, 그 덕분에 그녀도 미리 준비를 하고 있었다.

태무랑은 자신의 방에서 다섯 명의 살수를 죽이고 있는 동안 은지화가 살수 두 명을 죽인 후에 남은 세 명과 싸우고 있는 소리를 똑똑히 들었다.

왈칵!

태무랑은 은지화의 방을 거칠게 열면서 들이닥쳤다.

푹!

"크윽!"

그 순간 은지화의 검이 막 살수 한 명의 심장을 깊숙이 찌르고 있었다.

남은 두 명의 살수는 태무랑이 뛰어드는 것을 발견하고 즉시 몸을 돌려 창으로 쏘아갔다. 이 대 이의 싸움은 절대 불리하다고 판단하여 도주하려는 것이다.

챵!

두 명의 살수는 창을 박살 내고 그대로 밖으로 뛰쳐나갔다.

태무랑과 은지화는 차례로 쏜살같이 부서진 창을 통해서 밖으로 쏘아 나갔다.

그러나 은지화는 계속 추격하지 못하고 창밖 정원에 내려섰다. 두 명의 살수가 감쪽같이 사라졌기 때문이다.

그러나 태무랑은 두 명의 살수가 어디에 있는지 정확하게 간파했다.

구태여 공력을 끌어올려서 청력을 돋울 필요도 없었다. 그저 그들의 기척이 생생하게 감지됐다.

방금 전 같은 상황이라면 대부분의 사람들은 살수들이 멀리 도망쳤다고 생각하고 추격을 포기할 것이다. 그게 상식적이기 때문이다.

그러나 두 명의 살수는 도망가지 않고 정원의 엄폐물에 숨어 있었다.

상식을 뒤집은 것이다. 그리고 태무랑과 은지화가 도망갔다고 생각해 주기를 바란 것이다.

하지만 그들은, 아니, 그들 살수 조직의 상부는 이번 표적에 대한 조사를 제대로 하지 않았다. 태무랑을 과소평가했다는 뜻이다.

슉!

태무랑은 사 장쯤 거리에 있는 정원의 석등(石燈)을 향해 곧장 쏘아가면서 염마도를 떨쳤다.

카각!

반월섬광이 번뜩이더니 석등 윗부분과 살수 한 명의 목이 통째로 뎅겅 잘라져 나갔다.

그리고 그 뒤에서 목을 잃은 살수가 비틀거리면서 일어나더니 고꾸라졌다.

바로 그때 석등으로부터 멀지 않은 한 그루 나무 뒤에서 흑영 하나가 튀어나와 쏜살같이 뒷담 쪽으로 쏘아갔다. 마지막 남은 한 명의 살수였다.

"멈춰라!"

은지화가 날카롭게 외치면서 신형을 날려 추격했다.

그러나 태무랑은 쫓지 않고 순간적으로 갈등했다. 새벽녘에 왜 이자들이 자신과 은지화를 죽이려고 했는지 이유를 알아내려면 마지막 한 명을 산 채로 제압해야 할 것 같다는 생각이 든 것이다.

 그때 문득 어젯밤 태가장에서 오행지기를 손바닥으로 뿜어냈던 기억이 떠올랐다.

 하지만 그것을 발출하면 살수가 신체 어느 부위를 적중당하든지 즉사하고 말 것이라는 생각이 들었다.

 그래서 반사적으로 떠오른 생각이 오행지기를 손가락으로 발출하면 손바닥 때보다 훨씬 가느다란 기운이 발출될 수도 있다는 것이다.

 살수는 이미 담 위를 막 날아서 넘어가고 있으며, 은지화는 이 장 뒤에서 바짝 따르고 있었다.

 자칫하면 놓칠지도 모르는 상황에서 태무랑은 재빨리 살수를 향해 왼손을 뻗으며 중지를 내미는 것과 동시에 단전의 오행지기 중에서 아무것이나 하나를 끌어올렸다.

 흥!

 그 순간 한줄기 금빛의 가느다란 빛줄기가 그의 중지에서 일직선으로 뿜어져 번갯불 같은 속도로 쏘아 나갔다.

 오행지기 중에서 금(金)에 해당하는 기운이 뿜어진 것이다.

 쉐앵!

 은지화는 자신의 귓가를 스치고 지나가는 번뜩이는 광채,

아니, 광선(光線) 한줄기를 발견하고 깜짝 놀랐다.

퍽!

"크윽!"

다음 순간 그 광선이 막 담을 넘고 있는 살수의 왼쪽 어깨에 적중됐다. 아니, 관통했다.

은지화가 담을 넘어가니 담 너머 땅에 쓰러져 있던 살수가 비틀거리면서 일어서고 있었다.

[죽이지 마라.]

그녀가 살수의 머리를 향해 검을 그어가고 있을 때 뒤쪽에서 태무랑의 전음이 들려왔다.

태무랑은 담 너머에서 은지화가 살수를 제압하고 있는 동안 자신의 왼손을 들어 올려 살펴보았다. 역시 아무런 흔적도 남아 있지 않았다.

그의 판단은 옳았다. 오행지기를 손바닥이 아닌 손가락으로도 발출할 수가 있었다.

손바닥으로 발출하는 것은 장풍(掌風)이며 손가락은 지풍(指風)이라는 사실을 그는 모르고 있었다.

'이것도 요긴하겠군.'

단지 그렇게 생각할 뿐이다.

그녀의 회음혈(會陰穴) 199

第二十一章
남행(南行)

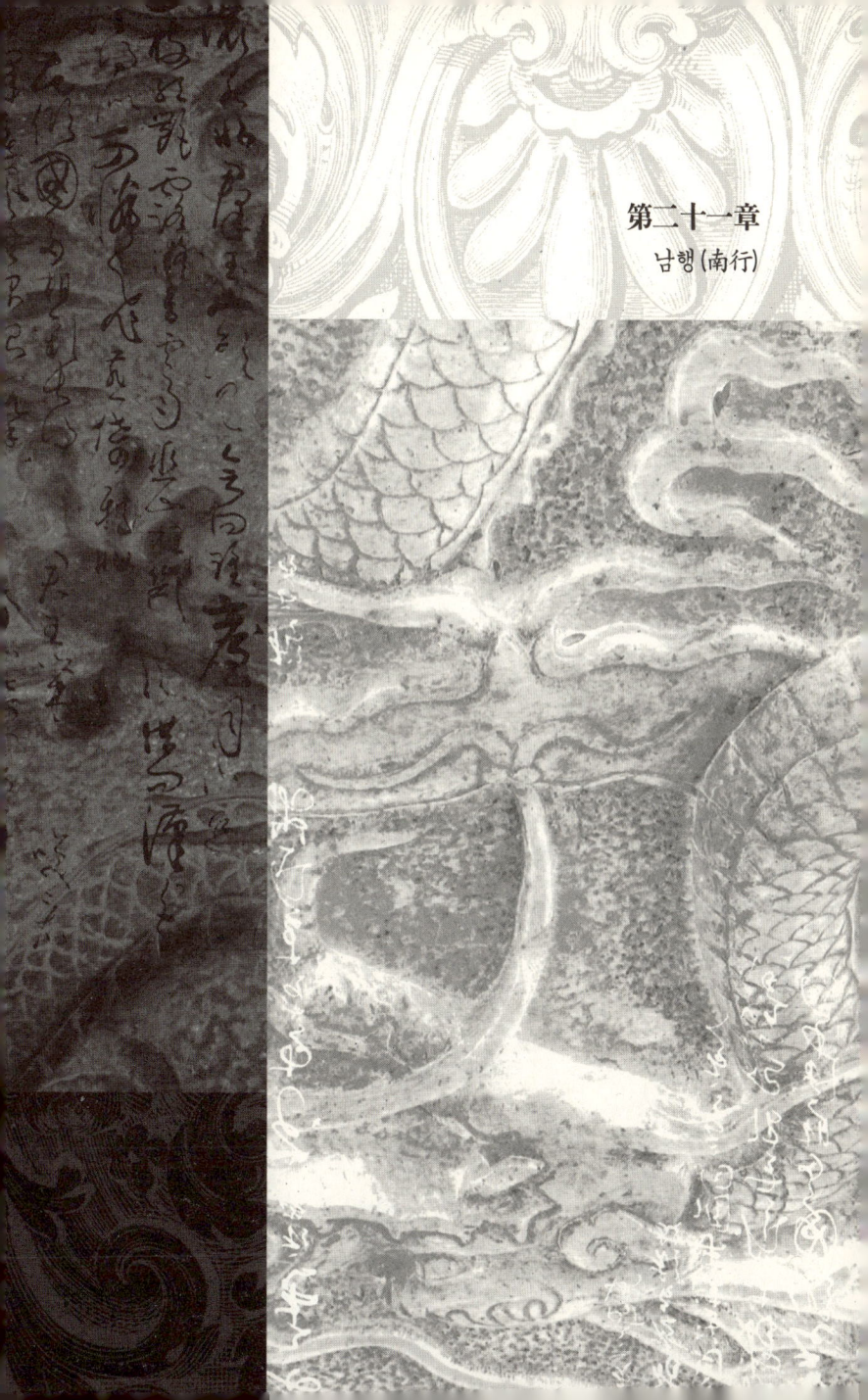

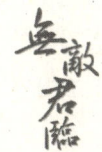

"당신, 그게 뭐였죠?"

은지화는 제압된 살수를 심문하는 것보다 조금 전에 태무랑이 손가락으로 발출한 금색 빛줄기가 무엇이었는지가 더 궁금했다.

"나도 모른다."

태무랑은 자신도 정확하게 그것이 무엇인지 모르기 때문에 그렇게 대답할 수밖에 없었다.

하지만 은지화의 입장에서는 그렇게 생각하지 않는다. 세상에 자신이 사용하는 무공을 모르는 사람이 어디에 있단 말인가. 그래서 태무랑이 말해주기 싫어서 그런다고 단순하게 생각했다.

"소녀가 보기에 그것은 지풍인 것 같았어요. 아닌가요?"

무림에서 지풍을 전개할 정도의 절정고수는 채 백여 명도 되지 않는다고 은지화는 알고 있었다.

"지풍?"

"공력을 손가락으로 발출하는 것이에요."

은지화는 그가 무림이나 무공에 대해서는 문외한이라는 사실을 기억해 내고 설명해 주었다.

"그럼 손으로 발출하면 수풍(手風)이냐?"

태무랑은 손 '수(手)' 자를 생각한 것이다.

"푸훗! 수풍이냐고요? 깔깔깔!"

그녀가 재미있다는 듯 웃자 주위에 서 있던 낙성검문 노산 분타의 무사들도 웃음을 터뜨렸다.

"그것은 장풍이라고 해요."

은지화는 태무랑 옆으로 가까이 다가가서 넌지시 물었다.

"아까 그 금색 지풍이 무엇이었나요?"

"모른다고 했잖느냐."

"순……."

은지화는 태무랑을 하얗게 흘기면서 무슨 말을 하려다가 그만두었다.

은지화 자신은 태무랑이 배운 경락과 혈도의 시험 대상이 되어주느라 녹초가 되고도 아무 말 하지 않고 있는데, 태무랑은 자신이 전개한 무공이 무엇인지조차도 말해주지 않는 것이 못내 서운했다. 하지만 그녀 특유의 강한 인내심을 발휘하여 꾹 참았다.

두 사람 앞에는 제압된 살수가 무릎 꿇려져 있다. 조금 전에 그는 왼쪽 어깨에 엄지손가락이 들어갈 정도로 금색 지풍이 관통되어 피를 콸콸 흘렸었는데 지금은 지혈을 해서 피가 멎은 상태다.

은지화는 나이에 비해서 강호의 경험이 제법 풍부한 탓에 살수들이 제압되었을 경우를 대비하여 자결용 독액 주머니를 입속에 감추고 있다는 사실을 알고 있었다.

그래서 살수의 마혈을 제압하여 손가락 하나 까딱하지 못하는 상태로 만든 다음에 입속 어금니 안쪽에 머금고 있던 독액이 든 손톱만 한 주머니 하나를 발견하고 빼냈다.

자결을 하지도 못하게 된 살수는 두 눈을 똑바로 뜬 채 입을 꽉 악다물고 요지부동의 모습을 보이고 있었다.

대부분의 살수들은 죽음 따위를 두려워하지 않는다. 또한 혹독한 고문에도 능히 견디게끔 훈련을 받는다.

그래서 지난 일각여 동안 노산분타의 무사들이 몽둥이로 패거나 여러 고문 수법을 동원했으나 살수는 외눈 하나 까딱하지 않았다.

"그만두시오."

무사들이 다시 새로운 고문 수법을 살수에게 가하려는 것을 보고 태무랑이 다가가면서 제지했다. 그렇게 해서는 살수가 입을 열지 않을 것이라는 생각이 들었다.

무사들이 물러나자 태무랑은 살수 앞에 서서 그를 어떻게 할까 잠시 동안 묵묵히 궁리했다.

이윽고 그는 오른손을 뻗어 살수의 오른 손목을 잡고 들어올렸다.

은지화는 그가 어떤 방법으로 살수의 입을 열게 할 것인지 몹시 궁금한 표정으로 그의 옆에 서서 지켜보았다.

태무랑은 단전의 오행지기 중에서 백색, 즉 극음지기를 끌어올려 살수의 손목을 통해서 약간 주입하고는 멈추었다. 그의 반응을 보면서 더 주입할 생각이다.

태무랑은 극음지기가 인간의 체내에 주입되면 어떤 현상이 벌어질는지 모르고 있었다. 그러므로 지금 그가 하는 행동은 실험적인 성격을 띠고 있었다.

쩌저적.

그런데 갑자기 살수의 몸에서 얼음 쪼개지는 소리가 터져나왔다. 그러나 사실 그것은 체내의 모든 액체가 얼고 있는 소리였다.

태무랑은 살수의 손목을 놓고 마혈을 풀어주고는 한 걸음 뒤로 물러나서 지켜보았다.

난데없는 일에 은지화도 태무랑을 따라 한 걸음 물러나면서 크게 놀라는 표정으로 살수를 쏘아보았다.

"흐으으……."

마혈이 풀렸는데도 살수는 움직일 생각조차 하지 못하고 무릎이 꿇린 그대로 입을 벌리는데 입에서 하얀 입김이 쏟아져 나왔다.

그뿐만이 아니다. 놀랍게도 머리카락과 눈썹에 서리가 하얗게 앉더니 곧이어 온몸에 한 겹의 허연 서리가 두텁게 뒤덮이기 시작했다.

은지화와 무사들은 자신의 눈을 의심하며 경악하는 표정으로 살수를 쳐다보았다.

"왜 우리를 죽이려고 했느냐?"

그때 태무랑이 살수에게 조용한 목소리로 물었다.

"흐으으… 죽여다오… 제발……."

몸속의 모든 것들이 서서히 얼어가고 있는 살수는 극심한 고통을 견디지 못하고 처절하게 중얼거렸다.

하지만 얼굴 살갗이 꽁꽁 얼어버렸기 때문에 표정을 지을 수가 없는 상태다.

"말하면 죽여주겠다."

말하면 살려주겠다는 것이 아니라 죽여주겠다고 말하는 태무랑이다.

"으흐흐흐… 나는 귀촉루(鬼髑樓) 사람이다……. 낙성비연 은지화와… 적안혈귀 태무랑을 죽여달라는 무영검문의 청부를 받았다……. 어, 어서… 죽여다오……."

그러나 태무랑은 살수에게 손을 쓰지 않았다. 말을 끝낸 살수의 온몸에 점점 더 두꺼운 서리, 아니, 얼음이 뒤덮이더니 세 호흡 만에 돌덩이처럼 단단하게 굳어버린 것이다.

방금 전까지만 해도 살아서 숨 쉬던 사람이 꽁꽁 언 얼음덩어리로 변하다니, 은지화와 무사들은 크게 놀란 나머지 아무 말도 하지 못했다.

사실 태무랑도 조금 놀랐다. 극음지기를 조금만 주입한 것뿐인데 이런 상황이 될지는 예상하지 못했었다. 물론 그는 그것이 극음지기라는 사실을 모르고 있었다.

은지화와 무사들은 살수들이 귀촉루 소속이며, 청부자가 무영검문이라는 굉장한 사실에는 놀랄 여유가 없었다.

방금 전에 태무랑이 보여준 엄청난 신기(神技) 때문이다.

*   *   *

낙양의 낙성검문.

문주의 집무실 편좌방(便坐房:휴게실)에 문주 낙성일진뢰(落星一震雷) 은도겸(殷道謙)과 두 명의 장로, 즉 그의 사제들이 마주 보고 앉아 있다.

낙성일진뢰 은도겸의 손에는 조금 전에 도착한 전서구의 서찰이 쥐어져 있었다.

―아버님, 오늘 새벽에 살수 열 명이 소녀와 무적신룡을 표적으로 습격하였으나 일망타진됐어요. 무적신룡이 놈들의 습격을 미리 감지하여 소녀에게 알려줘서 화를 면할 수 있었어요. 무적신룡이 일곱 명, 소녀가 세 명을 죽였어요. 한 놈을 제압하여 심문한 결과 귀촉루 살수들이며 무영검문의 청부를 받았다고 실토했어요. 아버님께서 조치를 취해주시기를 바라겠어요. 소녀와 무적신룡은 계속 남진(南進)하고 있어요. 첫 번째 기화연당에 도착하면 다시 연락드리겠어요.

누가 보냈다는 서명이 없어도 글씨와 내용으로 봐서 은지화가 보낸 서찰이며, 전서구로 미루어 노산분타에서 보냈음을 알 수 있었다.

은도겸이 서찰을 건네자 두 명의 사제 소도천(蘇滔天)과 하운택(河雲澤)이 돌려가면서 심각한 표정으로 읽었다.

"음! 무영검문 놈들이 이제는 대놓고 도발을 저지르는군요. 이대로 가다가는 화아가 위험할지도 모릅니다. 살수들이 실패한 것을 알면 더 날뛸 테니까 말입니다."

서찰을 읽고 난 이사제 소도천이 심각한 얼굴로 은도겸을 쳐다보았다.

"그렇겠지."

은도겸이 가볍게 고개를 끄덕이기만 하자 소도천은 어이없다는 표정을 지었다.

"그렇겠지라뇨? 이것은 화아의 목숨이 달린 일인데 대사형께선 너무 느긋하십니다."

"자네 의견은 뭔가?"

"화아를 당장 불러들이던가 아니면 본 문의 고수들을 파견해서 호위하도록 해야 합니다."

소도천은 강경하게 말했다.

은도겸은 삼사제 하운택을 쳐다보았다.

"막내 생각은 어떤가?"

하운택은 진지한 표정을 지었다.

"이사형의 말씀도 옳지만, 소제의 소견으로는 그것보다는 보다 근본적인 접근이 좋을 듯합니다."

이사제 소도천은 성격이 급하고 호탕한 반면에 삼사제 하운택은 청수한 학자풍의 외모 그대로 진중하면서도 생각이 깊다.

그런데 대사형이며 낙성검문의 문주인 은도겸은 후덕하고 온유한 성품이며 중용(中庸)을 미덕으로 알고 있는 사람이다.

그래서 항상 두 사제의 의견을 다 들어보고 나서 좋은 점들을 발췌해서 결론을 내리곤 했었다.

"근본적인 접근이라면 뭔가?"

"무영검문이 더 이상 발호(跋扈)하지 못하도록 조치를 취하는 것입니다."

이번에는 소도천이 귀가 번쩍 뜨이는 표정을 지었다.

"그런 게 있다면 더할 나위 없지. 대체 그게 뭔가?"

소도천은 성격이 급한 사람들이 대부분 갖고 있는 고집스러움이 없었다.

그래서 그는 자신보다 더 나은 의견이 나오면 그 즉시 승복하고 그에 따르는 호걸풍이다.

하운택이 깊이 가라앉은 눈빛을 하고 조용히 말했다.

"화아가 무적신룡으로부터 받은 서책에 의하면 무영검문이 비밀리에 운영하고 있는 화뢰원과 기화연당이 하남성과 하북성에 하나씩 더 있다고 했습니다. 본 문이 그것들을 급습하여 만천하에 공개하는 것이 좋겠습니다."

은도겸은 고개를 끄덕이는데 소도천은 이해하지 못하겠다는 듯한 표정이다.

"무영검문이 무적신룡과 화아를 표적으로 삼는 이유는 두 사람이 무영검문의 비리를 캐고 있기 때문입니다. 무영검문은 본 문이 모두 다 알고 있다는 사실을 모르고 있을 것입니다. 그래서 그 두 사람을 죽여서 입을 막으려는 것입니다. 손바닥으로 하늘을 가리겠다는 것이지요."

"그렇겠지."

"그러므로 본 문이 무영검문의 화뢰원과 기화연당을 급습해서 이미 그 사실을 알고 있다고 밝혀 버리면 무영검문은 막바지에 몰리게 되어 자신들이 살 궁리를 하느라 급급해서 더 이상 두 사람을 해코지하지 않을 것입니다."

"오… 그런 묘안이 있었군?"

"본 문이 할 일은 무영검문의 죄상을 낱낱이 까발리는 것입니다. 그러면 무영검문은 자연히 붕괴할 것입니다. 무극신련이 가만 놔두지 않을 것이기 때문입니다."

그제야 이해한 소도천은 환한 표정으로 하운택의 어깨를 두드리면서 칭찬했다.

"삼제 자넨 천재야, 천재."

"그런데 말일세."

은도겸이 나직이 입을 열었다.

"태무랑이라는 청년이 준 서책에 의하면 얼마 전에 폐쇄된 낙양의 기화연당 말고 열두 군데가 더 있다고 했네. 그중의 하나가 무영검문의 것이고 열한 군데는 다른 방, 문파의 것이라고 기록되어 있었지."

감숙성이나 산서성, 하남성 일대에서는 적안혈귀라고 알려져 있는 별호를, 이곳에서는 무적신룡이라 부르고 은도겸은 태무랑이라고 부른다.

하운택은 빙그레 미소 지었다.

"무슨 말씀이신지 잘 알겠습니다."

모두 열세 개의 기화연당 중에서 태무랑이 낙양의 한 곳을 없앴기 때문에 남아 있는 열두 군데 기화연당 배후들은 긴장해서 촉각을 곤두세우고 있을 것이다.

그런데 낙성검문이 열두 군데 중 한 군데를 급습하면 남은 열한 군데 기화연당 배후들이 더욱 은밀하고도 깊숙이 숨으려 들지 않을까 염려하는 것이다.

낙성검문은, 아니, 진정한 협객인 은도겸은 이 기회에 인신매매를 조종하는 배후들을 깡그리 발본색원하려는 계획을 세우고 있었다.

하운택은 단호한 표정을 지었다.

"하지만 무영검문이 붕괴된다고 해도 다른 열한 군데는 깊숙이 숨어들 뿐이지 인신매매는 계속할 것입니다."

"어째서 그런가?"

"인신매매는 엄청난 수익을 올리는, 이른바 땅 짚고 헤엄치기 사업이기 때문에 그만두는 것이 결코 쉽지 않을 것이기 때문입니다."

은도겸은 고개를 끄덕였다.

"과연 그렇군."

상단(商團)을 형성하여 장사를 하거나 전장, 표국, 주루, 기루 등 어떤 것이라도 밑천, 즉 자본이 투자되어야지만 수익을 올릴 수가 있다.

하지만 인신매매는 자본이 거의 필요없다. 그 대신 수익은 다른 장사의 수십 배에 달한다.

그러므로 한 번 돈맛을 본 기화연당의 배후들이 쉽사리 인신매매를 포기하지 못할 것이라는 얘기다.

하운택은 확신하듯 말을 이었다.

"더구나 우리는 기화연당 배후들이 어느 방, 문파인지 자세히 알고 있습니다. 그러므로 놈들이 행동에 조심을 한다고 해도 증거를 잡는 것은 시간문제입니다."

은도겸은 잠시 생각에 잠기더니 고개를 끄덕였다.

"무영검문의 화뢰원과 기화연당을 급습하되 무영검문과의 연관된 증거를 확보하게."

* * *

이른 아침에 노산분타를 출발한 태무랑과 은지화는 해시(亥時:오전 10시) 무렵에는 한수(漢水)의 수많은 지류(支流) 중 하나인 조하(趙河) 상류에 이르렀다.

그곳은 하남성 중부 지역을 서에서 동으로 가로지른 복우산(伏牛山)의 동쪽 끝자락이다.

평지로 가면 편하기는 하지만 동쪽으로 삼십여 리나 더 가서 엽(葉) 지역을 크게 우회해야 하므로 그냥 산을 넘기로 했다.

그런데 노산분타를 떠난 이후부터 웬일인지 은지화는 별로 말이 없었다. 어제에 이어서 혈도에 대해 태무랑에게 설명해 주지도 않았다.

하지만 태무랑은 재촉하지 않고 묵묵히 말을 몰고 있었다.

조하 상류의 가파른 오솔길을 따라서 구준마는 두 사람을 태우고도 조금도 힘들어하는 기색 없이 규칙적인 걸음으로 간단없이 말발굽 소리를 울리며 나아갔다.

사실 은지화의 머릿속은 매우 복잡했다. 가장 큰 비중을 차지하는 것은 어젯밤에 무영검문의 청부를 받은 귀촉루 살수들의 습격에 대한 것이다.

무영검문이 태무랑은 물론이고 은지화까지 죽일 계획을 하고 있다면 절대 한 번으로 끝나지 않을 것이다.

그러므로 앞으로도 이차, 삼차의 습격이 있을 수 있기 때문에 그것을 염려하고 또 경계하고 있었다.

그녀는 오늘 새벽에 노산분타를 출발하기 전에 낙성검문에 전서구를 보냈었다.

하지만 낙성검문에서 무슨 조치를 취하기도 전에 무영검문이 발호를 할 수 있어서 조심하고 있는 것이다.

그녀의 머릿속에 들어 있는 또 하나의 생각은 자신이 맡은 임무다.

그녀는 태무랑이 항주로 가는 길목에 있는 기화연당들을 그냥 지나치지 않을 것이라고 짐작하여 그와 함께 기화연당을 급습하여 배후와의 증거를 찾을 생각이었다. 그래야지만 배후를 확실하게 붕괴시킬 수 있기 때문이다.

그녀의 머릿속을 복잡하게 만들고 있는 마지막 하나는 태무랑에 대한 것이다.

물론 어젯밤에 그가 보여준 금색 지풍과 제압한 살수를 얼음으로 만들어서 죽게 만든 신비한 수법에 대한 생각이었다.

은지화는 태무랑이 여태껏 보여준 무위로 미루어서 그를 일류고수 수준으로 보고 있었다.

그런데 그가 어젯밤에 보여준 것에 의하면 그는 절정고수 수준인 것이다.

그가 일류고수면 어떻고 절정고수면 어떤가. 단지 그녀는 자신의 임무만 제대로 수행하면 된다.

상식적으로는 그런데 그녀는 그것이 마음대로 되지 않았다. 태무랑에 관한 것이라면 아무리 사소한 것이라도 모두 알고 싶었기 때문이다.

그런 마음은 낙양을 출발하기 전까지만 해도 들지 않았었다. 말을 함께 타고 오고 또 혈도를 시험하느라 서로의 몸을 실컷 만지고 난 후에 생겨난 마음인 듯했다.

하지만 왜 그에 대해서 모두 알고 싶은 것인지는 생각해 본 적이 없다. 그저 막연한 마음이었다.

태무랑은 태무랑 대로 원래 과묵한 성격이라서 노산분타를 출발한 이후 한마디도 하지 않은 채 여기까지 이르렀다.

하지만 은지화가 말을 하지 않아서 그러는 것이 아니다. 필요에 따라서는 아무 때나 말을 건다. 지금이 그때다.

"이봐."

태무랑의 부름에 은지화는 퍼뜩 상념에서 깨어나 그를 돌아보았다.

"소녀의 이름을 모르세요? 은지화예요. 앞으로는 이름을 부르세요."

그녀는 노산분타 출발 이후 줄곧 태무랑의 앞에 앉아서 왔다. 상념에 잠겨 있는 동안 자신도 모르게 등뿐만 아니라 온몸을 그의 가슴에 편안하게 파묻고 있다는 사실을 까맣게 모르고 있었다.

물론 둔부도 그의 음경에 밀착된 상태다. 그렇기 때문에 멀리서 보면 태무랑만 보일 것이다.

"은지화."

이름을 부르랬다고 성까지 다 부르는 태무랑 때문에 은지화는 실소를 금치 못했다. 이 사람은 하나에서 열까지 다 손에 쥐어줘야만 안다.

"화야, 또는 화매라고 부르세요."

그렇게 요구하면서 '화야'라고 부르면 그가 자신을 친하게 생각하는 것이고, '화매'라고 부르면 조금 덜 친하게 생각하는 것이라고 나름대로 생각했다.

"화야."

그가 대뜸 그렇게 불러주는 바람에 은지화는 마음이 금방 날아갈 것처럼 변해서 몸을 옴짝거리면서 그의 품에 더 파고들었다.

"네."

"오행에 대해서 말해다오."

"오행인가요?"

"그래."

순간 은지화는 어젯밤에 보았던 태무랑의 금색 지풍이 번뜩 떠올랐다.

그러나 그녀는 그것에 대해서는 묻지 않고 자신이 알고 있는 오행에 대한 지식을 머릿속으로 정리했다.

"오행은 만물의 근원인 다섯 가지 요소와 두 가지 상관관계로 이루어져 있어요."

은지화는 그렇게 말을 시작했다.

"다섯 가지 요소는 목(木), 화(火), 토(土), 금(金), 수(水)며, 두 가지 상관관계는 상생(相生)과 상극(相剋)이에요."

태무랑은 자신의 단전에 축적된 것이 오행지기라고 생각하기 때문에 은지화의 말을 한마디도 놓치지 않으려고 귀를 기울였다.

"상생은, 나무는 불을 낳는다. 나무에서 불이 난다. 목생화(木生火). 불은 흙을 낳는다. 불이 나면 재가 나와 흙이 된다. 화생토(火生土). 흙은 쇠를 낳는다. 흙에서 쇠가 난다. 토생금(土生金). 쇠는 물을 낳는다. 쇠에서 물이 맺힌다. 금생수(金生水). 물은 나무를 낳는다. 물은 나무를 살린다. 수생목(水生木). 그리고 상극은……."

은지화의 오행에 대한 설명은 막힘없이 계속되었다.

반 시진여에 걸친 오행에 대한 설명이 끝나갈 무렵, 두 사람은 복우산 동쪽 자락을 넘어서 조하진(趙河鎭)이라는 작은 마을로 들어서고 있었다.

태무랑은 은지화의 설명을 듣고 있는 동안에 그것하고는 상관이 없는 다른 사실 하나를 깨달았다.

태무랑이 말고삐를 이리저리 당기지 않아도 구준마가 알아서 오솔길을 따라 잘 가고 있다는 사실이었다.

보통 말들은 말고삐를 좌우로 당겨주지 않으면 무조건 똑바로 가는 경향이 있는데 구준마는 그러지 않았다. 그것은 구준마도 생각을 한다는 뜻이다.

조하진에 들어설 즈음 오행에 대한 설명이 끝났다. 그로써 태무랑은 오행에 대해서 궁금한 것이 없어졌다.

조하진은 작은 강가의 마을이지만 꽤 번화한 곳이다. 조하진의 강변에 포구가 있기 때문이다.

조하진에서부터는 조하의 강폭이 꽤 넓어지고 수심이 깊기 때문에 비로소 큰 배들이 운행할 수가 있었다.

복우산 동쪽 자락에서부터 시작된 조하는 조하진을 지나서 삼백여 리를 남쪽으로 흘러 번성(樊城)에서 한수 중류와 합류하여 거대한 강줄기를 이룬다.

그곳에서 다시 천이백여 리를 남쪽으로 흐르다가 방향을 동쪽으로 튼 한수는 구불구불 칠백여 리를 더 흘러서 마침내 무창(武昌)에 이른다.

그러나 거기가 끝이 아니다. 한수는 무창에서 대륙을 강북과 강남으로 나누는 장강과 합쳐진다.

이후 장강은 계속 동진하여 사천여 리를 흘러가 강소성(江蘇省) 남경(南京)을 끝으로 동해로 흘러나간다.

그러므로 조하에서 시작된 물길이 대륙의 중심부를 가로질러 흐르면서 호남성(湖南省)의 동정호(同庭湖)와 강서성(江西省)의 파양호(鄱陽湖), 안휘성(安徽省)의 소호(巢湖), 강소성의 태호(太湖) 등 중원사대호(中原四大湖)와 연결된다.

그리고 중원사대호는 동서남북으로 또다시 수많은 강과 운하로 이어져 있으니, 조하진에서 배를 타면 천하에 가지 못하는 곳이 없다.

장강이 마지막으로 지나치는 남경에서 남쪽으로 오백여 리 떨어진 곳에 태무랑의 목적지인 절강성 항주가 있다.

그렇기 때문에 태무랑과 은지화는 조하진에서 배를 타고 남하 혹은 동진하면서 이따금 배를 갈아타기만 하면 편안하게 항주까지 도달할 수가 있다.

하지만 험준한 곳을 지날 때에는 배가 편하지만 그렇지 않은 경우의 뱃길은 너무 느리다.

그리고 태무랑은 항주까지 가는 길목에 있는 몇 군데 기화연당과 화뢰원들을 거쳐야 하기 때문에 끝까지 배를 타고 갈 수는 없었다.

조하진은 하남성 동남부 지역의 기름진 땅에서 소출한 여러 물류들을 남쪽과 동쪽 지방으로 원활하게 수송할 수 있는 시발점이라서 오랜 옛날부터 번창했었다.

　하남성 남부와 호북성 북부의 경계 지점에 있는 번성까지 가는 배는 아침에 출발하기 때문에 태무랑과 은지화는 조하진에서 하룻밤을 보낼 수밖에 없게 되었다.
　늦은 오후에 조하진에 들어선 두 사람은 우선 주루에 들러서 점심 겸 저녁 식사부터 했다.
　이어서 땅거미가 으스름히 깔릴 즈음에 객잔으로 가서 방을 알아보았으나 빈방이 하나도 없었다.
　조하진이 온갖 상인들로 북적대는 것을 봤으면 도착하자마자 방을 물색했어도 구할 가능성이 별로 없는데, 식사를 하고 느긋하게 굴었으니 당연한 결과다.
　조하진이 하남성이긴 하지만 워낙 작은 곳이라서 낙성검문의 분타마저도 없었다.
　꼼짝없이 노숙을 해야 할 형편인데도 태무랑은 마냥 태연했다. 온갖 풍상을 다 겪어본 그에겐 객방 하나 잡지 못한 것은 전혀 허둥거릴 일이 아니었다.
　그러나 곱디곱게만 자라고, 또 여행을 할 때에는 최고급만을 누려온 은지화는 노숙을 해본 적이 한 번도 없었다. 아니, 상상해 본 적도 없다.

第二十二章

염마도법(閻魔刀法)

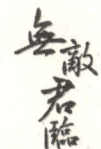

　조하진이 한눈에 내려다보이는 복우산 쪽 산자락의 커다란 바위 몇 개가 모여 있는 안쪽 아늑한 공간에 태무랑과 은지화는 노숙 자리를 잡았다.
　타닥탁탁.
　제법 널찍한 공간 한가운데 모닥불이 타오르고, 한쪽에는 구준마가 엎드린 채 자고 있으며, 맞은편에 태무랑과 은지화가 바위를 등지고 나란히 앉아 있다.
　그런데 은지화는 아까부터 초조한 표정으로 안절부절못하고 있었다.
　오늘도 어김없이 오줌을 지려서 젖어버린 바지를 갈아입

어야 하는데 공간이 이렇다 보니까 어떻게 해야 할지 난감하기만 했다.

더구나 걸핏하면 오줌을 싸는 통에 너무 창피해서 죽고 싶은 마음뿐이다.

그래도 이번에는 노산분타를 출발하기 전에 여벌로 바지 두 벌을 챙겼으며, 개짐(월경대)까지도 어렵사리 구해서 속곳 안에 찼으며 봇짐에도 넉넉하게 담았었다.

월경을 할 때는 아니지만 개짐을 차고 있으면 오줌을 지려도 밖으로 새지 않기 때문이다.

개짐 덕분에 오는 동안 오줌을 지려도 겉으로 표가 나지 않아서 좋았지만 너무 오래 차고 있으니까 살이 짓무르는 것 같고 기분이 영 좋지 않았다.

지금 옷을 갈아입고 개짐을 새로 차지 않은 채 밤을 꼬박 지새운다면 연한 피부인 허벅지와 소중한 부위가 짓물러 버리고 말 것이다.

무뚝뚝한데다 섬세함이라고는 쥐뿔만큼도 없는 태무랑은 책상다리로 앉아서 묵묵히 모닥불만 주시하고 있을 뿐이다.

"쳐… 다보지 마세요."

목마른 사람이 우물을 판다고, 결국 은지화는 기어드는 목소리로 다짐을 주고는 봇짐을 들고 태무랑에게서 서너 걸음 떨어진 바위 옆으로 갔다.

'아… 도대체 내가 어쩌다가 이렇게 된 걸까? 저 사람은 이런 내 모습을 보고 얼마나 실망하겠는가?

 그녀는 착잡한 심정으로 조심스럽게 바지와 속곳, 그리고 개짐까지 한 번에 벗었다.

 궁둥이를 태무랑 쪽으로 향하고 옷을 새 바지를 입으려다가 힐끗 그를 돌아보았다.

 그는 묵묵히 모닥불만 주시하고 있을 뿐 은지화가 옷을 갈아입든 알몸이 되든 관심이 없는 모습이다.

 하긴, 은지화가 아는 태무랑은 여자의 알몸 따위에는 추호도 관심이 없는 남자였다.

 바위 바깥으로 나가서 갈아입으면 편하겠지만 은지화는 그러지 못한다.

 이런 노숙이 생전 처음이라서 무슨 일이 벌어질지 겁나기 때문이다.

 그래서 태무랑으로부터 겨우 서너 걸음 떨어진 곳에서 허연 궁둥이를 까고 있는 것이다.

 크르르.

 그런데 막 발을 바지 속으로 집어넣으려던 은지화는 옆에서 이상한 소리와 기척을 느끼고 무심코 쳐다보았다.

 크르르.

 그리고는 두 개의 바위가 기대어 있는 한 뼘이 채 못 되는 틈새로 한 쌍의 붉게 충혈된 눈과 길게 빼어 문 혀, 그리고 날카로운 송곳니를 지닌 무엇인가를 발견하고는 혼비백산하고

염마도법(閻魔刀法) 227

말았다.

"아악!"

그녀의 비단을 찢는 듯한 날카로운 비명 소리가 어두워진 산자락을 떨어 울렸다.

그리고 그녀는 다급히 몸을 날려 어느새 태무랑의 품에 안겨 있었다.

책상다리 자세로 앉아 있는 태무랑과 마주 보고 그의 양 허벅지 위에 다리를 벌리고 앉으면서 두 팔로 그의 목을 힘껏 끌어안았다.

"저, 저기… 괴물이에요……."

그녀가 바들바들 떠는 것이 태무랑에게도 전해졌다.

크르르.

그때 조금 넓은 입구 쪽에서 예의 괴이한 소리가 들리는가 싶더니 작은 송아지만 한 크기의 커다란 늑대 한 마리가 안쪽으로 어슬렁거리며 들어섰다.

불을 뿜는 듯한 눈과 벌어진 입안에 날카로운 송곳니가 모닥불에 반사되어 섬뜩하게 빛났다.

"꺄악!"

사마외도는 물론 그 어느 것도 두려워하지 않는 은지화가 한 마리 늑대에 이성을 잃고 기겁하며 또다시 목젖이 찢어질 듯 비명을 지르면서 미친 듯이 태무랑에게 더욱 안겨 들었다.

그녀는 조금 전에 태무랑의 허벅지에 앉아 있었으나 지금은 그의 가슴까지 기어올라서 두 발로 그의 등을 힘껏 끌어안았고 두 팔로는 그의 머리를 안고 몸부림쳤다.

제아무리 무림에서 이름을 드날리고 있는 여협이라고 해도 여자는 여자인 터.

원래 여자들은 뱀이나 지렁이, 벌레 따위 징그러운 것, 그리고 늑대나 곰, 호랑이 따위 맹수를 본능적으로 무서워하는 법이다.

푸르르.

늑대의 표적은 사람이 아니라 구준마다. 늑대가 태무랑 쪽을 경계하면서 다가오자 구준마는 벌떡 일어나 앞발로 땅을 긁으며 기세등등한 모습을 보였다.

늑대를 무서워하기는커녕 한 번 해보자는 기세다. 구준마는 과연 명마다.

태무랑은 구준마가 늑대를 상대하게 놔두지 않았다. 설혹 구준마가 늑대를 물리친다고 해도 다치면 곤란하다.

그는 늑대를 향해 손을 내밀어 검지를 뻗었다.

후웅—

순간 오행지기의 화기(火氣), 즉 극양지기(極陽之氣)가 일직선으로 뿜어졌다가 늑대의 콧등에 적중됐다.

팍!

꺼엉!

그러자 늑대는 껑충 뛰어오르며 고통스러운 비명을 지르

염마도법(閻魔刀法) 229

더니 쏜살같이 밖으로 달려나갔다.

태무랑은 손속에 사정을 두어 늑대의 콧등을 제대로 적중시키지 않았다.

그랬더라면 늑대는 도망치지 못하고 즉사했을 것이다. 그는 다만 늑대의 콧등에 지풍이 살짝 닿도록 해서 털과 살갗만 그을려 놀라게 만든 것이다.

그가 늑대를 죽이지 않은 이유는 늑대에겐 잘못이 없기 때문이다.

늑대는 원래 포식자, 즉 약한 동물을 잡아먹고 살도록 정해진 채 태어났다.

그런 늑대에게 양이나 소처럼 풀을 뜯어 먹으라고 하는 것은 죽으라는 소리다.

약한 것은 강한 것에 잡아먹히는 약육강식(弱肉强食)은 자연의 섭리다.

그러나 늑대는 생존을 위해서 사냥을 할 뿐이지 장난이나 거래를 위해서 사냥하지 않는다.

하지만 인간은 그런 짓을 한다. 같은 동족을 죽이고 음해하며 모략하고 또 잡아서 팔아먹기도 한다.

과묵하고 살벌한 태무랑이지만 지금 은지화가 하고 있는 꼴을 보니 어이가 없어서 실소가 나왔다.

얼마나 무서웠는지 그녀는 태무랑의 몸을 점점 더 기어올라서 가슴까지 이른 상태다.

두 발로는 그의 가슴을 휘어 감고 그의 머리를 두 팔로 잡아서 가슴에 꼭 끌어안은 채 바들바들 떨고 있다. 실로 해괴망측한 자세가 아닐 수 없다.

더구나 그녀는 아랫도리를 홀라당 벗은 상태다. 그러다 보니까 그녀의 오줌에 젖은 옥문이, 그것도 한껏 벌어진 자세로 태무랑의 가슴에 닿아 있었다. 조금만 더 올라가면 입에 닿고 말 것이다.

그런데 문제가 생겼다.

크르르… 크르릉…….

조금 전에 콧등을 덴 늑대는 멀리 도망쳤으나 다른 늑대들이 바위 바깥쪽으로 몰려들었고, 더러는 태무랑 등이 있는 안쪽으로 어슬렁거리면서 기어들어 오며 으르렁거렸다.

조용한 밤중에 야산에서 여러 마리의 늑대가 으르렁거리는 소리는 심장을 떨리게 하기에 충분했다.

"아아… 무서워……."

은지화는 동물들을 무서워한다. 남들은 귀여워서 기르는 개나 고양이, 토끼조차도 무서워서 그녀 주위에는 얼씬도 못하게 했다.

하물며 늑대는 두말할 필요가 없다. 그녀는 극도로 공포에 질려서 혼절하기 직전까지 간 상태였다.

태무랑은 그녀가 장난을 치는 것이 아니라는 것을 안다. 홀딱 벗고 오줌 묻은 옥문을 가슴에 문지르면서 장난을 치는 여자는 없을 것이다.

더구나 은지화 같은 명문정파의 소문주라면 더욱 그럴 터이다.

태어날 때부터 불이나 물, 그 외의 것들을 무서워하는 사람이 있다. 그런데 은지화는 맹수를 무서워하는 것이다. 단지 그뿐이다.

철썩!

은지화가 더욱 기어오르려 하고 더구나 음모의 까칠한 부분과 옥문의 축축하고 물컹한 그 무엇이 목에 느껴지자 태무랑은 그녀의 희멀건 궁둥이를 가볍게 때렸다.

그 바람에 은지화는 정신을 번쩍 차리고 아래를 내려다보다가 자신이 어떤 자세로 있는지 깨달았다.

"어맛!"

소스라치게 놀란 그녀는 잡고 있던 그의 머리를 놓고 급히 아래로 내려갔다.

하지만 극도의 두려움 때문에 그의 품속에서 벗어나지는 못했다. 놀라움이나 수치심보다는 늑대에 대한 공포가 더 크기 때문이다.

"늑대를 쫓아버리고 올 테니까 비켜라."

"싫어요… 무서워요……."

은지화는 두 발로 태무랑의 허리를 끌어안고 두 팔로는 등을 끌어안은 채 결사적으로 달라붙었다.

태무랑은 그녀의 또 다른 모습을 봤지만 이해하지 못하는 정도는 아니었다. 아니, 충분히 이해하고도 남는다.

그는 어쩔 수 없이 그 상태로 바위 밖을 향해 천천히 걸어 나갔다.

그에게 달라붙어 있는 은지화의 모습은 마치 거목에 붙어 있는 작은 원숭이 같았다.

그녀가 워낙 결사적으로 달라붙어 있어서 태무랑은 그녀의 궁둥이를 손으로 받칠 필요조차도 없었다.

그는 안쪽으로 들어온 두 마리와 밖에 있는 대여섯 마리 늑대에게 극양지기로 지풍을 발출하여 콧등을 태워서 모두 쫓아버리고 다시 바위 안쪽으로 돌아왔다.

"늑대들은 다 물러갔다."

태무랑이 다시 모닥불 가에 책상다리로 앉은 후에 그렇게 말하는데도 은지화는 그에게 찰싹 달라붙어서 얼굴을 가슴에 묻은 채 꼼짝도 하지 않았다.

지금 그녀에게 속곳과 개짐, 바지를 갈아입는 것은 그다지 중요하지 않은 일이었다.

언제 또다시 나타날지 모르는 늑대들, 아니, 어쩌면 곰이나 호랑이 같은 더 무서운 맹수들이 들이닥칠지도 모른다고 생각하기 때문에 절대로 태무랑에게서 떨어질 수가 없는 것이다.

그에게서 떨어지는 순간 맹수들에게 온몸이 갈가리 찢겨

서 잡아먹힐 것이라고 겁에 질려 있었다.

여자가 거친 들판에서 자란 야생화인지, 온실에서 곱게 가꿔진 백합인지는 이런 상황을 겪어보면 안다.

"아아……."

그런데 또 은지화가 일을 저지르고 말았다.

공포에 질린 나머지 두 다리를 활짝 벌려 태무랑의 허리를 끌어안은 자세에서 오줌을 싸기 시작한 것이다.

이번에는 지리는 정도가 아니라 아예 작은 계류처럼 콸콸 쏟아져 나왔다.

은지화는 자신이 오줌을 싸고 있다는 사실을 느끼고 있었지만 부끄럽지 않았다.

그럴 여유가 없다. 그보다는 맹수들이 백 배는 더 무섭기 때문이다.

태무랑은 부처님처럼 가만히 앉은 채 은지화가 쏟아내는 오줌을 고스란히 다 맞아야만 했다.

겁에 질린 나머지 세차게 쏟아져 나오는 오줌 줄기가 단전 부위 아래쪽을 흠뻑 적셨다.

은지화는 오줌을 싸면서 태무랑 어깨에 뺨을 묻고 그의 얼굴을 말끄러미 바라보고 있었다.

안색은 창백하고 커다랗게 부릅떠진 눈은 깜빡거리지도 않았다.

태무랑은 그녀를 쳐다보았다. 하지만 그녀는 아무런 반응도 없다. 그대로 굳어버린 것이다.

태무랑은 그녀에게서 시선을 거두고 뒤쪽에 봇짐을 괴어 베개로 삼아 벌렁 누웠다. 잠을 자려는 것이다.

은지화가 떨어지지 않을 테니까 이대로 잘 수밖에 없다.

역시 은지화는 요지부동이다. 그가 누우니까 그녀는 그의 몸 위에 엎드린 자세가 되었다.

아랫도리를 벌거벗었지만 바로 옆에 모닥불이 타오르고 있으니까 춥지는 않았다.

잠을 자고 있던 태무랑의 귀가 쫑긋거렸다.

이어서 그의 눈이 번쩍 떠지더니 눈에서 날카로운 안광이 뿜어졌다.

바위 바깥쪽 야산 아래와 위쪽에서 여러 명이 이쪽으로 빠르게 다가오고 있는 기척을 감지했다.

그는 이십 명까지 수를 세다가 그만두었다. 대략 오륙십 명쯤 되는 듯했다.

필경 좋은 뜻으로 오는 자들은 아닐 것이다. 자고로 선한 자는 오지 않고, 온 자는 선하지 않다고 했었다[善者不來來者不善].

힐끗 눈을 아래로 하니 은지화는 여전히 그의 몸 위에 엎드린 채 꼼짝도 하지 않았다. 숨소리를 들어보니 깊이 잠든 것 같았다.

염마도법(閻魔刀法) 235

그녀를 깨울까 하다가 그만두었다. 그녀가 무슨 소리라도 내면 접근하고 있는 자들이 눈치를 챌 것이다.

태무랑은 추호의 기척도 없이 느릿하게 일어섰다. 그런데도 은지화는 그를 꼭 부둥켜안은 채 깨어나지 않았다.

단지 자고 있기 때문에 그를 안는 힘이 조금 약해져서 자칫하면 떨어질 것 같았다.

그래서 태무랑은 왼손으로 그녀의 둔부를 받쳐 들고 발자국 소리를 내지 않으며 구준마에게 다가가 염마도를 천천히 뽑아 쥐었다.

띠 같은 것으로 은지화와 자신의 몸을 하나로 묶고 싶었으나 그럴 여유가 없다. 암중인들이 이미 사오 장 가까이 접근하고 있었다.

슈욱!

그는 오른손에 염마도를 힘껏 움켜쥐고 밖으로 쏘아 나갔다.

밖으로 나서자마자 산비탈 위쪽인 전면에서 삼십여 명이 마주 쏘아오고 있는 광경을 발견했다.

거리는 불과 사오 장 남짓밖에 되지 않았다.

암중인들은 한결같이 흑의를 입었으며 복면을 뒤집어써서 눈만 내놓은 모습들인데, 손에는 검을 쥐고 있었다.

노산분타에 침입했던 귀촉루 살수들도 흑의를 입었으나 복면은 하지 않았다.

그로 미루어 이자들은 귀촉루 살수들이 아닌 듯했다. 또한 태무랑이 봤던 귀촉루 살수들과 이들의 움직임은 어딘가 달라 보였다.

 귀촉루 살수들은 민첩하고 은밀한 움직임이었는데 이들은 거칠 것 없이 질주하고 있었다.

 남의 이목을 두려워하지 않는 것은 정파인들이다. 정파인들이 복면을 뒤집어쓰다니, 무림인들에게 손가락질을 받을 일이다.

 태무랑은 흑의복면인들을 향해 곧장 마주쳐 질주했다. 그들보다 대여섯 배는 빠른 속도다.

 그런데 쏘아오던 흑의복면인들이 갑자기 주춤했다. 마주 질주해 오는 태무랑에게 안겨 있는 은지화 때문이다.

 캄캄한 한밤중에 그녀의 까발려진 허연 궁둥이가 유난히 눈부시게 빛나고 있었다.

 그래서 흑의복면인들은 태무랑이 아니라 허연 궁둥이가 마주 쏘아오는 듯한 착각을 일으켰다.

 또한 허연 궁둥이가 무슨 괴이한 공격 수법이 아닌지 순간적으로 당황했다.

 하지만 그들은 곧 정신을 수습하고 곧장 짓쳐 와서 태무랑을 향해 공격을 개시했다.

 쏴아아—!

 삼십여 명이 검을 휘두르며 일제히 공격하자 거센 파도 소리가 터졌다.

그들은 학이 날개를 활짝 펼친 듯한 형세를 이루어 태무랑을 전면과 좌우에서 감싸면서 삼십여 자루의 검을 맹렬하게 찌르고 베어왔다.

그때 은지화가 번쩍 눈을 떴다. 삼십여 자루 검이 허공을 가르는 파공음 때문이었다.

그녀는 급히 태무랑 어깨에서 얼굴을 들면서 뒤를 돌아보다가 지척까지 쇄도해 오고 있는 흑의복면인들과 그들이 휘두르는 번뜩이는 검들을 발견하고 화들짝 놀랐다.

"앗!"

그리고 동시에 궁둥이가 서늘하다는 느낌을 받는 것과 동시에 자신이 아랫도리를 벌거벗고 잠이 들었다는 사실을 기억해 냈다.

또한 그녀는 태무랑이 아랫도리를 벌거벗은 자신을 안은 채 수십 명의 괴한과 싸우기 직전이라는 사실도 깨달았다.

'마, 말도 안 돼……'

그녀는 본능적으로 황급히 손으로 상의를 끌어내려 궁둥이를 가리려고 했다.

"……!"

그 순간 커다란 손 하나가 자신의 궁둥이를 떠받치고 있다는 사실을 깨달았다. 확인해 볼 것도 없이 그것은 태무랑의 손이 분명하다.

그녀의 둔부가 풍만하다고는 하지만 몸매에 비해서 풍만한 것이지 태무랑의 커다란 손은 둔부를 다 덮고도 남았다.

이번에는 어깨를 만져 보니 검이 없었다. 옷을 갈아입으려고 풀어놓고는 잊고 있었다.

'어떻게 해……'

그녀는 현재 상황에서 자신이 할 수 있는 일은 아무것도 없다는 사실을 깨닫고 절망했다.

하지만 검이 있다고 한들 아랫도리를 벌거벗고 싸울 수는 없는 노릇이다. 죽으면 죽었지 그런 짓은 할 수가 없다.

결국 그녀는 다시 태무랑 어깨에 얼굴을 묻으며 두 팔로 힘껏 그의 등을 끌어안았다.

이제 죽으나 사나 태무랑하고 같은 운명이다. 그가 죽으면 그녀도 끝장인 것이다.

염마도를 잡은 손에 힘을 주는 태무랑의 두 눈에서 은은한 혈광이 뿜어졌다. 바야흐로 적안혈귀의 모습이다.

키이잉!

염마도가 흑의복면인들이 휘두르는 검보다 최소한 서너 배는 더 빠른 속도로 허공을 갈랐다.

퍽!

공격해 오던 최초의 한 명이 목이 잘려서 머리가 허공으로 둥실 떠올랐다.

태무랑은 왼손으로 은지화의 둔부를 받치고 있으나 행동

하는 데에는 별로 지장을 받지 않았다.

그녀를 등에 업으면 태무랑도 모르게 찔리거나 베일 수 있지만 앞으로 안고 있으면 그럴 염려가 없다. 그녀를 제대로 돌볼 수 있다.

쐐쐐애액!

흑의복면인들의 삼십여 자루 검이 태무랑의 온몸으로 쏟아져 왔다.

그러나 검들은 허공을 갈랐다. 태무랑은 이미 그곳에 없었기 때문이다.

흑의복면인들이 태무랑을 적중시키려면 너무 빠르기 때문에 그가 쏘아가는 앞쪽을 공격해야만 한다.

하지만 그는 전후좌우로 좌충우돌하기 때문에 흑의복면인들은 도대체 어느 방향을 어떻게 공격해야 할지 갈피를 잡을 수가 없었다.

파곽!

"캑!"

"끅!"

염마도가 재차 번뜩이면서 연이어서 두 명의 흑의복면인의 목을 잘랐다.

키잉!

팍!

태무랑은 목 두 개를 자른 여세를 빌어 염마도가 흐르는 방향으로 빙글 반 회전하면서 흑의복면인 한 명의 허리를 뭉텅 잘라 버렸다.

그는 될 수 있는 한 염마도를 멈추지 않고 방향만 약간씩 바꿔주었다.

염마도가 무겁기 때문에 멈췄다가 다시 움직이면 그만큼 반응이 늦기 때문이다.

하지만 멈추지 않고 계속 움직이게 하면 속도가 점점 빨라진다.

흑의복면인들은 귀촉루 살수보다 한 수 위다. 더구나 수십 명이 합공을 하기 때문에 굉장한 위력을 발휘했다.

그런데 태무랑이 흑의복면인 다섯 명을 죽였을 때 산비탈 아래쪽에서 다시 삼십여 명의 흑의복면인이 치고 올라와 합세했다.

흑의복면인들은 순식간에 오십오륙 명으로 불어났다. 그것은 합공의 위력이 두 배로 증가했다는 뜻이다.

하지만 태무랑은 추호도 겁먹지 않고 흑의복면인들 한복판에서 신들린 듯이 염마도를 휘둘렀다.

"모, 모두 죽여 버려요!"

은지화는 태무랑의 귀에 뜨거운 외침을 터뜨렸다. 흑의복면인들이 자신의 맨살 궁둥이를 봤으므로 한 놈도 남기지 말고 죽이라는 것이다. 과연 여자다운 생각이다.

팍!

"큭!"

염마도에 정수리가 세로로 쪼개진 흑의복면인이 답답한 신음을 터뜨렸다.

태무랑은 제멋대로 염마도를 휘두르는 것 같지만 방금 것은 십자섬광검의 부분적인 초식이다.

스팍!

"깩!"

하지만 한 가지 검법을 두 번 연달아 전개하지 않았다.

그때그때 상황에 따라서 십자섬광검과 무극칠절검, 산화칠검 중에서 가장 적절한 검법, 그리고 초식과 변화를 구사했다.

그것은 세 가지 검법에 완전히 통달해 있어야만 가능한 일이었다.

그렇게 싸우다 보니까 뜻하지 않게도 전혀 새로운 검법이 탄생했다. 아니, 염마도로 펼치니까 도법이라고 해야 맞는 말이다.

그런데 새로 탄생한 도법은 한 가지가 아니다. 시간이 흐를수록 자꾸만 새로운 도법이 태어났다.

십자섬광검은 삼 초식이며 하나의 초식에 세 가지 변화가 있으므로 구 변(九變)이다.

그리고 산화칠검은 칠 초식에 삼십이 변이고, 무극칠절검은 칠 초식에 사십구 변이다.

세 가지 검법에서 서로 비슷한 초식과 변화를 뽑아서 하나의 초식으로 묶는다.

빠름[快]으로 묶어진 초식이 있는가 하면, 다변(多變)으로 묶어진 것, 그리고 폭발적인 위력으로 묶어진 것 등등…

신들린 듯이 염마도를 휘두르고 있는 태무랑은 무극신련의 성명검법에서 벗어나 자신만의 독특하고 전혀 새로운 염마도법(閻魔刀法)을 창조하고 있었다.

수와아아—

그런데 어느 순간 흑의복면인들이 휘두르는 검의 파공음이 갑자기 변했다.

아니, 변한 것은 그것만이 아니다. 그들이 휘두르는 검이 보였다가 사라지기를 반복하기 시작했다.

보이지 않을 때는 검이 어디에서 찌르고 베어오는지 알 수가 없다.

그러다가 느닷없이 태무랑 코앞에서 검이 불쑥 모습을 나타내는 것이다.

"무영검법(無影劍法)이에요!"

태무랑의 어깨 너머로 그 광경을 목격한 은지화가 깜짝 놀라서 날카롭게 외쳤다.

완벽하게 전개하면 검이 완전히 사라지고 파공음도 나지 않는다는 무영검문의 성명검법 무영검법이다.

그렇다면 이자들은 무영검문의 고수들이 분명하다. 귀촉

루가 태무랑과 은지화를 죽이는 것을 실패하니까 무영검문이 직접 나선 것이다.

태무랑은 움찔하며 동작을 멈추었다. 사라졌다가 불쑥 나타나는 수십 자루 검들 때문이다.

도대체 어디에서 어떻게 공격해 오는 것인지 갈피를 잡을 수가 없다.

"앗!"

은지화가 앞쪽에 느닷없이 나타나서 자신의 얼굴을 향해 곧장 찔러오는 검을 발견하고 뾰족하게 비명을 터뜨렸다.

그녀는 태무랑에게 안겨 있으므로 그녀의 앞쪽이라면 태무랑에게는 뒤쪽이다.

그러므로 그는 찔러오는 검을 볼 수가 없었다. 하지만 파공음이 들렸다.

순간 태무랑은 급히 상체를 비틀었다.

팍!

찔러오던 검이 은지화의 코앞을 스치면서 태무랑의 어깨 뒤쪽을 찔렀다.

키우―

태무랑은 빙글 몸을 돌리면서 자신의 어깨를 찌른 자를 향해 염마도를 그어갔다.

"……!"

은지화는 두 눈을 부릅떴다. 태무랑의 왼쪽 어깨 뒤쪽을 찌른 검이 그가 몸을 회전시키자 등을 가로로 길게 그어버리고 있는 것을 턱밑에서 보고 있었기 때문이다.

태무랑은 상처가 생겨도 금세 아물기 때문에 그런 행동을 취했으나, 그런 사실을 모르는 은지화는 가슴이 벌렁거릴 정도로 경악했다.

염마도는 태무랑의 어깨를 찌르고 그은 자의 가슴을 통째로 잘라 버렸다.

그러고서도 염마도는 멈추지 않았다. 무거운 염마도는 일단 탄력을 받으면 속도가 몇 배나 빨라진다. 더구나 태무랑은 염마도를 젓가락처럼 가볍게 다룬다.

퍼퍼퍽!

염마도는 태무랑이 조금 전에 창조한 새로운 염마도법 제일초식 쾌도난마(快刀亂麻)를 펼쳐 순식간에 세 명의 흑의복면인, 아니, 무영검수들의 몸뚱이를 연달아 잘랐다.

쾌도난마는 심자섬광검과 산화칠검, 무극칠절검에서 빠른 변화만을 골라내서 창조한 것이다. 세 개의 빠름이 모이니까 극쾌(極快)가 되었다.

키우웅!

서걱! 퍽! 카각!

염마도는 상중하 전후좌우로 지옥의 타오르는 불길처럼 춤을 추었다.

무영검수들의 검이 보였다가 사라지기를 반복해서 헷갈리

기는 하지만, 태무량은 파공음으로 그들의 움직임을 간파하려고 애썼다.

팍!

"악!"

한 자루 검이 태무량의 오른쪽 어깨를 베면서 피가 튀는데 비명은 그것을 발견한 은지화가 질렀다.

태무량은 무영검수들이 휘두르는 반무영검(半無影劍)이 내는 파공음을 아직 완벽하게 간파하지 못하고 있었다.

하지만 빠르게 터득해 나가고 있는 중이다. 그러는 와중에 여기저기를 찔리고 베이면서 대가를 치르고 있었다.

그가 혼자였다면 한 차례도 찔리고 베이지 않았을 것이라는 걸 은지화는 너무도 잘 안다.

그녀에게 쏟아지는 검을 태무량이 몸을 비틀어서 대신 찔리며 베이고 있었기 때문이다.

'아아……'

그녀의 눈에서는 언제부턴가 눈물이 비 오듯이 쏟아지고 있었다. 아마도 태무량이 처음 왼쪽 등을 찔렸을 때부터였던 것 같다.

은지화는 이 싸움에서 태무량과 자신이 무사하지 못할 것이라고 예상했다.

무영검문은 명문정파다. 그 말은 곧 무영검수가 일류고수라는 뜻이다.

은지화는 이렇게 많은 일류고수들의 합공에서 살아난 사람이 있다는 말을 들어본 적이 없었다.

그녀의 부친 낙성일진뢰 은도겸이라고 해도 이런 상황에서는 생사를 장담하지 못할 것이다.

그런데도 은지화는 아랫도리를 벌거벗은 채 태무랑에게 안겨서 아무런 도움이 되지 못하고 있었다.

아니, 오히려 그에게 짐만 되고 있었다. 그녀가 아니었으면 태무랑은 지금보다 두 배 이상의 능력을 발휘할 수 있었을 것이다.

하지만 지금 그의 몸에서 벗어나는 것은 죽음을 자초하는 일이다.

아랫도리를 벌거벗은 채 검도 없이 무영검수들 속에서 살아날 가능성은 없다.

지그시 입술을 깨물던 은지화는 마침내 결심을 하고 태무랑의 가슴을 안았던 두 팔을 풀고 그의 가슴에서 상체를 떼며 급히 전음을 보냈다.

[소녀를 놔줘요!]

그런데 태무랑은 오히려 그녀의 둔부를 잡은 왼손에 가일층 힘을 주었다. 그것으로 대답은 충분하다. 절대로 놓지 않겠다는 것이다.

'바보 같은 사람……'

은지화의 두 눈에서는 더욱 눈물이 쏟아졌다.

염마도법(閻魔刀法) 247

벌써 여섯 군데나 가볍지 않은 상처를 입었는데도 대무랑은 조금도 굴하지 않았다.

아니, 오히려 한 번 다칠 때마다 더 힘이 솟구치는 듯 포효하며 염마도를 떨쳐 댔다.

"이놈들! 모조리 죽여주마!"

그리고 진짜로 그는 시간이 흐를수록 다치는 횟수가 줄어드는 반면에 적들은 더 빠르게 더 많이 죽어갔다.

무영검수들이 펼치는 무영검법의 파훼법, 즉 파공음으로 감지하는 방법을 완벽하게 터득한 것이다.

第二十三章
지옥에서의 유일한 가족

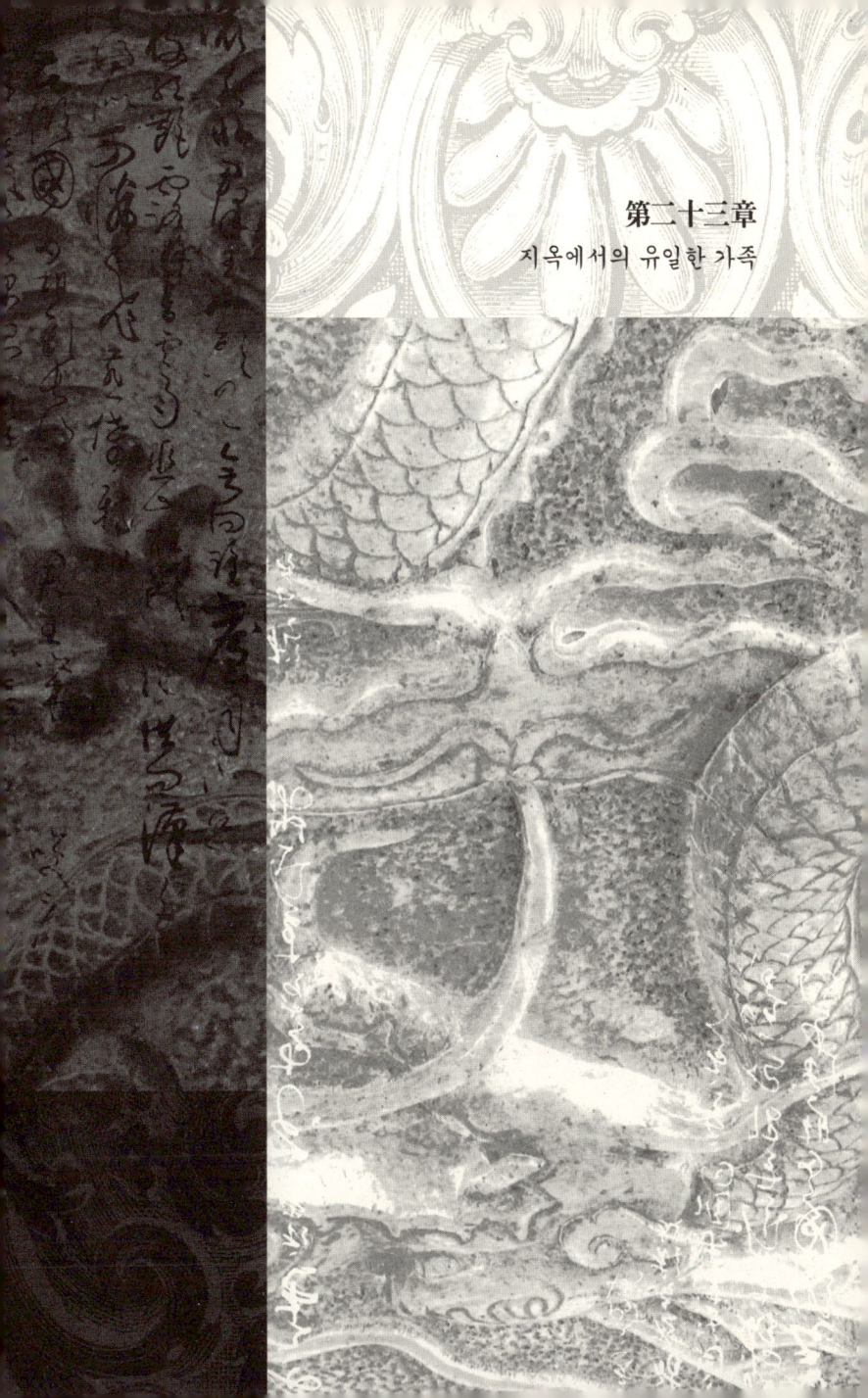

한 시진 반 만에 치열했던 싸움이 끝났다.
"헉헉헉……."
마지막까지 서 있는 사람은 태무랑뿐이었다. 아니, 그에게 안겨 있는 은지화까지 두 명이다.

태무랑은 오른손에 염마도를 움켜쥐고 어깨를 크게 들먹이며 거친 숨을 몰아쉬고 있었다.

염마도에는 피가 흠뻑 묻었고 도첨에서 핏물이 방울방울 흘러내렸다.

피에 물든 것은 염마도만이 아니다. 태무랑과 은지화도 무영검수들이 죽어가면서 뿌린 피를 뒤집어써서 목욕을 한 듯한 모습이었다.

하지만 은지화는 뒤에만 피가 묻었으며 궁둥이는 새빨갛게 변했다.

태무랑은 산비탈에 우뚝 서 있었는데, 주위에는 무영검수들의 시체가 즐비했다.

그가 벌인 싸움이 언제나 그랬던 것처럼 온전한 몸뚱이를 지니고 있는 시체는 단 한 구도 없었다. 모조리 목이나 몸통이 잘린 끔찍한 모습들이다.

죽은 시체는 모두 육십삼 구다. 그리고 도주한 자는 단 두 명뿐이었다.

태무랑의 헐떡거림은 그리 오래가지 않았다. 열 호흡쯤 지나자 그는 호흡이 평온해졌으며 허비됐던 공력도 원상회복되었다. 불과 열 호흡 만의 일이다.

은지화는 언제부턴가 눈물을 흘리지 않았고, 불안해하지도 않았다.

태무랑이 더 이상 다치지 않고 무영검수들 사이를 상처 입은 맹호처럼 누비면서 닥치는 대로 주살하기 시작했을 때부터였다.

대신 은지화는 놀라움이 경악으로, 그리고 마지막에는 멍한 얼굴로 염마도에 몸이 잘려서 죽어가는 무영검수들을 지켜보았다.

무영검수들이 펼치는 검진(劍陣)도, 무영검법도 태무랑에게는 아무 소용이 없었다.

그들이 할 수 있는 일은 오로지 하나뿐, 차례를 기다리다가 죽는 것이었다.

저벅저벅.

이윽고 태무랑이 구준마가 있는 곳으로 성큼성큼 걸어갔다.

그는 싸움이 시작된 이후 은지화의 궁둥이를 안은 손을 한 번도 떼지 않았다.

얼마나 힘을 주어 안았는지 그녀는 궁둥이와 그 아래쪽으로는 피가 통하지 않아서 감각이 없을 정도였다.

그러나 태무랑이 무영검수들과 싸우는 광경이 너무도 처절해서 하체가 마비되는 것을 까맣게 모르고 있었다.

바위 안쪽의 모닥불은 이미 꺼져 있었다. 그리고 구준마는 그곳에 납작하게 엎드려 있다가 태무랑이 돌아오는 발자국 소리를 듣고 벌떡 일어나 반갑게 다가왔다.

푸르르.

구준마는 자고 있지 않았다. 적들에게 들키지 않으려고 소리를 내지 않고 엎드려 있었던 것이다.

슥―

그곳에 이르러서야 비로소 태무랑은 왼손으로 잡은 은지화의 궁둥이를 풀고 바닥에 내려주었다.

"아……."

쿵!

그러나 하체가 마비된 그녀는 내려주자마자 그 자리에 쓰러지고 말았다.

그녀는 바닥에 길게 엎드린 자세로 안색이 하얗게 질려서 꼼짝도 하지 못했다.

태무랑은 가볍게 눈살을 찌푸렸다.

"다쳤느냐?"

그가 기억하기로는 은지화는 터럭만큼도 다치지 않았다. 하지만 그가 모르는 사이에 부상을 당했을 수도 있다.

"아아… 당신이 엉덩이를 너무 세게 꽉 잡아서… 하체가 마비됐어요……."

그러고 보니까 엎드려 있는 그녀의 궁둥이 한복판에 커다란 손바닥 자국이 하얗게 새겨져 있었다. 다른 곳은 피투성이인데 그곳만 하얀색이었다.

발이 저린 것과 하체가 마비된 것은 다르다. 오랫동안 피가 통하지 않았다면 좋지 않은 일이 생길 수도 있다는 것을 태무랑은 경험으로 알고 있었다.

"가만히 있어라."

태무랑은 염마도를 내려놓고 그녀의 궁둥이 옆에 무릎을 꿇고 앉았다.

그는 오랜 군사 생활을 통해서 이럴 때에는 어떻게 해야 하는지 알고 있었다.

그가 솥뚜껑처럼 커다란 두 손으로 은지화의 궁둥이를 덥석 잡자 그녀는 화살에 몸을 꿰뚫린 사슴처럼 자지러지면서 날카로운 비명을 질렀다.

"아악! 그, 그만!"

"참아라."

그러면서 그는 두 손으로 그녀의 맨살 궁둥이와 허벅지를 떡 주무르듯이 주무르기 시작했다.

"아악! 그, 그게 아니에요! 추궁과혈로… 추궁… 으아아……."

뚝!

"그게 뭐냐?"

"으으……. 시, 십이경맥 하체 부위 혈맥을 따라서 손으로 주무르는 거예요……. 그게 추궁과혈 수법이에요……."

"알았다."

물컹! 물컹!

태무랑은 그녀가 시키는 대로 묵묵히 주물렀다.

은지화는 신음 소리를 내지 않으려고 주먹을 꼭 쥐고 바들바들 몸을 떨었다.

그러다가 자신의 벌거벗은 하체를 아무렇지도 않게 주무르는 태무랑을 보고 문득 그런 생각이 들었다.

'이 사람, 도대체 나를 여자로 생각하기는 하는 건가?'

지옥에서의 유일한 가족 255

추궁과혈 수법으로 일각쯤 주무르자 은지화는 마비가 풀리기 시작했다.

그러자 태무량이 주무르는 손길이 조금씩 느껴졌다. 그전까지는 바지를 스무 겹 정도 잔뜩 껴입은 듯한 감각이었다.

'이, 이 사람이……?'

어느 순간 그녀는 움찔 놀랐다.

궁둥이가 갈라지는 계곡 속, 즉 항문과 옥문으로도 그의 손가락이 거침없이 닿고 찌르고 문지르고 있는 것이 비로소 느껴졌기 때문이다.

얼굴이 새빨개진 그녀는 힐끗 태무량을 쳐다보았다.

그러나 그는 열심 어린 표정으로 추궁과혈에만 열중하고 있을 뿐이다. 외려 그를 의심하는 은지화가 미안한 마음이 들 정도였다.

그의 손은 허벅지를 지나 점차 아래로 내려가서 종아리를 주물렀다.

궁둥이를 주무를 때나 종아리를 주무를 때나 그는 정성을 다하고 있었다.

그의 마음속에 흑심이라고는 터럭만큼도 없다는 것을 은지화는 잘 알고 있었다.

하지만 그녀는 착잡한 마음으로 내심 중얼거렸다.

'이런 만신창이 몸이 돼가지고서 대체 내가 누구에게 시집을 갈 수 있을까?'

그때 문득 그녀의 뇌리를 스치는 것이 있었다. 태무랑이 여러 군데 검에 찔리고 베었다는 사실을 잊고 있다가 갑자기 생각난 것이다.

'이런 바보 같은······. 마비 따위가 뭐가 대단하다고 이 사람이 다친 것을 잊고 있다니!'

그녀는 벌떡 일어나 앉으며 태무랑에게 손을 뻗었다.

"당신 많이 다쳤잖아요! 어디 봐요!"

그녀는 태무랑이 여섯 군데를 다쳤다는 사실을 정확하게 기억하고 있었다.

그런데 급하게 확인을 해보니까 옆구리나 가슴 어깨의 옷이 검에 찔리거나 베어서 찢어지긴 했는데 어찌 된 일인지 상처는 보이지 않았다.

그녀는 급히 태무랑의 뒤로 돌아가서 그의 왼쪽 어깨와 등을 살펴보았다.

하지만 그곳에도 옷이 가로로 길게 베어졌을 뿐 상처는 없었다. 베어진 옷을 들추고 살펴봐도 적의 피를 뒤집어쓴 탄탄한 근육질의 맨살뿐이었다.

그곳은 태무랑이 최초로 상처를 입은 부위다. 은지화의 얼굴을 찌르려는 적의 검을 태무랑이 상체를 비틀어서 대신 뒤쪽 어깨에 찔렸었다.

이후에 그자를 죽이려고 몸을 반 회전하는 과정에서 등이 길게 가로로 베어졌었다.

지옥에서의 유일한 가족 257

은지화는 그 광경을 바로 턱밑에서 지켜보면서 대경실색했었기 때문에 절대로 잊을 리가 없다. 그런데 그 상처마저도 감쪽같이 사라졌다.

"도대체 이게……."

그녀는 다시 태무랑의 앞쪽으로 돌아와서 자신이 기억하고 있는 상처 부위들을 한 번 더 자세히 살펴봤지만 말짱하기는 마찬가지였다.

이번에는 태무랑의 오른쪽 어깨 윗부분을 살펴보았다. 그곳은 내려치는 검에 베었던 곳인데 그때 상황도 생생하게 기억하고 있었다.

"이상해… 정말 이상해……."

그녀는 아예 태무랑의 상의 오른쪽을 벗겨서 어깨가 드러나게 하고는 얼굴을 바짝 들이대고 살펴보았다. 피범벅이라서 상처가 잘 보이지 않았기 때문이다.

그런데 그녀가 선 채로 그렇게 하느라고 무릎을 꿇고 앉아 있는 태무랑의 입에 그녀의 음모가 닿았다.

또한 그녀가 상체를 움직일 때마다 음모와 그보다 아래 부위가 태무랑의 입술을 문질러 댔다.

"이제 그만해라."

결국 태무랑이 참지 못하고 말하자, 그녀는 옥문 부위가 옴찔거려서 깜짝 놀랐다.

"아앗!"

그녀는 그 해괴한 광경을 발견하고는 소스라치게 놀라서 급히 물러나며 뾰족한 비명을 질렀다.

하지만 놀란 표정으로 태무랑 두어 걸음 앞에 서 있을 뿐 소중한 곳을 가릴 생각은 하지 않았다.

그녀는 어느덧 태무랑 앞에서 알몸을 부끄러워하지 않는 내성이 길러진 모양이다.

*   *   *

잠잠하던 무림에 하나의 굉장한 소문이 파다하게 퍼졌다.

―적안혈귀가 조하진 복우산 산비탈에서 무영검수 육십여 명을 무참하게 도륙했다.

지난 몇 년 동안 이 정도의 엄청난 사건은 한 번도 없었기에 이 소문은 무림 곳곳으로 삽시간에 퍼지면서 끝없이 확대 재생산되었다.

그날 밤 조하진 야산에서의 싸움에서 적안혈귀의 손에서 구사일생 목숨을 건진 두 명의 무영검수는 그 길로 곧장 무영검문으로 돌아가서 모든 사실을 자세히 보고했다.

그리고 그 사실은 무영검문 내에서조차 극비에 붙여졌다. 밖으로 새어 나가봤자 이로울 것이 추호도 없는 일이다.

그러나 세상 사람들을 다 속일 수는 있어도 결코 속일 수 없는 존재가 있었다.

바로 개방(丐幇)이다.

하늘은 피할 수 있어도 개방의 이목은 피할 수 없다는 말이 괜히 나온 말이 아니다.

*   *   *

무극신련 총본련.

깊숙한 곳에 한 채의 오 층 전각이 있다.

쌍천각(雙天閣).

전각 입구 현판에 용비봉무한 필체로 적혀 있는 세 글자다.

바로 이곳이 무극신련의 이 인자와 삼 인자인 쌍천자, 즉 천풍공자 단유천과 천옥선녀 옥령의 거처다.

실로 으리으리한 규모이며 금칠홍장의 화려한 전각으로, 이런 것은 아마도 황궁에서나 볼 수 있을 터이다.

전망이 가장 좋은 오층은 천옥선녀 옥령의 거처고, 사층은 천풍공자 단유천이 머물고 있다.

한 층에 방이 이십 개나 되고, 연회장과 수련실, 서방(書房), 다섯 개의 욕실 등 갖추어지지 않은 것이 없을 정도로 완벽한 곳이다.

"낙성검문의 온도겸은 아직 증거를 찾지 못한 것이 분명합니다. 아니라면 벌써 본 문에 쳐들어왔을 것입니다."

바닥에 무릎을 꿇고 머리를 조아린 채 공손히 아뢰는 인물이 있다.

그 인물의 다섯 걸음 앞에는 푹신하고 화려한 태사의가 있고, 그곳에 단유천이 느긋하게 몸을 파묻고 손으로 턱을 괸 채 말을 듣고 있다.

부복한 인물은 황의장삼을 입었는데 무기는 지니지 않았다. 단유천 앞에서는 극소수의 사람을 제외하고는 어느 누구도 무기를 휴대해서는 안 되기 때문이다.

황의인은 더욱 몸을 납작하게 만들고 읊조렸다.

"대공께 심려를 끼쳐 드려서 황공합니다."

잠시 시간이 흘렀으나 황의인은 미동조차 하지 않았다. 단유천이 아무 말도 하지 않고 있었기 때문이다.

만약 그가 말을 하지 않고 이대로 나가 버린다면, 황의인은 그가 다시 돌아올 때까지 언제까지고 부복한 채 기다리고 있어야만 한다.

이윽고 단유천이 황의인을 보며 조용히 입을 열었다.

"낙성검문주가 어떻게 냄새를 맡은 것인가?"

"네. 그것은 이렇게 된 일입니다."

황의인은 조심스럽게 고개를 들고 단유천을 우러러보며 더없이 공손히 설명했다.

"적안혈귀라는 자가 본 문이 운영하고 있는 화뢰원과 기화연당을 공격한 것이 일의 발단입니다."

"적안혈귀가 누군가?"

황의인은 자신이 적안혈귀에 대해서 보고를 받은 대로 상세하게 설명했다.

"가만, 방금 뭐라고 했나?"

"네?"

어떤 대목에서 단유천이 손을 뻗으며 말을 끊자 황의인은 움찔 놀라는 표정으로 고개를 조금 더 들었다.

"방금 적안혈귀라는 자의 출신이 뭐라고 했나?"

"감숙성에 위치한 서북군 흑풍창기병이라고……"

탁!

"내가 잘못 들은 게 아니로군."

단유천은 비로소 턱에서 손을 떼고 태사의 팔걸이를 가볍게 움켜잡았다.

그의 얼굴은 여태까지와는 달리 조금 흥미있다는 표정을 짓고 있었다.

그는 예전에 맷집 좋은 흑기창기병을 한 명 알고 있었다. 그러나 그자는 몇 달 전에 죽었다.

단유천과 옥령, 단금맹우들의 무완롱으로 반년여 동안 잘 버티다가 어느 날 삼장로로부터 시험 도중에 죽었다는 보고를 받았었다.

그리고는 단유천은 그자를 까맣게 잊어버렸다. 가끔씩 생각조차 나지 않는 벌레처럼 하찮은 자였다.

그런데 방금 전에 흑풍창기병이라는 말을 듣고 불현듯 그자가 생각났다.

하지만 동일 인물일 것이라고는 손톱만큼도 생각하지 않았다. 그럴 가능성이 일 푼도 없기 때문이다. 설혹 그렇더라도 확인은 해봐야 한다.

"그자에 대해서 자세히 설명해 보게."

"속하로서는 더 이상은 아는 바가 없습니다."

"없다고?"

단유천이 짙은 검미를 상큼 치켜뜨자 황의인은 움찔 놀라더니 생각난 듯 급히 품속에서 종이 한 장을 꺼내서 두 손으로 공손히 내밀었다.

"여기 적안혈귀의 전신(傳神:초상화)이 있습니다만……"

스웃.

단유천이 즉시 손을 내밀자 전신은 끈이 달린 듯 곧장 날아와서 그의 손안에 들어갔다.

절정고수들만이 전개할 수 있다는 허공섭물(虛空攝物)의 고명한 수법이다.

그는 느긋한 표정으로 전신을 펼쳐서 굽어보았다.

"……!"

순간 그는 움찔 놀라면서 눈을 크게 뜨고 상체를 꼿꼿하게 세웠다.

부복해 있는 황의인, 즉 무영검문의 문주 무영신검(無影神劍) 염고후(廉高厚)는 극도로 긴장했다. 그는 대공이 저렇게 놀라는 모습을 한 번도 본 적이 없었다.

단유천은 전신의 그림을 뚫어지게 주시하면서 물었다.

"이자가 적안혈귀인가?"

"그, 그렇습니다."

"이자가 자네 사업을 방해하고 있다는 겐가?"

인신매매는 무영신검 염고후의 사업이 아니다. 최고 우두머리는 단유천이다.

물론 단유천이 직접 인신매매를 하라고 명령한 적은 없었다.

그는 다만 '돈을 벌 수 있는 사업'을 시작해 보라고 지시했을 뿐이다.

그런데 아랫것들이 여러 가지 사업을 임의대로 벌여놓은 것이고, 그중에 인신매매도 포함되어 있었다.

무극신련 휘하의 꽤 많은 방, 문파들이 그런 사업들을 하고 있으며, 무영검문은 인신매매를 하고 있는 것이다.

그때 단유천이 전신을 접어서 품속에 갈무리했다. 누가 오고 있는 것을 감지한 것이다. 그는 오고 있는 사람이 누군지도 알고 있었다.

잠시 후에 문이 열리고 한 소녀가 들어섰는데 그녀의 미모가 너무도 출중해서 실내가 환해지는 듯했다.
"뭘 하고 계셨어요?"
아래위 눈부신 흰 비단으로 지은 옷을 입고 긴 치마를 끌면서 들어선 소녀는 다름 아닌 옥령이었다.
무슨 큰 마음고생을 했는지 그녀는 매우 수척해진 모습이었으나 여전히 절색의 미모를 자랑하고 있었다.
"하하, 염 문주와 환담을 하고 있었어."
단유천은 밝게 웃으며 일어나 옥령에게 다가갔다.
염고후가 옥령에게 공손히 부복하며 예를 갖추었다.
"소저를 뵈옵니다."
옥령은 가볍게 고개를 끄덕일 뿐 대꾸하지는 않았다.
"물러가게."
단유천은 염고후에게 손짓을 해 보였다.
염고후는 일어나서 허리를 펴지도 못한 자세로 뒷걸음질쳐서 조심스럽게 방을 나갔다.
"차 마실까?"
단유천은 옥령을 부축하듯이 하여 의자에 앉히고 온화한 미소를 지으며 물었다.
"됐어요."
옥령은 살래살래 고개를 가로저었다.
그녀는 얼굴이 수척해졌을 뿐만 아니라 핏기 한 점 없이 창백하기도 했다. 마치 중병을 앓고 있는 듯한 모습이다.

사실 그녀는 병을 앓고 있었다. 하지만 육신의 병이 아니라 마음의 병이다.

넉 달 전쯤에 우연히 얻은 병이다. 그때 그녀는 갖고 놀던 무완롱에게 사타구니를 호되게 걷어차였다. 그게 바로 병의 시작이었다.

나중에 알게 되었지만, 그녀는 그때 그 일로 순결을 잃었다. 즉, 처녀막이 파괴된 것이다.

남녀가 몸을 섞어야지만 처녀막이 파괴되는 것은 아니다. 과격하게 몸을 움직이거나 그때처럼 음부를 호되게 적중당하면 처녀막이 파괴되기도 한다.

옥령은 벌레보다 못한 무완롱에게 처녀지신을 잃었다는 것과 그에게 첫 입맞춤을 당했다는 사실 때문에 마음의 병이 났던 것이다.

그 일이 일어난 날로부터 넉 달이 지난 지금까지도 충격에서 헤어나지 못하고 있는 옥령이었다.

옥령에게 평생 지워지지 않을 오점을 남긴 무완롱 태무랑의 전신을 품속에 갖고 있는 단유천이지만, 그는 끝내 그것을 그녀에게 보이지 않았다.

옥령의 마음의 병이 조금씩 나아가고 있다고 여기기 때문이다. 그런 그녀에게 태무랑의 전신을 보여서 다시금 충격을 안겨줄 필요가 없다는 것이 단유천의 생각이었다.

단유천의 부름을 받은 삼장로가 공손히 예를 취했다.

"부르셨습니까, 대공."

슥—

태사의에 앉은 단유천은 아무 말도 하지 않고 불쑥 전신을 내밀었다.

삼장로는 의아한 표정을 지으며 조심스럽게 전신을 받아서 펼쳤다.

순간 그의 안색이 확 급변했다.

"이, 이놈은?"

"흑풍창기병 맞소?"

"음……."

"맞느냐고 물었소!"

단유천의 호통이 쩌렁, 하고 실내를 울렸다.

삼장로는 대답을 하기 전에 다시 한 번 전신을 뚫어지게 주시했다.

그리고는 바닥을 뚫고 들어갈 정도로 깊이 가라앉은 목소리로 대답했다.

"맞습니다."

"그놈은 죽은 것으로 아오만."

"그렇습니다만……."

탁!

단유천이 태사의 팔걸이를 소리 나게 쳤다.

"그런데 어떻게 살아 있는 것이오?"

삼장로는 의아한 표정으로 단유천을 쳐다보았다.

"이놈이 살아… 있습니까?"

"보고도 모르겠소?"

"대공께선 전신을 보여주기만 하셨을 뿐 어떻게 된 영문인지 아직 설명이 없으셨습니다."

삼장로의 말이 맞다. 그가 용한 점쟁이가 아닌 이상 전신 한 장만 달랑 보고는 일의 자초지종을 다 알 수는 없다.

단유천은 무영신검 염고후에게 들은 내용을 삼장로에게 설명해 주었다.

"설마 그럴 리가……."

설명을 듣고 난 삼장로의 얼굴에 폭풍 같은 경악이 가득 떠올랐다.

"시험이 실패한 후에 원인을 알아내기 위해서 그놈을 제 손으로 직접 해부까지 했습니다."

그는 배를 갈라서 두 손으로 벌리는 손동작을 해 보였다.

"가슴부터 단전까지 세로로 잘라서 내장과 창자를 다 드러내고 무엇 때문에 죽었는지 확인한 후에 내다 버렸습니다. 그런 놈이 어떻게 살아날 수 있겠습니까?"

"그런데 살아났소."

그렇게 말한 단유천이나 그 말을 들은 삼장로는 동시에 똑같은 생각을 번쩍 떠올렸다.

"혹시!"
"설마!"
 단유천이 명령하고 삼장로가 실행했던 그 시험이 바로 금강불괴지신이었다.
 숨이 끊어진 것을 몇 번이나 확인하고 또 해부까지 했는데도 다시 살아났다는 것은 한 가지 이유로만 설명이 가능한 일이었다.

       *   *   *

 태무랑과 은지화는 번거로움을 피하기 위해 조하진에서 아예 배를 한 척 전세를 냈다.
 십여 장 길이에 일 장 반 폭 규모이며 선실에 방과 주방까지 갖추어진 중간 크기의 배다.
 배 아래의 제법 넓은 선창에는 푹신한 짚더미를 깔아서 구준마를 쉬게 했다.
 두 개의 방 중에서 한 칸은 태무랑과 은지화가 사용하고, 다른 방은 세 명의 뱃사람이 사용했다.

 조하진을 출발한 지 사흘째 밤에 배는 번성을 오십여 리쯤 남겨둔 쌍구(雙溝)라는 작은 마을의 포구에 정박했다.
 뱃사람들이 지어준 늦은 저녁 식사를 한 후에 태무랑과 은지화는 방에 들어와서 쉬고 있었다.

"소녀가 곰곰이 생각해 봤어요."

태무랑이 바닥에 앉아서 염마도를 닦고 있는 모습을 물끄러미 바라보던 은지화가 조심스럽게 말문을 열었다.

그러나 태무랑은 동작을 멈추지도, 그녀를 쳐다보지도, 대꾸도 하지 않았다.

그런 무반응에 이제 만성이 된 은지화는 침상에 걸터앉은 채 태무랑을 바라보며 말했다.

"어떻게 해야지만 소녀가 오줌을 싸지 않을지 해답을 찾은 것 같아요."

슥슥.

태무랑은 깨끗한 헝겊으로 염마도를 닦는 일에만 열중하고 있었다. 은지화의 말은 듣지 못한 듯했다.

은지화는 그런 태무랑을 말끄러미 바라보았다.

"당신 근처에 가까이 가지만 않으면 오줌을 싸지 않는 것 같아요."

그녀처럼 아름다운 소녀가 '오줌을 싼다'라는 말을 서슴없이 하고 있다.

"그렇지만 당신하고 먼 길을 가는 마당에 당신 곁에 가까이 가지 않을 수도 없고……."

"지금이라도 낙양으로 돌아가면 된다."

태무랑이 불쑥 말하자 은지화는 어이없다는 표정을 지었

다가 곱게 그를 흘겨보았다.

"여기까지 와서 어떻게 그런 말을 할 수 있죠?"

그녀 덕분에 태무랑은 몇 차례의 검문을 어렵지 않게 통과할 수 있었다.

하지만 그녀가 없었더라도 조금 불편할지언정 그가 검문 때문에 고역을 치르는 일은 없었을 것이다.

하지만 사흘 전 밤에 조하진 복우산 산비탈에서 있었던 그 치열했던 싸움을 은지화는 죽을 때까지도 절대로 잊지 못할 것이다.

일 대 육십오의 싸움에서 태무랑은 끝까지 은지화를 지켜냈으며, 그 덕분에 그녀는 머리카락 한 올 다치지 않았다.

그 대신 태무랑은 여섯 군데나 상처를 입었다. 그녀를 보호한 대가였다.

결론적으로 그는 은지화의 목숨을 구해준 은인이다. 그녀가 제아무리 그에게 도움을 많이 주었다고 해도 구명지은에는 비할 바가 아니다.

그녀가 말이 없자 태무랑은 손을 멈추고 그녀를 쳐다보았다.

그리고는 그녀가 심각한 얼굴로 생각에 잠겨 있는 것을 보고 누그러진 표정을 지었다.

"나하고 함께 다니는 것은 위험하기 때문에 너를 위해서 한 말이다."

방금 전의 그 말이 자신을 걱정해서였다니 은지화는 가슴이 뭉클했다.

"소녀를 보호하는 것이 힘들죠?"

그런데 그녀의 말은 속마음하고는 전혀 다르게 튀어나갔다.

"아니다."

태무랑은 다시 하던 일을 계속하며 조용히 대답했다.

"소녀가 당신에게 아무런 도움이 못 되면서도 외려 귀찮게 굴어서 싫죠?"

"그렇지 않다."

은지화는 속에 없는 말을 함으로써 태무랑의 진심을 알고 싶은 것인지도 모른다.

그런데 은지화가 원하는 대로만 태무랑이 대답을 하자 그녀는 조금 더 욕심이 생겼다.

"소녀를 좋아하지 않죠?"

그러나 그 물음에 태무랑은 대답하지 않았다.

은지화는 태무랑을 남자로서 좋아하는지 아닌지 자신도 잘 모른다.

깊이 생각해 본 적이 없기 때문이다. 아니, 이성과 사귀어 보기는커녕 가까이 해본 적도 없는 그녀가 그런 것을 어떻게 알겠는가. 그러면서도 그에게는 그런 질문을 하고 있다.

그런데 태무랑이 대답을 하지 않고 묵묵히 염마도만 닦고 있는 모습을 보고 은지화는 그냥 던져 본 물음에 집착이 생기기 시작했다.

아니, 어쩌면 그것은 무심결에 해본 물음이 아닌지도 모른다. 자신의 본심을 자신이 모를 때에는 무심하게 나온 말이 본심일 때가 많은 법이다.

"흥! 소녀를 좋아하지 않으니까 그렇게나 구박을 줬던 거로군요?"

그녀는 그렇게 코가 떨어져 나가도록 콧방귀를 뀌면서도 자신이 억지를 부리고 있다는 사실을 깨달았다.

그 말을 하기 전까지는 몰랐었는데, 이제 새삼스럽게 생각해 보니까 사실 그는 한 번도 그녀를 구박한 적이 없었다.

그러면서 그녀는 또 깨달았다. 자신이 왜 그의 대답을 점점 더 절박하게 기다리고 있는지를.

태무랑을 처음 만났을 때부터 그녀의 가슴 저 밑바닥에서 아주 조금씩 싹을 틔웠던, 그러나 무엇인가에 꾹 눌려 있었던 것이 지금 이 순간 갑자기 불쑥불쑥 키가 커지면서 그녀의 가슴에, 머릿속에 감춰져 있던 진실을 환하게 알려주기 시작했다.

'서, 설마… 내가 그를 좋아하고 있었던 것인가?'

그랬었다. 그녀는 태무랑을 좋아하고 있었다. 그게 언제부터였는지는 모르지만, 분명한 것은 그를 너무 좋아하고 있다는 사실이었다.

그래서 속상했다. 그가 입을 꾹 다문 채 대답을 하지 않고 염마도만 문지르고 있으니까 보이지 않는 가슴을 보이지 않는 칼이 살금살금 저며내는 것처럼 아팠다.

"말해봐요! 당신은 사실 소녀를 눈곱만큼도 좋아하지 않는 거죠?"

'눈곱'이라고 표현을 한 것은, 제발 그만큼만이라도 좋아한다고 말해달라는 애원이다.

뚝!

태무랑이 동작을 멈추고 천천히 그녀를 쳐다보았다. 언제나 변함없는 무표정한 얼굴이다.

은지화는 자신이 무심코 던진 물음에 목숨까지 걸 만큼 간절한 마음이 되어 그를 바라보았다.

"이 세상은 지옥이다."

태무랑의 입술이 열리면서 뜬금없는 말이 흘러나왔다.

"그 지옥에서 너는 나의 유일한 가족이다."

"......!"

순간 은지화는 커다란 번갯불이 정수리를 뚫고 몸을 관통하는 거센 충격을 받았다.

그녀는 큰 눈을 더욱 커다랗게 뜨고 입을 반쯤 벌린 채 태무랑을 바라보았다.

저 과묵한 사내가 은지화를 이 지옥 같은 세상에서 '유일한 가족'으로 생각하고 있다면 더 이상 무슨 말이 필요하랴.

은지화는 그의 모든 것이다. 만약 그녀에게 무슨 일이 생긴다면, 그가 지금 죽은 가족의 복수를 하려는 것처럼 그녀의 복수를 해줄 것이다.

그런 사람에게 은지화는 '나를 눈곱만큼이라도 좋아하느냐'고 물었다.

어리석은 짓이었다. 바보 같은 말이었다. 그녀는 대체 누구를 시험했더란 말인가.

"으앙—!"

순간 그녀는 어린아이처럼 울음을 터뜨리면서 태무랑에게 달려가 그의 품에 안겼다.

책상다리로 앉아 있는 그의 허벅지에 마주 보고 앉아서 그의 등을 끌어안고 가슴에 얼굴을 묻으며 펑펑 눈물을 쏟았다.

"미안해요… 잘못했어요… 다시는 그러지 않을게요……엉엉!"

태무랑은 그저 통나무처럼 뻣뻣하게 앉아 있을 뿐 아무런 행동도, 말도 하지 않았다.

은지화는 태무랑을 만난 이후부터 지금까지 그와 겪었던 여러 가지 일들이 주마등처럼 뇌리를 스쳐 지나서 울음이 그치지 않았다.

이제는 그녀가 태무랑의 허벅지에 앉아서 그의 가슴에 얼굴을 묻는 것은 예삿일이 되어버렸다.

얼마나 울었을까. 그때까지도 태무랑은 뻣뻣하게 상체를 세우고 앉은 채 그녀가 울음을 그치기만을 기다렸다.

그때 은지화가 그의 가슴에 얼굴을 묻은 채 훌쩍거렸다.

"흑흑… 이럴 때는 소녀의 궁둥이라도 두드리면서 위로해 주는 거예요. 홀쩍……."

그러랬다고 태무랑은 슬며시 손을 그녀의 궁둥이로 가져가더니 토닥토닥 두드렸다.

"뭐라고 위로의 말도 하세요. 흑흑……."

"뭐라고……."

"아무 말이나 해요… 흑흑……."

태무랑은 한동안 그녀의 궁둥이를 두드리기만 하다가 무뚝뚝하게 중얼거렸다.

"너 오줌 안 쌌다."

"……."

순간 은지화는 울음을 뚝 그치고 가만히 있다가 손을 자신의 하체로 가져가서 만져 보았다.

그러더니 언제 울었느냐는 듯이 금세 방글방글 웃으며 태무랑의 허벅지에서 몸을 일으켰다.

그리고는 기마 자세 비슷하게 엉거주춤한 자세로 그의 손을 자신의 사타구니로 가져가면서 호들갑을 떨었다.

"정말이에요. 만져 봐요. 젖지 않았어요. 호호홋!"

해맑게 웃으면서 그녀는 깨달았다. 뇌리에 각인되어 있던 태무랑에 대한 두려움이 말끔히 사라졌다는 사실을.

第二十四章
나의 전쟁(戰爭)

 태무랑과 은지화는 조하진을 출발한 지 나흘째 늦은 오후 무렵에 번성에 도착했다.
 두 사람은 전세 냈던 배를 조하진으로 돌려보내고 나란히 포구를 걸어갔다.
 번성은 호북성에 위치해 있지만 매우 큰 현이고 또 하남성하고는 접경 지역에 위치해 있기 때문에 낙성검문은 분타를 두고 있었다.
 그래서 두 사람은 오늘 밤 그곳에서 묵기 위해서 가고 있는 중이었다.
 번성은 조하진하고는 비교조차 할 수 없을 정도로 크고 번

화했다.

포구에는 수백 척의 크고 작은 배들로 북새통을 이루고 있으며, 배에 타고 내리는 수많은 사람들과 배에 싣거나 하역하는 물건들과 수십 대의 수레들 때문에 제대로 걷기조차 어려울 지경이었다.

포구 가장자리에는 수십 개의 주루와 기루들, 그리고 각종 점포들이 문전성시를 이루고 있었다.

태무랑과 은지화는 요기나 하려고 주루들이 있는 곳으로 곧장 가려는데 사람이 워낙 많아서 여의치가 않았다.

두 사람이 걸어가고 있는 앞쪽에는 한 명의 더러운 거지가 사람들에게 구걸을 하고 있었다.

그러나 사람들은 인상을 쓰면서 거지를 피하거나 욕을 퍼부을 뿐 동냥은 해주지 않았다.

이윽고 거지는 다가오는 태무랑을 향해 까마귀 발 같은 꾀죄죄한 손을 내밀고 고개를 숙이며 굽실거렸다.

"으헤헤… 배고픈 거지에게 적선 좀 합쇼. 네?"

태무랑은 걸음을 멈추고 품속에서 조그만 가죽 주머니를 꺼내 손을 집어넣고 되는대로 집어서 거지의 새카만 손바닥에 놓아주었다.

"엥?"

거지는 눈을 휘둥그렇게 뜨고 놀라면서 자신의 손바닥에 놓인 열 냥은 족히 됨 직한 은자와 태무랑 얼굴을 번갈아 쳐다보았다.
 탁!
 그러더니 갑자기 태무랑의 손에서 번개같이 가죽 주머니를 낚아챘다.
 하지만 태무랑은 묵묵히 서 있었다. 거지가 도망가지 않았기 때문이다.
 거지는 재빠른 솜씨로 손바닥의 은자를 가죽 주머니에 쏟아붓고는 대신 각전 한 닢을 꺼내 들고 가죽 주머니를 태무랑 손에 쥐어주었다.
 [동냥을 그렇게 많이 주면 누구에게나 의심을 받게 되오. 더구나 귀하는 은자를 한 움큼씩이나 갖고 다니는 거지를 본 적이 있소?]
 그러면서 전음까지 보냈다.
 설명은 길었으나 거지의 행동은 실로 눈 한 번 깜빡이는 사이에 끝났다.
 태무랑은 가죽 주머니를 품속에 넣으면서도 거지에게서 시선을 떼지 않았다.
 거지가 돈을 마다하다니 이해하기 어려웠다. 더구나 전음입밀을 사용하고 있다. 태무랑은 그가 평범한 거지가 아닐 것이라고 생각했다.
 [주위를 둘러보지 마시오. 지금 이곳에는 당신을 찾으려고 수많은 놈들이 혈안이 돼 있으니까 말이오.]

거지는 지나가는 다른 사람에게 굽실거리면서 입으로는 적선해 달라고 말하며 태무랑에게 전음을 보냈다.

태무랑의 표정이 흠칫 변했다. 하지만 그는 거지의 말대로 주위를 두리번거리지 않았다.

거지는 태무랑에게 경고를 해주었다. 그렇다면 거지는 처음부터 태무랑에게 그 말을 해주려고 일부러 구걸을 하면서 접근했다는 뜻이다.

은지화는 배에서 내린 이후 줄곧 태무랑 곁에 붙어 서서 묵묵히 지켜보기만 했다.

그녀는 거지의 허리춤에 매달려 있는 새카맣게 때 묻은 줄이 여덟 개의 매듭이라는 것을 보고 그가 개방의 팔결제자(八結弟子)라는 사실을 한눈에 간파했다.

또한 거지가 입고 있는 때가 꾀죄죄한 상의도 여덟 개의 조각을 덧댄 것이다.

그러므로 그는 개방의 팔결제자, 즉 현 개방 방주의 제자이며 후계자가 분명하다.

은지화는 태무랑이 거지에게 무슨 말을 하려는 것을 팔을 잡아당기며 제지했다.

개방은 천하에서 가장 거대한 방파다. 또한 정보 면에서는 타의 추종을 불허할 정도로 빠르고 정확하다.

오죽하면 개방이 모르는 것은 하늘도 모른다는 말이 무림의 상식으로 통하겠는가.

그런 개방의 팔결제자가 태무랑에게 접근했다는 것은 해가 아니라 득일 것이라는 게 은지화의 판단이었다.

슥—

그때 거지가 자연스러운 동작으로 태무랑에게 등을 돌리면서 마지막 전음을 보냈다.

[미행을 조심하면서 금봉각(金鳳閣)이라는 주루로 오시오.]

잠깐 사이에 거지는 행인들 사이로 멀어져 갔다.

태무랑이 우뚝 선 채 묵묵히 거지를 지켜보고 있으려니까 은지화가 그의 팔을 잡아끌었다.

[가요.]

두 사람은 오가는 행인들의 물결 속에 파묻혔다.

은지화는 거지의 입술이 달싹거리는 것을 봤다. 그로 미루어 그가 태무랑에게 전음으로 뭔가 말해주었을 것이라는 사실을 짐작할 수 있었다. 하지만 무슨 말을 했는지는 알 재간이 없었다.

[그가 무슨 말을 했어요?]

은지화의 물음에 태무랑은 전음으로 거지가 한 말을 전해주었다.

전음을 듣고 난 은지화는 흠칫 놀라는 표정을 지으며 걸음을 뚝 멈추었다가 다시 걸으면서 눈동자만을 굴려 주위를 살펴보았다.

하지만 수상한 자들의 모습은 어디에서도 보이지 않았다.

그러나 그녀는 개방의 팔결제자가 거짓말을 했을 리가 없다고 믿었다.

'또 무영검문이 몰려온 것일까?'

은지화의 마음속에 걱정이 몰려들었다.

노산분타에서 귀촉루 살수들의 습격을 받은 후에 급히 낙성검문에 전서구를 보내서 처리를 해달라고 부탁했었는데도 나흘 전 조하진에서 육십오 명의 무영검수가 또다시 급습을 했었다.

그런데 이곳 번성까지 태무랑과 은지화를 찾는 자들이 득실거린다면, 그들이 무영검문의 인물들이라고밖에는 생각할 수가 없었다.

그녀는 조심스럽게 주위를 살피면서 될 수 있는 대로 행인들 속에서 벗어나지 않으려고 애쓰면서 걸어가며 태무랑에게 개방에 대해서 전음으로 설명해 주었다.

태무랑은 은지화의 설명으로 개방이라는 무림 최대의 방파에 대해서 처음 알게 되었다.

거지가 말한 금봉각은 멀지 않은 곳에 있었다. 만약 멀리 있었다면 태무랑과 은지화가 발각됐을 수도 있었다. 그러므로 이것 또한 거지의 배려인 듯했다.

금봉각은 주루와 객잔을 겸하고 있는 삼 층 건물로 일층과 이층이 주루고 삼층이 객잔이었다.

태무랑과 은지화가 주루로 들어서서 일층 실내를 둘러보자 점소이가 빠르게 다가와 두 사람을 이층의 어느 방으로 안내했다.

 그곳에는 거지가 다른 한 명의 중년거지와 함께 두 사람을 기다리고 있었다.

 태무랑에게 전음을 보냈던 거지는 꾀죄죄한 몰골이지만 얼굴은 그다지 더럽지 않았다.

 둥그런 얼굴 윤곽에 한 번도 얼굴을 찡그려 보지 않은 듯 벙글벙글 웃음기 가득한 소상(笑像)이며 맑은 눈과 두툼한 입술을 지녔다.

 그리고 얼굴에는 장난기가 가득했다. 나이는 많아야 이십 이삼 세 정도로 보였다.

 거지청년은 앉아 있고 중년거지는 뒤쪽에 우뚝 서 있었다. 그로 미루어 중년거지가 수하인 듯했다.

 "앉으시오."

 거지청년은 맞은편을 가리켰다. 생김새와는 달리 묵직하고 청아한 목소리였다.

 태무랑과 은지화가 자리에 앉자 약간의 침묵이 흐른 후에 거지청년이 입을 열었다.

 "뭘 좀 주문해도 되겠소?"

 태무랑과 은지화는 그의 말뜻을 이해하지 못했다. 그러자 거지청년은 헤벌쭉 미소 지으면서 배를 문질렀다.

"하하! 점심 식사를 건너뛰었더니 배가 고파서 말이오."

그제야 말뜻을 알아듣고 은지화가 고개를 끄덕였다.

"뭐든지 주문하세요."

"와핫핫! 과연 낙성검문의 소문주께선 배포가 크구려!"

은지화는 방긋 미소 지었다.

"그래 봐야 신풍개(神風丐)만 하겠어요?"

"어어……."

은지화가 거지청년의 신분을 제대로 말하자 그는 눈을 둥그렇게 뜨더니 껄껄 웃었다.

"하하하! 과연 낙성비연이라는 아호는 명불허전이오!"

이 짧은 대화로 두 사람은 서로를 알고 있다는 사실이 입증되었다.

점소이에게 요리와 술을 주문하고 기다리는 동안 은지화가 태무랑에게 거지청년 신풍개를 소개했다.

"이분은 당금 개방 방주이신 괴노협(怪老俠)의 제자인 신풍개예요."

신풍개는 앉은 채 정중히 포권을 하며 태무랑을 똑바로 쳐다보았다.

"신풍개요."

그러나 태무랑은 가볍게 고개만 끄덕일 뿐 입을 꾹 다물고 있었다.

당금 무림에서 신풍개의 신분을 알고서도, 더구나 신풍개가 먼저 인사를 하는데도 태무랑 같은 반응을 보이는 사람은 아무도 없을 것이다.

그런데도 신풍개는 아무렇지 않은 듯 팔짱을 끼고 흥미있는 눈빛으로 태무랑을 빤히 주시했다.

사람을 불렀으면 무슨 말이라도 해야 할 텐데 그는 입을 꾹 다문 채 아무 말도 하지 않았다.

지루한 시간이 지나고 이각 후에 점소이가 탁자에 요리와 술을 차리고 나가자 신풍개는 비로소 팔짱을 풀었다.

"번성에서 눈이 빠지도록 당신들을 찾고 있는 자들은 철검추풍대(鐵劍追風隊)요."

"아……."

신풍개는 다짜고짜 본론부터 얘기해 주었다. 그는 원래 매사에 거침없고 배포가 지나치게 크며, 괴행(怪行)을 일삼는데다 개방 방주 괴노협의 진전을 고스란히 물려받아 무공이 무척 고강한 것으로 유명하다.

은지화는 만면에 경악을 떠올리며 자신도 모르게 탄성을 흘려냈다.

신풍개는 그 말만 하고 뚫어지게 태무랑을 주시했다. 그의 반응을 살피는 것이다.

너무 놀란 나머지 은지화는 잠시가 지나서야 마음을 가라앉히고 태무랑에게 설명해 주었다.

"철검추풍대는 무극신련 총련주 직속의 삼 개 대 중 하나예요. 모두 삼백 명으로 이루어졌으며 각자가 초일류 급 고수들이에요."

'무극신련'이라는 말에 태무랑의 눈에서 번쩍 기광, 아니, 혈광이 번갯불처럼 뿜어졌다.

그를 지켜보고 있던 신풍개는 가볍게 움찔했다. 사람 눈에서 혈광이 뿜어진다는 사실 때문이고, 은지화의 설명에 그런 반응을 보였다는 사실 때문이다.

은지화가 신풍개를 보며 초조한 표정으로 물었다.

"번성에 철검추풍대 전원이 왔나요?"

"그렇소."

"그들이 찾고 있는 사람이 우리가 분명한가요?"

척—

"소문주는 철검추풍대의 표적이 아닌 것 같소."

신풍개는 품속에서 꺼낸 꼬깃꼬깃한 종이 한 장을 펼쳐서 태무랑과 은지화 앞에 놓았다.

"번성에 있는 철검추풍대는 모두 이런 전신을 여러 장씩 갖고 있소. 이것은 그중의 한 장을 손에 넣은 것이오."

종이는 전신이었다. 거기에는 태무랑의 얼굴이 비교적 자세히 그려져 있었다.

그것은 감숙성과 섬서성 등지에 관군들이 현상금을 걸고 방에 붙여놓았던 전신의 그림보다 훨씬 더 태무랑과 닮았다. 마치 그를 앞에 앉혀두고 정성껏 그린 것 같았다.

태무랑은 전신을 뚫어지게 쏘아보면서 그것이 관가에서 그린 것이 아니라는 사실을 깨달았다.

그렇다면 이 전신은 무극신련에서 그렸을 것이다. 또한 이 정도로 태무랑을 정확하게 그릴 수 있는 사람은 단유천이나 옥령, 삼장로 세 명뿐이다.

그들 중의 한 명이 최초의 전신을 한 장 그린 후에, 이어서 그것을 수백 장 필사(筆寫)하여 철검추풍대에게 나누어주었을 것이다.

그렇다면 단유천과 옥령, 혹은 삼장로가 철검추풍대를 보낸 것이 분명하다.

'놈들은 내가 살아 있다는 사실을 알게 되었다. 그래서 다시 잡아들이려는 것이다.'

이것은 꿈속에서조차 예상하지 못했던 일이다.

하지만 추호도 두렵지 않다. 지금 당장 자리를 박차고 뛰쳐나가서 단유천과 옥령이 보냈다는 철검추풍대를 박살 내고 싶은 충동이 속에서 화산처럼 들끓었다.

그렇지 않아도 누이동생의 일이 매듭지어지면 놈들을 찾아가려고 했는데 제 발로 찾아온 것이다.

비록 단유천과 옥령은 아니지만 그 연놈들의 하수인이라면 뼈를 갈아 마신다고 해도 후련하지가 않다.

"맙소사……."

전신을 보고 있는 은지화는 앉아 있는 의자가 땅속으로 푹

꺼지는 듯한 기분이 들었다.

그녀는 태무랑에게 그의 신세에 대해서 자세히 들었기 때문에 그와 무극신련, 아니, 총련주의 두 명의 제자인 단유천과 옥령의 관계를 잘 알고 있었다.

슥—

그때 태무랑이 일어섰다.

은지화는 화들짝 놀라서 발딱 일어나 그의 팔을 잡았다.

"안 돼요!"

그녀는 태무랑의 두 눈에서 혈광이 넘실거리며 흘러나오는 것을 보면서 안타깝게 만류했다. 그가 왜 일어섰는지 이유를 알기 때문이다.

"철검추풍대와 부딪치면 안 돼요. 지금은 은인자중(隱忍自重)할 때예요."

신풍개는 철검추풍대와 싸우려고 기세등등한 태무랑을 보고 어이없다는 표정을 지었다.

무극신련 총련주의 직속인 무극삼대(無極三隊)는 총련주가 직접 한 명 한 명 선발하고 무공을 가르쳐서 기른 최정예 고수들이다.

무림에서는 무극삼대의 일 대가 하나의 대방파를 전멸시킬 만한 능력을 지녔다고 평가하고 있었다.

그런 철검추풍대하고 태무랑이 겁도 없이 싸우려고 하는 것을 보고 신풍개는 기가 막혔다.

신풍개는 태무랑에 대해서는 무림의 어느 누구보다도 자세히 알고 있었다.

물론 태무랑을 직접 보는 것은 지금이 처음이지만, 개방이 수집한 정보를 통해서 그를 알게 되었다.

무림의 말하기 좋아하는 호사가(好事家)들이라고 해도 적안혈귀 혹은 무적신룡이라고 불리는 태무랑에 대해서는 단지 알려진 소문 정도만 알고 있을 뿐이다.

말하자면 서북군 흑풍창기병 출신으로 흑풍창기병대의 전멸에서 살아남아 서북군중녕위소를 피로 씻은 후에 관군에 의해서 현상수배되었다는 것.

이후 장안의 제월장과 낙양의 기화연당을 초토화시켰고, 며칠 전에는 조하진에서 무영검문의 무영검수 육십여 명을 도륙했다는 정도다.

신풍개는 거기에서 더 나아가 태무랑이 낙성검문 소문주 은지화하고 모종의 결탁을 하여 동행하고 있다는 사실도 알고 있었다.

그뿐 아니라 무영검문이 인신매매를 해서 막대한 이득을 챙기고 있다는 것과 낙성검문이 그것을 알아차리고 증거를 잡으려 하고 있다는 것, 그 과정에서 화뢰원과 기화연당을 초토화시킨 태무랑하고 낙성검문이, 아니, 은지화가 자연스럽게 엮어졌다는 정도까지 알고 있었다.

개방 방주의 후계자인 신풍개가 번성까지 온 데에는 그만

나의 전쟁(戰爭) 291

한 이유가 있었다.

무극신련에서 무극삼대 중 하나인 철검추풍대 전원이 은밀하게 어딘가로 출동했다는 개방 제자들의 보고를 접했기 때문이다.

무극삼대가 출동하는 경우는 극히 드물다. 그러나 일단 그들이 출동했다면 엄청난 사건이라는 의미였다.

그리고 신풍개는 철검추풍대가 번성으로 향하고 있다는 보고를 받고는 뇌리를 스치는 것이 있었다.

적안혈귀가 조하진에서 무영검수 육십삼 명을 도륙한 이후 번성 쪽으로 남하하고 있다는 보고를 떠올린 것이다.

그래서 자연스럽게 철검추풍대의 표적이 적안혈귀일 것이라고 간파했던 것이다.

하지만 거기에서 의문이 생겼다. 무극신련에는 무극삼대 아래에 난다 긴다 하는 수십 개의 조직들이 있다. 그런데 어째서 적안혈귀 한 명을 상대하는 데 최강의 무극삼대 중에 철검추풍대를 출동시켰느냐는 것이다.

신풍개는 적안혈귀가 아무리 무영검수 육십삼 명을 죽였다고 해도 철검추풍대 다섯 명의 적수도 되지 않을 것이라고 예상하고 있었다.

"앉아요."

신풍개가 태무랑을 주시하면서 생각에 잠겨 있을 때, 은지화가 태무랑을 억지로 자리에 앉혔다.

"우선 신풍개 소협의 말을 들어보기로 해요."

은지화는 철검추풍대가 번성을 지키고 있으면 태무랑과 자신이 이곳을 빠져나가는 것은 불가능하다고 생각했다. 그래서 할 수만 있다면 신풍개의, 아니, 개방의 도움을 받을 생각이다.

태무랑은 철검추풍대를 이대로 그냥 놔두고 싶지 않았다. 그들을 피해서 도망치는 것은 더더욱 생각할 수가 없다.

하지만 지금 상황을 잘 알고 있을 듯한 신풍개의 말을 들어보는 것도 나쁘지 않다는 생각이 들었다.

점심을 걸러서 배가 고프다던 신풍개는 정작 요리가 나왔는데도 손을 댈 생각도 하지 않고 태무랑을 똑바로 주시하며 물었다.

"귀하는 무극신련과 무슨 관계가 있소?"

태무랑은 입을 꾹 다문 채 신풍개를 마주 주시했다. 그의 눈에서는 더 이상 혈광이 뿜어지지 않았다.

하지만 어금니를 악다물고 있기 때문에 지금 그가 어떤 심정인지 어렵지 않게 짐작할 수 있었다.

"말해주지 않으면 도움을 줄 수 없소."

신풍개는 냉정하게 말했다. 하지만 얼굴에는 예의 미소를 짓고 있었다. 그것은 그의 얼굴상이 그렇기 때문에 어쩔 수 없는 것이다.

은지화는 태무랑을 바라보았다. 지금은 신풍개의 도움이

절실하기 때문에 태무랑과 무극신련의 관계를 말하면 어떨까 하는 마음에서 쳐다본 것이다.

[그 얘기는 한마디도 하지 마라.]

태무랑의 전음이 귓전을 울리자 은지화는 착잡한 표정을 지었다.

태무랑은 신풍개를 똑바로 주시한 상태에서 조용히 중얼거렸다.

"네 도움을 받을 생각 따윈 없다."

말의 내용을 떠나서 거침없는 반말에 신풍개는 어? 하는 표정을 지었다.

태무랑은 철검추풍대와 싸울 각오이기 때문에 신풍개의 도움을 원하지 않는 것이다.

같이 싸우자고 해도 싸울 신풍개가 아니지만, 태무랑은 이 싸움을 혼자 해나갈 생각이다.

"건방지다."

그때 신풍개 뒤에 서 있던 중년거지, 즉 개방 번성분타주가 나직하게 꾸짖었다.

태무랑은 중년거지를 쳐다보지도 않고 신풍개를 주시한 채 무표정한 얼굴로 중얼거렸다.

"이것은 내 싸움이다. 끼어들면 용서하지 않겠다."

'뭐… 야, 이놈?'

제 딴에는 수양심이 깊다고 생각하는 신풍개지만 이런 상황에는 어쩔 수 없이 얼굴에 어이없다는 표정이 떠올랐다.

신풍개가 이곳까지 온 이유는 무극신련과 적안혈귀의 관계에 대해서 알아내려는 것이었다.

태무랑의 행동으로 봤을 때 그와 무극신련은 분명히 뭔가 꼬여 있는 것이 있다.

하지만 일개 흑풍창기병이었던 태무랑하고 정파무림의 대들보인 무극신련과의 연관이 도무지 감이 잡히지 않았다.

슥―

태무랑은 두 번째로 일어섰다.

이번에는 은지화도 그를 말리지 못하고 따라 일어섰다. 그녀의 표정은 착잡하기 그지없었다.

이어서 태무랑은 뒤도 돌아보지 않고 밖으로 나가 버렸다.

은지화는 뭔가 간절히 바라는 듯한 표정으로 신풍개를 쳐다보았다.

신풍개는 씁쓸한 표정을 짓고 있다가 은지화와 시선이 마주치자 빙그레 미소 지었다.

"저 친구 기세가 대단하구려. 실력도 기세만큼 대단하기만을 바랄 뿐이오."

은지화는 무슨 말을 하려는 듯 망설이다가 그냥 밖으로 달려나갔다. 태무랑을 놓칠지 모르기 때문이다.

신풍개는 팔짱을 낀 채 깊은 생각에 잠겼다가 한참 만에 입을 열었다.

"분타주, 지켜보기만 하되 저 친구가 위기에 처할 경우에만 암중에서 돕기로 하세."

번성분타주의 안색이 급변했다.

"무극신련이 하는 일을 방해하시려는 겁니까?"

"저 친구가 매우 중요한 단서를 쥐고 있을 것이라는 예감이야. 그걸 잃을 수는 없지 않겠나."

"하지만 상대는 무극신련입니다."

"그러니까 암중에서 도우라는 게야."

주루를 나선 태무랑과 은지화는 거리의 인파 속으로 걸어 들어갔다. 철검추풍대를 찾기 위해서다.

도망을 쳐도 모자랄 판국에 철검추풍대를 찾으려고 하는 태무랑 때문에 은지화는 초조함을 금치 못했다.

태무랑이 은지화에게 주문한 것은, 한 명의 철검추풍대를 먼저 찾아서 자신에게 알려달라는 것이었다.

태무랑은 그 말뿐이었으나 은지화는 그가 어떻게 하려는 것인지 짐작할 수 있었다.

철검추풍대가 변장을 하지 않았다면 똑같은 복장을 한 자들을 찾아다니면서 한 명씩 혹은 소수를 상대로 싸우려 하는 것 같았다.

그러나 그것이 말처럼 쉬울 것 같지 않았다. 다행히 철검추풍대와 한 명씩 싸운다면 태무랑의 실력으로 봤을 때 위험하지는 않을 터이다.

그렇지만 어떻게 꼭 한 명씩만 상대할 수 있겠는가. 상황에 따라서는 두 명이나 세 명도 될 수가 있다. 그런 상황이 되면 태무랑이 위험할 것이라고 은지화는 생각했다.

더구나 최악의 상황, 즉 철검추풍대 전체와 맞닥뜨리는 상황이 벌어지면 그야말로 끝장이다. 그때는 목숨을 포기해야만 할 것이다.

그러나 태무랑의 각오가 너무도 확고해서 은지화는 아무 말도 못한 채 거리로 따라 나왔다.

태무랑은 방갓을 깊숙이 눌러썼으며 은지화는 그의 왼팔을 자신의 두 팔로 가슴에 꼭 끌어안은 채 수많은 행인들 속을 천천히 걸어갔다.

그런데 철검추풍대를 먼저 발견한 사람은 태무랑이었다.

[저기 주루 입구에 서 있는 자를 봐라.]

그의 전음을 듣고 은지화는 점포들이 길게 늘어선 곳의 어느 주루 입구를 쳐다보다가 움찔 몸이 굳어버렸다.

그곳에 한 사내가 거리 쪽을 향해 태산처럼 우뚝 서 있었다.

홍의단삼을 입었으며 어깨에는 머리 위로 한 자 이상 불쑥 솟은 거무튀튀한 검을 멘 삼십대 중반의 인물이다.

그런데 왼쪽 가슴에 하나의 문양이 수놓아져 있었다. 세로로 세워진 한 자루 검을 소용돌이가 감싸고 있는 모양이다.

철검추풍대의 독특한 문양이 틀림없다.

태무랑은 은지화의 몸이 단단하게 경직되고, 또 자신의 팔을 잡은 두 팔에 힘이 들어가는 것을 느끼고 홍의단삼인이 철검추풍대라고 확신했다.

[철검추풍대는 모두 세 조직으로 이루어졌는데 각기 홍의, 청의, 황의를 입었어요. 홍의가 가장 강하고 각 조장이며 모두 열 명이에요. 그다음이 청의, 사십 명이고, 나머지 이백오십 명이 황의예요.]

은지화는 태무랑의 팔을 붙잡고 몸을 돌려 왔던 길로 돌아가면서 극도로 긴장한 표정을 짓고 전음으로 설명했다.

[조장인 홍의 한 명이 청의 네 명과 황의 이십오 명을 이끌며 한 조가 삼십 명이에요. 저들을 통칭해서 철검추풍수(鐵劍追風手)라고 불러요.]

태무랑은 가볍게 고개를 끄덕였다.

[됐다. 이제 너는 객방 하나를 얻은 후에 그곳에서 나오지 말고 나를 기다려라.]

[정말 가려고요?]

은지화는 안색이 새하얗게 질려서 태무랑의 팔을 더욱 힘껏 가슴에 끌어안았다.

그녀는 해쓱한 안색에 금방이라도 울 것 같은 표정으로 그를 올려다보았다.

[소녀가 당신의 가족이라고 말했었죠?]

태무랑은 묵묵히 고개를 끄덕였다.

은지화의 커다란 두 눈에 눈물이 찰랑찰랑 고였다.

[소녀가 당신 복수를 하러 무극신련으로 찾아가는 일이 일어나지 않도록 해주세요.]

죽지 말라는 얘기다. 또한 태무랑이 죽으면 자신이 복수를 하겠다는 뜻이기도 하다.

그녀는 태무랑의 팔을 놓고 그 대신 그의 품에 살포시 안겨들었다.

[당신 품에 안겨서 매일 오줌을 펑펑 싸도 좋으니까 반드시 돌아와야만 해요.]

길 한복판에서 여자가 남자 품에 안겨 있는 광경은 흔하지 않은 터라 행인들이 힐끗거리면서 쳐다보았다.

태무랑은 대답 대신 그녀를 떼어놓고 재빨리 행인들 속으로 스며들었다.

은지화는 멀어지는 태무랑의 모습을 보면서 그를 다시 볼 수 있게 해달라고 간절히 빌었다.

하지만 왠지 불길함이 가슴속에서 자꾸 스멀거리는 것을 떨쳐 내지 못했다.

반 시진 후.

태무랑은 번성 서쪽 외곽의 거리를 걷고 있었다.

그는 최초의 먹잇감이 될 철검추풍대 고수를 찾아다니고

있는 중이었다.

여기까지 오는 동안 수십 명의 철검추풍대 고수를 발견했다. 그토록 눈에 잘 띈다는 것은 철검추풍대 삼백 명이 모두 번성에 왔다는 사실을 입증하는 것이다.

하지만 죽이기에는 상황이 좋지 않아서 적절한 먹잇감을 고르다가 여기까지 오게 되었다.

그가 걸어가고 있는 대로에는 행인들이 그다지 많지 않았다.

그 길을 계속 가면 번성을 벗어나 한수 상류인 광화현(光化縣)으로 가게 된다.

번성을 벗어나는 것은 좋지 않다. 그래서 마을 끝까지만 갔다가 다시 돌아올 생각이었다.

마을 끝이 가까워질수록 행인들이 더욱 뜸해졌다. 그것은 그만큼 태무랑의 모습이 드러난다는 뜻이기도 하다.

'있다.'

완만하게 왼쪽으로 굽은 대로를 막 돌아섰을 때 그는 전방에서 철검추풍대 고수, 즉 철검추풍수들을 발견했다.

마을이 끝나는 지점에 일단의 무리가 모여 있었다. 홍의와 청의, 황의를 입은 자들이다. 한눈에도 철검추풍수들이라는 것을 알 수가 있었다.

거리는 이백오십여 장으로 꽤 멀었다. 하지만 고수들에게는 그다지 먼 거리가 아니다.

그곳에 정확하게 열 명의 철검추풍대 고수가 모여 있었다.

홍의 한 명과 청의 한 명, 황의가 여덟 명이다. 홍의가 조장이고, 황의가 철검추풍수들 중에서 가장 약하다고 했다. 하지만 약하다고 해봤자 큰 차이는 없을 것이다.

조장과 청의 한 명, 황의 등 열 명이 모여 있다는 것은 이곳을 일 개 조가 지키고 있다는 뜻일 게다.

태무랑은 자신도 모르게 움찔 몸이 굳었다. 무극신련의 최정예 고수 삼십 명이 이곳을 지키고 있다는 생각에 마음과는 달리 몸이 먼저 긴장을 했다.

그러나 그것은 몸일 뿐이고 또한 아주 잠깐이었다. 그의 복수심과 투지를 꺾을 수는 없었다.

그의 머릿속이 빠르게 회전했다.

'다른 이십 명은 이 근처에 잠복해 있거나 수색하고 있을 것이다.'

그의 눈동자가 재빨리 대로 좌우를 훑었다. 그가 있는 곳에서 마을 끝까지는 좌우에 각각 다섯 개와 여섯 개의 골목이 있었다.

그는 그중에서 오른쪽 세 번째 골목을 선택했다. 왼쪽 골목 끝을 지나면 고수(庫水)라는 강이 흐르고 있으며 그것을 건너면 또다시 한수가 나온다.

싸움에서 강을 선택하면 최악이라는 것을 전투에서 경험으로 배운 그다.

대신 오른쪽 골목 끝은 평야로 이어진다. 그리고 그 끝은 산악 지대다.

싸움은 강보다는 평야나 산이라야 좋다. 더욱이 다수를 상대로 하는 싸움에서는 엄폐물이 많아야 한다.

이윽고 태무랑과 마을 끝과의 거리가 이백여 장으로 좁혀졌으며, 십여 걸음 오른쪽에 그가 점찍은 골목이 있다.

그와 마을 끝 이백여 장 사이에는 다섯 대의 수레가 오가고 있었다. 세 대는 마을 밖으로, 두 대는 안쪽으로 들어오고 있는 중이다.

행인은 이십오륙 명 정도. 이백여 장이라는 먼 거리를 생각하면 많지 않은 수다.

그 이십오륙 명은 대부분 장사꾼이나 짐을 운반하는 일꾼들이라서 수상한 사람은 없다. 그러므로 방갓을 깊이 눌러쓰고 기형도를 메고 있는 태무랑이 가장 수상쩍게 보일 것이다.

과연 마을 끝에 서 있는 철검추풍수 열 명 중에서 세 명이 태무랑을 유심히 주시하고 있는 것이 보였다.

아예 무관심한 것보다는 조금쯤 관심을 받는 쪽이 오히려 싸우기에는 좋다. 그가 갑자기 골목 안으로 들어가면 그를 수상하게 여긴 철검추풍수 몇 명이 따라올 것이다.

태무랑이 선택한 골목 안에는 최소한 한 명의 철검추풍수가 있을 것이다. 그자를 죽이고 나서 모습을 감추었다가 골목으로 따라 들어서는 자들을 차례로 죽이면 된다.

어떻게 해서라도 이곳에서 철검추풍대 일 개 조 삼십 명을 모두 죽여야 한다.

일 개 조면 철검추풍대의 일 할이다. 적은 수지만 차근차근 한 명씩 일 개 조씩 짓이겨 줄 계획이다.

슥—

이윽고 태무랑은 목표로 삼은 골목으로 갑작스럽게 눈에 띄게 꺾어져 들어갔다. 들어가면서 마을 끝을 슬쩍 보니까 그를 수상하게 여기고 있던 세 명의 철검추풍수가 과연 이쪽을 향해 빠르게 다가오고 것이 보였다.

태무랑이 들어선 골목 안 끝 쪽에 한 명의 철검추풍수가 있었다. 그는 황의를 입었으며, 십오륙 장 거리에서 태무랑에게 등을 보인 채 골목의 끝을 향해 걸어가고 있었다.

골목 끝 너머에는 누렇게 풀이 말라 버린 드넓은 평야가 보였다.

태무랑의 짐작이 틀리지 않았다면 눈앞의 철검추풍수 황의고수는 골목 끝에 이르면 몸을 돌려서 다시 골목 입구까지 걸어올 것이다. 그는 이 골목을 맡고 있는 듯했다.

아직 그는 태무랑의 존재를 모르고 있었다. 태무랑이 기척을 감추려고 최대한 노력했기 때문이다.

태무랑은 황의고수가 골목 끝에 이르기 전에 그를 죽이기로 마음먹고 갑자기 화살처럼 쏘아가기 시작했다.

슈우…….

추호의 기척도 없이 그는 한줄기 바람처럼 황의고수를 향해 쏘아갔다. 그의 손은 어깨의 염마도 도파를 움켜잡고 있었다. 발도(拔刀) 즉시 황의고수를 쪼갤 것이다.

거리가 점점 빠르게 좁혀졌다. 십 장, 칠 장, 오 장······.

"······!"

그 순간 태무랑은 움찔 가볍게 놀랐다.

그와 황의고수의 거리는 오 장 남짓인데 그 중간에 가로로 골목이 교차하는 곳이 있다. 그런데 그곳 왼쪽에서 느닷없이 한 명의 청의고수가 불쑥 나타난 것이다.

걸어나오고 있는 청의고수는 아직 태무랑의 존재를 모르고 있다. 하지만 곧 알아챌 것이다.

태무랑으로서는 선택의 여지가 없다. 청의고수부터 죽여야만 하는 상황이다.

키우웅!

그는 번쩍 허공으로 비스듬히 솟구치며 염마도를 뽑아 벼락같이 그어 내렸다.

순간 청의고수가 태무랑 쪽을 힐끗 쳐다봤다.

『무적군림』 3권에 계속···

「철혈무정로」, 「천마겁엽전」의 작가 임준후!
그가 태산처럼 거대한 남자의 이야기로 돌아왔다!

"네가 좋아하는 방식대로 살 거라.
지금까지처럼 마음이 가고 몸이 가는 대로!"

스승이 남긴 말을 가슴에 새기고 중원으로 나온 강산하.
고향으로 향하는 귀로에 하나둘씩 인연이 모여들고
어느새 그의 걸음마다 무림의 판도가 바뀌기 시작한다.

태산처럼 굳세게
산들바람처럼 유유자적하게
흔들리지 않고 올곧게 자신의 길을 걸어간
괴협 철산대공 강산하의 가슴 묵직한 일대기!

Book Publishing CHUNGEORAM

유행이 아닌 자유추구 -
WWW.chungeoram.com

용호객잔
龍虎客棧

설경구 新무협 판타지 소설

낙양 변두리에 위치한 허름한 용호객잔.
폐업 직전까지 몰렸던 용호객잔에 복덩이,
천유강이 저절로 굴러 들어왔다.
그런데… 이 객잔 좀 수상하다?

독문병기는 낡은 주판, 중원상왕을 꿈꾸는 객잔주인, 용사등.
독문병기는 마른 걸레, 끔찍이 못생긴 점소이, 용팔.
독문병기는 식칼, 긴 독수공방 끝에 요리와 혼인한 숙수, 장유걸.
독문병기는 이 빠진 도끼, 사연 많은 남장여인, 문우령.
독문병기는 얼굴, 기억을 잃어버린 절세미남 신입 점소이, 천유강.

"중원의 상왕이 되리라!"

현실감각이라고는 찾아보기 힘든
용사등의 허황된 언언이 천하를 혼란에 빠뜨린다.
바람 잘 날 없는 용호객잔의 평범한(?) 일상에
중원의 이목이 집중된다.

Book Publishing CHUNGEORAM
- 유행이 아닌 자유추구 -
WWW.chungeoram.com

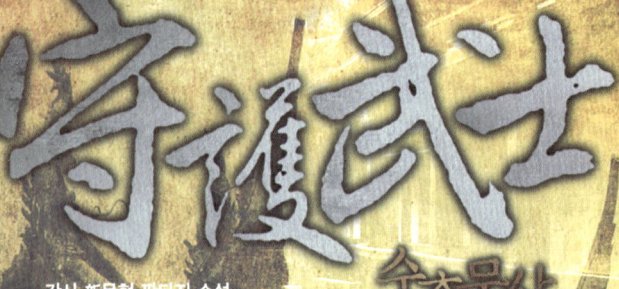

守護武士
수호무사

각사 新무협 판타지 소설

소년은 오직 소녀를 위하여 검을 들었다
가슴에 담긴 지키고자 하는 뜨거운 열망.

"이제는 지킬 것이다."

단 하나 남은 소중한 인연, 무유화를 지키려
악의에 휩싸인 무림을 수호하기 위하여
윤, 세상에 서다!

그의 용혈검이 떨치는 무상류와 구천류가
모든 악을 쓸어내리라!

**지키는 자!
수호무사 윤, 그를 기억하라.**

Book Publishing CHUNGEORAM

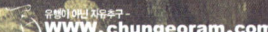
WWW.chungeoram.com